人世沧桑

怀念一亩田

主编◎马国兴 吕双喜

郑州大学出版社

图书在版编目(CIP)数据

人世沧桑:怀念一亩田/马国兴,吕双喜主编.—郑州:郑州大学出版社,2014.2(2023.3 重印)
(小小说美文馆)
ISBN 978-7-5645-1675-8

Ⅰ.①人… Ⅱ.①马…②吕… Ⅲ.①小小说-小说集-中国-当代 Ⅳ.①I247.8

中国版本图书馆 CIP 数据核字(2013)第 310896 号

郑州大学出版社出版发行
郑州市大学路 40 号　　邮政编码:450052
出版人:孙保营　　发行部电话:0371-66658405
全国新华书店经销
三河市鑫鑫科达彩色印刷包装有限公司印制
开本:710 mm×1 010 mm　1/16
印张:13
字数:185 千字
版次:2014 年 2 月第 1 版　　印次:2023 年 3 月第 2 次印刷

书号:ISBN 978-7-5645-1675-8　　定价:42.00 元

“小小说美文馆”丛书

总 策 划 、总 主 审

杨晓敏　骆玉安

编委名单

主　编　马国兴　吕双喜

编　委　（以姓氏笔画排序）

王彦艳　连俊超　李恩杰

李建新　牛桂玲　秦德龙

梁小萍　郑兢业　步文芳

费冬林　郜　毅

序

杨晓敏

书来到我们手上，就好像我们去了远方。

阅读的神妙之处，在于我们能够经由文字，在现实生活之外，构筑属于自己的精神生活。透过每篇文章，读者看到的不仅是故事与人物，也能读出作者的阅历，触摸一个人的心灵世界。就像恋爱，选择一本书也需要缘分，心性相投至关重要，阅读的过程中，你会发现他与自己的不同，而你非常喜欢，也会发现他与自己的相同，以致十分感动。阅读让我们超越了世俗意义上的羁绊，人生也渐渐丰厚起来。

在这个信息碎片化的网络时代，面对浩若烟海的读物，读者难免无所适从，而阅读选本无疑是一个不错的选择。从《诗经》到《唐诗三百首》再到《唐诗别裁》，从《昭明文选》到“三言二拍”再到《古文观止》，历代学者一直注重编辑诗文选本，千淘万漉，吹沙见金。鲁迅先生说过：“凡选本，往往能比所选各家的全集更流行，更有作用。册数不多，而包罗诸作。”为承续前人的优秀传统，我们编选了“小小说美文馆”丛书。

当代中国，在生活节奏加快与高科技发展的影响下，传统的阅读与写作方式发生了深刻的变化，小小说应运而生，成为当下生活中的时尚性文体。小小说注重思想内涵的深刻和艺术品质的锻造，小中见大、纸短情长，在写作和阅读上从者甚众，无不加速文学（文化）的中产阶级的形成，不断被更大层面的受众吸纳和消化，春雨润物般地为社会进步提供着最活跃的大众智力资本的支持。由此可见，小小说的文化意义大于它的文学意义，教育意义大于它的文化意义，社会意义又大于它的教育意义。

因为小小说文体的简约通脱、雅俗共赏的特征，就决定了它是属于大众文化的范畴。我曾提出，小小说是平民艺术，那是指小小说是大多数人都能阅读（单纯通脱）、大多数人都能参与创作（贴近生活）、大多数人都能从中直接受益(微言大义)的艺术形式。小小说作为一种文体创新,自有其相对规范的字数限定(一千五百字左右)、审美态势(质量精度)和结构特征(小说要素)等艺术规律上的界定。我提出的小小说是平民艺术,除了上述的三种功效和三个基本标准外,着重强调两层意思:一是指小小说应该是一种有较高品位的大众文化,能不断提升读者的审美情趣和认知能力;二是指它在文学造诣上有不可或缺的质量要求。

小小说贴近生活,具有易写易发的优势。因此,大量作品散见于全国数千种报刊中,作者也多来自民间,社会底层的生活使他们的创作左右逢源。一种文体的兴盛繁荣,需要有一批批脍炙人口的经典性作品奠基支撑,需要有一茬茬代表性的作家脱颖而出。所以,仅靠文学期刊,是无法垒砌高标准的巍巍文学大厦的。我们编选"小小说美文馆"丛书,是对人才资源和作品资源进行深加工,是新兴的小小说文体的集大成,意在进一步促进小小说文体自觉走向成熟,集中奉献出思想内容与艺术形式兼优的精品佳构,继而走进书店、走进主流读者的书柜并历久弥新,积淀成独特的文化景观,为小小说的阅读、研究和珍藏,起到推动促进的作用。

编选"小小说美文馆"丛书,我们选择作品的标准是思想内涵、艺术品位和智慧含量的综合体现。所谓思想内涵,是指作者赋予作品的"立意",它反映着作者提出(观察)问题的角度、深度和批判意识,深刻或者平庸,一眼可判高下。艺术品位,是指作品在塑造人物性格,设置故事情节,营造特定环境中,通过语言、文采、技巧的有效使用,所折射出来的创意、情怀和境界。而智慧含量,则属于精密判断后的"临门一脚",是简洁明晰的"临床一刀",解决问题的方法、手段和质量,见此一斑。

好书像一座灯塔,可以使我们在瞬息万变的社会不迷失自己的方向,并能在人生旅途中执着地守护心中的明灯。读书是一种积极的生活情趣,一个对未来的承诺。读书,可以使我们在人事已非的时候,自己的怀中还有一份让人感动的故事情节,静静地荡涤人世的风尘。当岁月像东去的逝水,不再有可供挥霍的青春,我们还有在书海中渐次沉淀和饱经洗练的智慧,当我们拈花微笑,于喧嚣红尘中自在地坐看云起的时候,不经意地挥一挥手,袖间,会有隐隐浮动的书香。

(杨晓敏,河南省作协副主席,郑州小小说文化传媒有限公司董事长、总编辑,《小小说选刊》《百花园》主编。)

目录

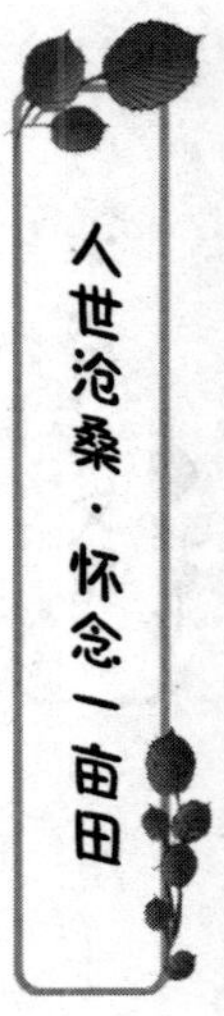

过了初六是初七

赵　新

那件事情让我记忆犹新，让我想起来就后悔莫及！

我欺骗了善良，欺骗了真诚。

我二十多岁的时候，是一位中学老师，教孩子们音乐和语文。那所中学离我老家沟里村很近，每年放了年假我都回到村里，参加村剧团的演出活动。我们沟里村剧团在全县名气很大，我给他们编写剧本、谱写曲调、当导演、拉胡琴，有时甚至粉墨登场，扮演剧中主要人物。我最喜欢扮演农村老头，我竟然演得惟妙惟肖，以假乱真！

我是沟里村剧团的台柱子，团长赵山对我大加吹捧。

我记得非常清楚，1963 年的正月初六，我们村剧团照例进行串村演出。所谓串村，就是在这个村里演了以后，再到那个村里演，上午到刘家沟，下午到王家沟，晚上再到李家沟。那天我们化着装来到杏树弯村演出时，苍茫的暮色中，天上镶着一钩月牙，山头上闪烁着颗颗星星。

杏树弯的乡亲们热情好客，非让我们先吃饭后演出，说我们跑了一天了，嗓子干了，腿脚乏了，再直接到台上演戏，有些难为我们！

赵山说："那大家就带着妆吃饭吧，吃了饭好好给人家演出！"

领着我和赵山去他家吃饭的是一位老汉，他在前头走，我们在后头走。月色昏黄，村巷朦胧，我拿眼去看老汉时，发现他的那身打扮竟然和我这位

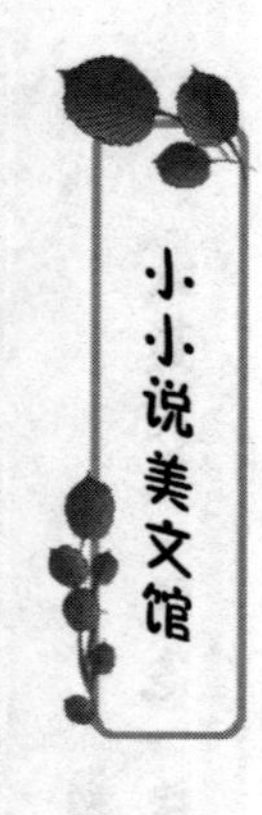

"老汉"的装束一模一样:头戴一顶毡帽壳,上身穿一件大襟棉袄,腰里系一条褡包,手里提了旱烟袋。我学着他的步子老态龙钟地走了几步,差点儿被街面上的一块石头绊个跟头,老汉回过身来扶住我,很认真地提醒道:"老哥,慢点儿走!咱们山沟里,就是石头多!"

星光月影中,他把我看成了真正的农家老汉!

赵山笑了,悄悄地说:"二哥,你听见了没有?今天晚上有戏了!"

老汉的家非常干净、温暖,炉火通红,热气腾腾。油灯挂在墙上,灯光摇曳,屋里似暗若明。我们进门就上炕,上炕就吃饭,老汉一边给我们斟酒一边叼着烟袋抽烟,那张饱经沧桑的脸笑出憨厚,笑出对客人的尊敬。

赵山说:"大叔,你家里的人呢?我婶子呢?我弟弟妹妹们呢?你叫回他们来,咱们一块儿吃。别客气,我们也是庄稼人!"

老汉说:"他们早吃了,早跑到戏台底下占座位去了。你们沟里村剧团头一次到杏树弯演戏,大伙高兴得不行,早在家里待不住了。"老汉忽然扭头问我:"老哥,你这么大的岁数,也跟着剧团到处去跑?他们都是年轻人。"

赵山说:"大叔,你看着我二哥的胡子长,其实他岁数不大,他今年才五十二岁!他是我们村剧团的台柱子,没了他,我们天缺一角!今天晚上他唱压轴戏,大叔一定给捧捧场,一定给鼓鼓掌!"

老汉说:"好容易你们来一趟,我当然得去!老哥,你家里几口人?大嫂愿意叫你出来?孩子们愿意叫你演戏?天寒地冻,翻山越岭,你千万别碰着、摔着!"

赵山说:"大叔,你别哪壶不开提哪壶呀,我赵尚二哥到现在还没结婚(那一年二十三岁的我真的还没有结婚),哪来的大嫂?哪来的孩子?"

老汉斟酒的手猛地一抖,酒便洒了一世界。

赵山重重地感叹一声:"大叔,光棍苦,光棍苦,裤子破了没人补;光棍难,光棍难,吃饭不管淡和咸啊!"

老汉点了点头:"对不起,怪我把话问多了,你们吃,你们吃!"

他用手擦了擦眼。他的眼里浮满了泪水。

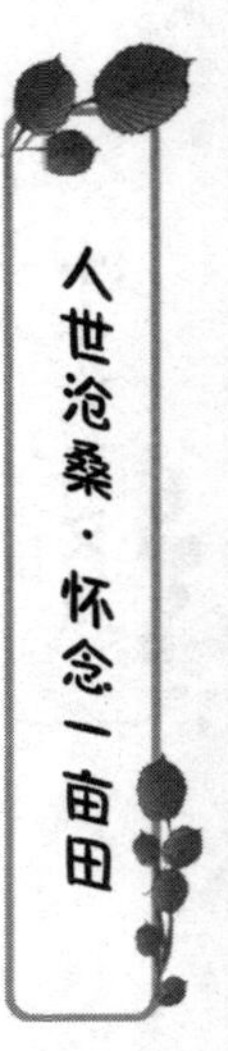

我们向他道谢告别的时候，才知道他的名字叫做刘老畅。他说他和我同岁，今年也是五十二。我很想把我的实底告诉他，赵山说等等吧，他还没看你的戏！

那天晚上我们的演出特别成功。我在最后一出小戏《老汉相亲》中登台表演。当我满怀喜悦地唱到"男人是叶来女人是花，没有女人不成家，老汉今天相亲去，且把夕阳当朝霞"的时候，台下掌声如潮，群情激动。老汉坐在台下最前排，他在拼命鼓掌，眼里明晃晃的。

散戏以后，我们着急着往家跑，早忘了再和老汉打个招呼的事情。

过了初六是初七。第二天狂风肆虐，大雪纷飞。早饭之后，我正在屋里很甜蜜很骄傲地回味昨天晚上的演出时，老畅大叔披着满身白雪走了进来！我很惊奇，拉住他的手说："大叔，您怎么来了？"他很惊奇，撒开我的手说："你就是赵尚？在我们杏树弯那个演老头儿的？"

老汉是来给我提亲的。他说他知道一个光棍老汉的难处和苦处，他愿意把他的妹妹嫁给我；他的妹妹就在他们本村做媳妇，前几年死了男人，跟前有个十多岁的娃儿。他很不好意思地笑了笑，搓着一双大手说："对不起，我眼拙，你那么一化装……多亏我妹妹没有来……"

我说："大叔，是我们对不起您，是我和赵山欺骗了您！"

他说："我也欺骗了你们呀！实际上我是一个光棍汉，怕你们吃不好喝不好，我就编了那些瞎话糊弄你们……那顿饭是我妹妹做的！"

我把赵山找来时，屋里已经没人了。我的邻居告诉我，那老头儿已经走了，他的妹妹还在村外等着他……

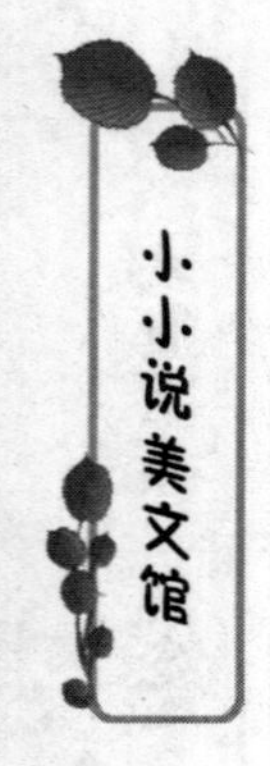

亲爹亲娘

赵 新

那天早晨，也没有什么异常情况，院里的公鸡照样打鸣，树上的鸟儿照样叫唤，霞光照样鲜亮，日头照样出山。可是，女人在去喂猪的时候，突然一头栽倒在地，不管麦收老汉怎么着急、怎么呼喊，她也是听不见喊叫、不能答应了。

麦收就手忙脚乱地给儿子打电话。第一次拨的是空号，少了一个号码；第二次把电话拨到了别人的手机上，讲了半天对不上号；第三次再拨时，麦收老汉先镇静了一下，等手颤抖得不那么厉害了，才一个号码一个号码地拨。

这一次拨通了，那头接电话的正是儿子梁小年。

麦收老汉不想把老伴儿的病说得多么多么严重，免得儿子着急。儿子刚刚被提拔为乡长，心气正足，兴头正浓，干工作光怕落后。麦收老汉又镇静了一刻，然后才说：小年，爹想问问你，你今天工作多不多，忙不忙？

小年说："多呀，忙呀！上边千条线，下边一根针，我是乡长，我什么都得管，能不忙么？"

麦收说："小年，咱们村离你们乡政府不远，你能不能回家看一看……"小年说："爹，我现在必须马上进城，车都在门外等着！县长的媳妇因为患感冒住了医院，我得到县医院看望她——爹，咱家里有事么？"

麦收说:“小子,你娘病了,倒在地上了……”

小年说:“是么?您看多不凑巧!爹,您和我娘先坚持一下,两个小时后我一定回去!爹,我得先进县城啊,这样的事我去晚了不好,人家早有许多同志抢到前头了!”

麦收老汉放下了电话。麦收老汉理解儿子:人家乡长、书记、科长、局长都争先恐后地跑到县医院看望县长的媳妇了,儿子能不去吗?不去不就显得“个别”,不去不就显得吃米忘了种谷人吗?既然去,那就早去,省得是最后一个!

麦收看了看躺在炕上的老伴儿,老伴儿的眉头皱起一个很大的疙瘩,两只眼睛紧紧地闭着,浑身都在剧烈地打战,出气细若游丝。麦收倒了半碗开水,又在水里加了一些白糖,噗噗地将那热气吹了一阵,然后喂了老伴儿一勺。他说:“你咽呀你使劲往下咽呀,这是你最喜欢喝的白糖水。”老伴儿却原物把水吐出来,淋淋漓漓流到脖子里了。麦收想马上把老伴儿送到医院,可一是手里缺钱,二是眼前没车。他俯下身子,悄悄地对女人说:“老伴儿,我知道你受罪了,你再坚持坚持吧,一会儿小年就回来了。他一回来咱就有了办法,咱就有救了!”

女人突然“哼”了一声,麦收老汉赶紧抓住她的手说:“好,你听懂了,你明白我的话了,咱们好好等着,啊!”

两个小时过去了,小年没有回来。

麦收老汉又拨通了儿子的手机。麦收说:“小年,你这会儿在哪儿?”小年说:“爹,真是越渴越吃盐,我们在路上时车坏了,我这会儿刚刚赶到县医院——我娘病情咋样,好些了吗?”麦收说:“不好啊,你娘水都咽不下去了。儿子,你早些回来吧,家里就我一个人……”小年说:“爹,真是活见鬼,人们把信息搞错了,县长的媳妇根本没在县医院住院,而是在家里进行输液治疗!我到她家看看她,然后马不停蹄往家赶,顶多再有一个小时就回去了。爹,您再坚持一下,坚持就是胜利!”

麦收老汉又把电话放下了。麦收没有责怪儿子:儿子既然进了县城,那

就得到县长家里看一看，在那里问候一声，报个到，点个卯，不然不就白跑了？麦收老汉来到女人身边时，蓦然发现女人的眼窝里存了两滴晶亮的泪水，那泪水上面还有阳光在闪烁跳跃。老汉想：老伴儿这是想念儿子了吧？怎么会不想呢？她和他结婚三十多年，他们只生了小年一个娃，农历过小年那天生的，还是难产；如今孩子长大了，有出息了，当乡长了，当娘的能不想么？

麦收老汉伸手给女人擦掉眼窝里的泪，这一擦，把自己满眼的泪水也擦出来了：女人这一辈子很苦很累，女人不能走啊！

一个小时过去了，小年还没回来。

麦收老汉第三次拨通了儿子电话。麦收说："小年，你是不是正在往家赶呀？车要开慢点，小心……"小年说："爹，我还在县长家的大门口哪！这里里里外外全是看望病人的人，个个奋勇当先，汗流浃背，门口都堵严啦，谁也挤不进去！"麦收说："你们都是干部，你们让一让不就进去啦？"小年说："爹，这种事情你不懂，大家都争第一名，关键时刻谁肯让谁呀？"麦收说："儿子，你就别争啦，你马上往回返！你娘气色不大好……"小年说："爹，您让我再拼一拼，您让我再搏一搏，半个小时之后我一定一定赶回去——老人家，不说啦，人们又开始新的一轮冲锋，又开始挤啦！"

麦收老汉想：儿子本来很听话，可是这一次变得不大听话。

麦收老汉想：我们可是小年的亲爹亲娘啊！

女人的头上冒汗了，嗓子里的痰呼噜呼噜响，就是咳不出来。

麦收老汉又拿起了电话。小年说："爹，您放心，我现在正在车上，我离家只有十多里路啦！"麦收说："你见着县长媳妇啦？她的病咋样啊？"小年说："别提啦，这可真是天大的笑话！县长的媳妇根本就没病，只是打了一个喷嚏……"麦收说："儿子，那你不是白跑一趟吗？"小年说："爹，我没白跑，我们都在登记簿上签上自己的名字啦！我排在前三名，好不容易呀！"

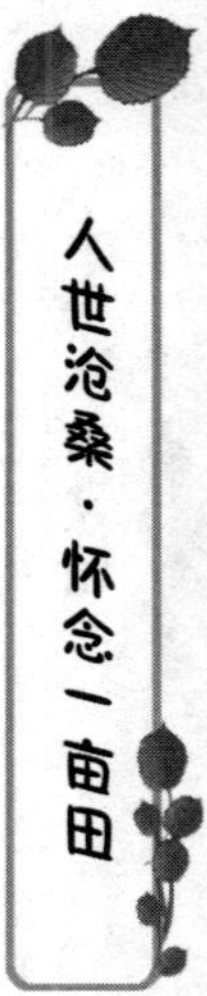

二乘以三得八

赵 新

我小时候很笨，七岁了还没有上学，不识字也不识数，当然更不会算账。村里人笑话我，说我是个傻二小。

忽然有一天，我们村开了一家小小的杂货铺，卖些针头线脑儿、文具纸张之类，也卖吃的喝的，比如炒花生、红薯、烧酒。店铺就在我们家的斜对面，掌柜的是我的本家爷爷赵泰，一个很斯文很有架势的白胡子老头儿。开张那天他先在店铺门口放了两挂鞭炮，然后在大门上贴了一副鲜红的对联。我问赵泰爷爷这对子上写的是什么，赵泰爷爷说给我听，上联是“有酒今日醉”，下联是“没钱你别来”。我问赵泰爷爷这两句话怎么讲，赵泰爷爷说：“傻二小，这还不好讲吗？回家问你爹赵清和去！”

回到家里我真把那副对联给爹念出来了，我问爹这是什么意思。

爹是一个四十多岁的农民，满头黄尘，一脸汗水。爹想啊想啊，终于在抽了一袋旱烟后说：“二小，他那副对子意思很明白，一是劝说和鼓动人们买他的东西，手里有钱要舍得花，过好了今天再说明天，今天不管明天的事；二是他做买卖现打现开，不赊账，不还价，有钱你就买，没钱你别进他的铺子。”爹说赵泰这个人虽然识文断字，可是很小气，很抠，财迷脑瓜……爹忽然问我：“二小，他那副对子没有横批吗？他应该有个‘不赊不欠’的横批！”

爹说对了，不一会儿那赵泰爷爷就把横批贴出来了，不过不是“不赊不

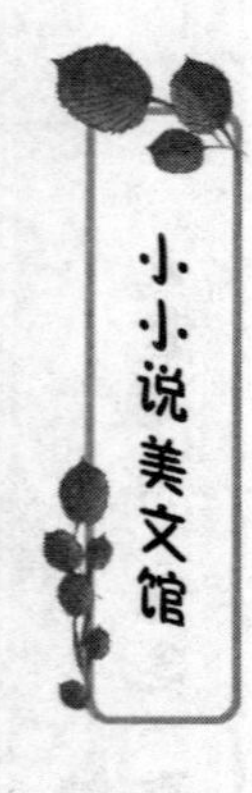

欠”，而是“概不赊欠”！我很佩服爹的智慧和眼光，尽管爹一字不识。

我又把那横批的事给爹说了，爹笑了说：“二小，你这个爷爷把一枚钱看得比磨盘还重，你可别去买他的东西，小心他糊弄你，欺骗你！”

我冲爹点了点头，好像很听话，但是我在心里想，你不给我钱，我去干什么？人家又不赊给我！那天我们家里来了客人，要点火做饭时，突然发现家里没了洋火（火柴）。爹不敢怠慢和冷落自己的亲戚，就交给我两毛钱，让我赶紧去买洋火。爹告诉我是二分钱一盒洋火，我们买三盒，剩下的钱一分也不能花，要如数拿回来。爹就说了这么几句话，还让我跑着去！

进了赵泰爷爷的铺子时，那位白胡子老头儿正趴在柜台上噼里啪啦打算盘。他头戴一顶瓜皮帽，身穿一件蓝布长衫，鼻梁上架了一副老花镜，比小学校的老师还显得有文化、有尊严。他把算盘推到一边，俯下身来摸着我的头说：“二小，别的孩子都上学了，你为什么不上？”我说：“爷爷，我笨，我不识数！”他说：“你小子不上学，那不是越来越笨，越来越没出息？”我说：“爹不让我上学，说我们掏不起书钱！”他说：“你爹糊涂！掏不起书钱不会借借？他还让你当一辈子傻二小呀？”他猛地把柜台一拍：“短见，你爹真是短见！”

赵泰爷爷的脸红了，那把雪白的胡子也抖动起来。他坐下去歇息一阵，这才问我买什么，身上带了多少钱。他很仔细很认真地告诉我，他铺子里的洋火是二分钱一盒，我要三盒，用乘法算，二乘以三得八。他说你身上带着两毛钱，用减法算，两毛减去八分，我应该再找给你一毛钱。他说：“你听明白了吗？听不明白回家问你爹去！”我说：“明白了，明白了。”其实我一点也不明白，他一会儿乘法一会儿减法，我的脑袋早大了，早晕了。

那天晚上爹好一阵激动，好一番感慨，好一番叹息！

爹先是批评赵泰爷爷：“这个赵泰，想钱想疯了吗？不顾仁义道德，不看同宗同家，光天化日之下欺负我们，他的良心呢？”

爹说：“他可真会打算盘呀！一盒洋火二分钱，三盒应该是六分钱，从哪里跑出来的二乘以三得八呀？两毛钱减去六分钱应该是一毛零四分钱，他里外多收了咱们四分钱，四分钱是个小数吗？两盒洋火呀！”

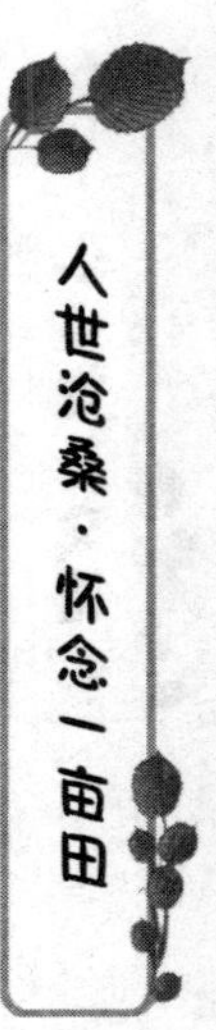

爹接着批评我："你真是个傻二小！你就不会算一算，木头啊你？"

昏黄的油灯下，爹的眼里流泪了。他的泪水掉下来，砸得地面啪啪响。

我说："爹，那你找他去，让他把钱退回来！"

爹说："他是我的长辈，我怎么去找他呀？他财迷脑瓜，他会要手段，他要不认账呢？撕破了脸面，吵闹起来，岂不让人笑话？罢罢罢，忍了吧，和为贵，你明天上学去吧，爹给你借钱去！"

第二天我就上学了。我发现我不笨，老师教的字，我都会写；老师讲的话，我都能记住。老师表扬了我，夸奖了我，我心里很高兴。

那天傍晚赵泰爷爷穿着那件长衫到我家里来了，爹很有礼貌地接待了他，给他递了一袋烟，端了一碗水。赵泰爷爷对爹说："赵清和，听说你让二小上学啦，真的吗？"爹说："真的呀！没钱我们可以借，我们不能再受别人的欺负啦！"赵泰爷爷笑了："这就好，这就好，你早该这么做——你忙吧，我走啦！"爹说："三叔，你别夸奖我，我这可是被人逼的呀！"

赵泰爷爷走了之后，爹突然在水碗底下发现了四分钱！爹的手突然一抖，碰洒了那碗还在冒着热气的水……

爹是在三十多年之后去世的，那时候我在报社做记者。临终前爹对我说："二小，你还记得你赵泰爷爷吗，那个白胡子老头儿，在咱们村开杂货铺子的？"我说："记得，记得很清楚呢！"爹说："吃水不忘掘井人，多亏他呀！以后每年的清明节，你一定要到他的坟头上磕三个头，人家为了谁呢？"

爹走了，那是1980年的秋天，一个高粱红了、谷子黄了的日子。

奶奶的吊筐

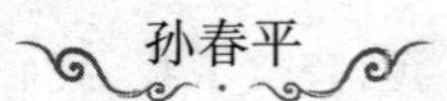

孙春平

在我的印象里，奶奶没有独属于自己的东西。一个大字不识，没文化是肯定的了。因为没进过学堂，所以连自己的姓名都没有。她娘家姓冯，据她回忆，家里人和街坊邻居都喊她四丫。嫁给爷爷后，姓氏随夫，她便成了赵冯氏，一直到死，灵牌上也是这么写。

奶奶甚至没有爹妈兄妹。奶奶到我们赵家那一年，辽西大旱，十三岁的她骑上一只小毛驴，由一个叔伯哥哥牵赶着，颠簸了一天，到我们赵家当童养媳。两年后，便成了我爷爷的媳妇。到家的隔日清晨，她醒来时，叔伯哥哥已杳如黄鹤，据说走时驮走了两斗高粱。此后七十余年，奶奶再没回过娘家，娘家也没来人看过她。问她爸爸叫什么名字，她摇头；问她娘家还有什么人，她也摇头；问她家乡的屯子叫什么，有什么特征，她眼里便是久远的迷蒙，摇头说记不得了。

准确地说，在我的记忆里，只有老家房梁上挂着的那只吊筐是独属于奶奶的。昔日的辽西乡下人家，几乎都有那么一只吊筐，细细的荆条编成，悬挂在房梁垂下的一个挂钩上。吊筐的用途与功能类似于我们眼下带锁的冰箱，既防腐，也防鼠。家里有点什么特别的嚼货（食品），比如黏豆包、炒花生或特意留给老人或家里主要劳动力的白面馒头、不掺糠菜的玉米饼子之类的，为防馋嘴的孩子，便都放那里去。吊筐悬于通风处，便可多放一两日，诡

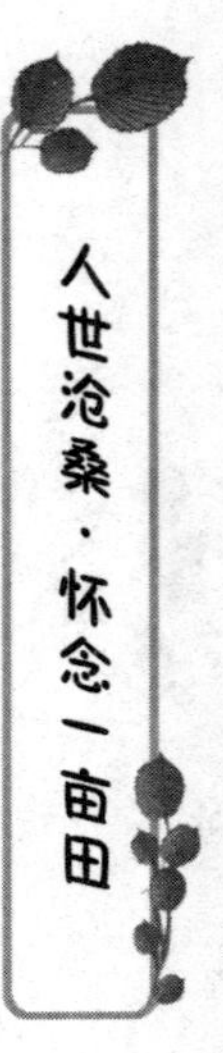

诈灵巧的耗子也难以得手。小时候，寒暑假我常回老家，爸妈让我带去的面包糕点，奶奶都放进筐里。我在外面疯野，饿了，满头大汗地跑回家。奶奶便搬只木凳，站凳上摘下吊筐，抓一把花生，或递一只煮熟的鸡蛋给我。对少年时代的我来说，奶奶的吊筐就是聚宝筐啦。

前几年，叔叔将老房拆了，盖起了宽敞明亮的平房。搬进新居那天，奶奶抱着她的吊筐，在屋里四下踅摸。叔叔问："妈，找什么呢？"奶奶说："找个地方把筐挂上。"叔叔苦笑，说："屋顶连根房梁都没有，挂哪儿呀？您老要是想放什么舍不得吃的嚼货，家里不是买了冰箱吗？"奶奶固执地说："我不管你什么冰箱不冰箱，你把这筐子给我吊上。"

叔叔没法，只好在屋顶锤进两个水泥钉，再悬根绳子下来，算是又给奶奶的吊筐找了个安身之处。过年时，我回老家拜年，见新居里当头吊个旧筐，怪怪的，很不协调。便悄悄问婶婶："奶奶的筐里还有什么宝贝呀？"婶婶讪笑说："谁知道？吊筐在她头顶上悬着，谁想半夜拿下来看看都难，老太太在这事上犟着呢，随她吧。"

去年秋天，奶奶以八十八岁的高龄驾鹤西去。临终前，奶奶用生命中的最后一点力气对我说："去，把筐拿下来。"我摘筐在手，奶奶指着一个裹扎得紧紧的小布包，示意我打开。原来布包里只裹着两个鸽蛋大的板栗，已经飘轻。我摇了摇，栗壳里已干硬板结的栗肉在哗啦啦地晃动。奶奶要到另一个世界去了，要这两个板结的栗子干什么呀？在众人的环视下，奶奶将栗子一手握了一个，安然一笑，喘息着叨念说："当年……我从娘家出来，妈翻出家里的最后一捧栗子，是八个……塞进我怀里。路上，我饿，吃了六个，这两个我留了下来……"

奶奶走了。握着两个存放了七十多年的板栗，从此阴阳两隔。在漫长的一生中，我们几乎从没听她叨念过母亲，可在她的心灵深处，却一直将母亲与她的生命如此紧密地连接在一起。唉，奶奶的吊筐啊……

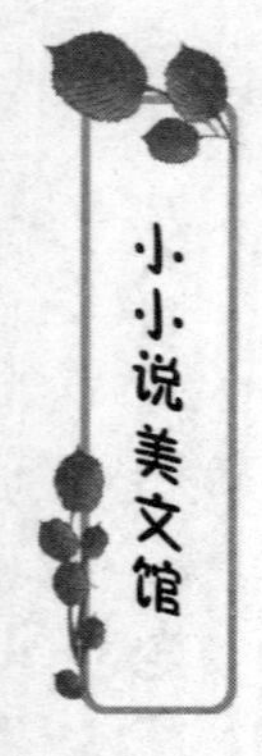

屋梁上的柳条箱

孙春平
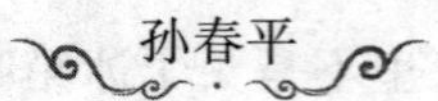

小雁翎从懂事起，就记着家里屋梁上吊着的那个柳条箱。据说当初箱子是黄白色，但烟熏火燎，加上岁月不动声色地侵蚀，眼下已变成了一团黑黄，就连箱上挂小锁的镲吊，也锈迹斑斑没了模样。

小雁翎不止一次问过："那箱里装的是什么呀？"奶奶说："别人的东西，谁知道？"雁翎说："一个破箱子放在哪儿不好，吊在那儿多难看。"奶奶说："不是怕耗子嗑嘛。"雁翎问："箱子是谁的呀？"奶奶说："是你的一位知青叔叔的，走时说会回来取。"雁翎问："叔叔？我怎么从来没见过这叔叔？"奶奶想了想，笑了，说："按辈分，你应该叫他爷爷，他住在咱家时，你爸爸就喊他叔叔。唉，这一走就三十多年了，那时你爸才十一二岁。"雁翎再问："那'知青'是什么呀？"奶奶说："就是城里念书的学生。"雁翎追问："城里的学生不在城里念书，跑到咱乡下干什么？"奶奶忙着去轰撵进屋里的鸡，扬着扫帚说："不跟你说了，说了你也不明白。"

好奇的小雁翎还问过爸爸。爸爸妈妈都去城里打工了，只在过年和秋忙时才回家，他们说攒够了钱，翻盖了家里的房子，就不走了。雁翎问柳条箱的事，爸爸说："那个叔叔姓徐，高高的个儿，戴着眼镜，一有空就看书，看过了还写，说是记日记，我估摸柳条箱里装的就是他的书和日记。徐叔叔常带我去屯东的河里玩，夏天游泳摸螃蟹，冬天滑雪溜冰车。他游泳时常把眼镜掉在水里,爬上岸就成睁眼瞎了,总是我钻进水里帮他把眼镜摸上来。有一年冬天,你奶奶病了,烧得厉害,徐叔叔连夜带我去乡里卫生院买药,回来时就遇到了狼,那狼瞪着绿莹莹的眼睛一路跟着我们。那次要不是身边还带着咱家的大黄狗,可就坏事啦。"雁翎又问:"那他为啥把东西扔在咱家就不要啦?"爸爸的脸色暗下来说:"那年知青们考大学,考上的得到通知就高高兴兴回家准备入学去啦。可徐叔叔得到通知时,大学已开学好几天,再不去报到就给除名了。迟得通知的原因其实也挺简单,也不知公社里的哪位马大哈把那么重要的一封信给弄到靠墙的桌缝里去了,害得徐叔叔连回趟家的工夫都没有,就把不想带到学校去的东西都划拉进柳条箱,只说日后回来取。至于他为啥一直没来,我也说不清楚了。"雁翎追问:"那他现在在哪儿呀?"爸爸摇头说:"他刚走的那两年,还有信,后来信就少了,断了,谁知呀。"

但雁翎知道,爷爷奶奶可是把那黑黄的柳条箱太当回事了,几乎当成了眼珠子。有年夏天,连降大雨,乡里发出紧急通知,为防泥石流,要求傍山而居的村民立即转移。那天,爷爷奶奶拉着她都冒雨跑出了屯子,爷爷转身又跑回家,好一阵才又扛了那破箱子追上来。有人开爷爷的玩笑,说:"是啥金银细软呀,值得你这样不顾命?"爷爷说:"要是自个儿的东西,别说金银细软,就是传国玉玺我也扔了它,可这是别人寄放在咱家的,管它是啥,也丢不得的。"

两年前的一天夜里,爷爷奶奶看家里的那台黑白电视,是县里的新闻。奶奶突然指着屏幕说:"那新当选的县长是不是在咱家住过的小徐子?"爷爷凝睛再看,说:"错不了,也姓徐,也戴眼镜,只是比过去胖了,老了。可小徐叫徐东林,他怎叫徐磊呢?"奶奶说:"兴许是改名了吧,城里的文化人好整这个。真没想到,这兄弟出息成个大县长,这回他可该来咱家取东西啦!"小雁翎也高兴地喊:"呀,咱家住过大县长,看谁还敢小瞧咱!"爷爷照着她屁股就给了一下子,黑着脸说:"这话可不许去外面说,丢人!"

但一个月过去了,一年过去了,两年也过去了,徐县长却一直没来取他

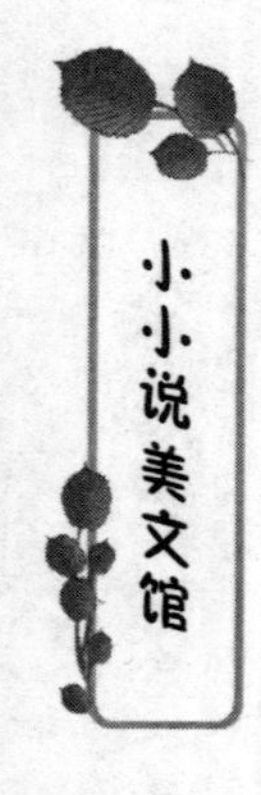

的柳条箱。雁翎不止一次地想，也许是爷爷奶奶老眼昏花认错了人吧。但自从在电视上第一次看到徐县长，爷爷奶奶一到夜里那个时间，也不管小雁翎是看动画片还是看还珠格格，都把电视调到县里的新闻上去，不错眼珠盯着看，一边看还一边嘀咕："看那个做派，还有年轻时的影子呢。"从电视里，小雁翎知道徐县长翻山越岭到山区考察，号召山里人多养绒山羊；小雁翎还看到徐县长亲自带人到山里打井，说山里人喝了深井里的水不得粗脖子病。记得最清楚的一次，是徐县长带人规划通往山里的公路，主持人说，那条路就从她家的屯后经过，还要铺成黑色路面。爷爷高兴地说："这回小徐可要到家来看看了。"奶奶立时就催，快把吊在梁上的柳条箱取下来，说把落在上面的尘土擦干净。可柳条箱擦了一次又一次，徐县长仍是没有来。

徐县长以身殉职的消息他们也是从电视上知道的。天降暴雨，山里的一处水库决了口，徐县长带人去救灾，连人带车滚落进了洪水里。那天，电视上出现了徐磊县长带黑框的大幅照片，哀乐响得让人揪心，爷爷奶奶哭得鼻涕一把泪一把，不住地说："这种事怎么就偏让好人遭上呢？"

几天后，县里的干部来到家，说徐县长出发救灾前曾写下遗嘱，他们是在整理遗物时才发现的。遗嘱上有一条说，他当年插队时曾住黑石沟赵吉年家并存有一些物品，如遇不测，请代将那些物品就地焚毁，切莫整理，更不要保存；并代向赵家兄嫂及小侄致以永远的怀念与敬意。

烈焰腾腾，浓烟滚滚，就在家里的院中间。那一刻，看着爷爷奶奶哀伤的样子，小雁翎的双眼也模糊了，她只是不解，这么些年，爷爷的徐老弟，爸爸的徐大叔，自己的徐爷爷为什么一直没来家取他的柳条箱呢？

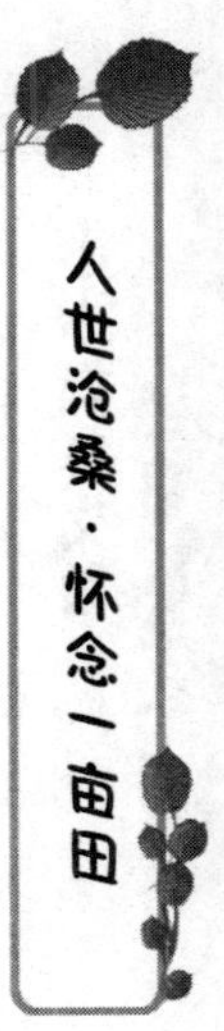

唱 戏

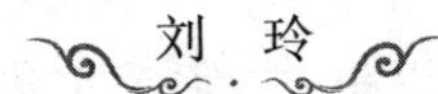

三叔跟我一个属相,比我大一轮。弟兄六个里,那年代出来一个吃公饭的已很了得,何况是日本留过洋。后来我读他的《樱花梦》方才知道,说是留洋,因为读的是农业,实际上也下地干活。

家里出了这么个孩子,该是一家人都在这光环下活得体面。有心的话,续着海外的关系,子女侄辈中也是有人能出去,这在当时都是简单的。

回国的三叔,每写一个字都是一衣带水那边的爱情,又仿若剩下只会唱日文歌,画一幅画都是配日体的诗。

谁想,这样的才子会不正常到成为家族的笑谈,而留洋的经历更促使大家对他抵触:"培养一个留洋生,最后有什么用?家里有哪个的出路是你指引的?还要一大帮种田的帮衬你。"

村子里捐庙宇,有头脸的被族人邀回去,他的名字在第一页上排,最后落的是这个版本——刘家老三在大家齐跪拜的时候,在路西水塘边啃那妖艳女人。我那时已工作,跟我说的人其实是臊我家,却装着有多愤恨:"你知道,那女人不是你三婶婶。"

后来,三叔成了族里叔公婶娘鲜有耐心说起的人。我结婚时,他竟是连侄女成婚都不出礼,坐在我跟前,还是说那些话:"小辈儿里你跟我最相像,会作文写字。我这辈子都怨了你奶奶,用命逼着我回来,我回来还不是和你

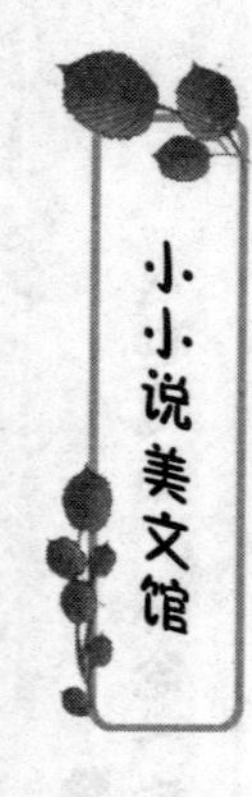

那暴戾的三婶分开？如今消沉得每天只想讨杯酒喝。”

他常指着我对旁人说：“这侄女，文采是和我一样好的，就是性子太倔，难变通，不好。”我习惯反驳他：“谁要跟你一样？”这时他会压低声音说：“我要回来也是有你的作用，那时候你十八岁吧，信里没说一句大道理，就写你小堂弟，吃饭睡觉玩乐的场景，我能不回来？否则，断不回来。”

大抵因为我相信是有这样的理由，心存隐隐的愧意，跟我至亲叔叔的幸福比起来，我当然宁愿他背负背叛的名声，哪怕我们一起来背负，也不想他就此成了一个不正常的人，所以跟大家耻笑他我有一些不忍。

后来，竟被人漠视到伺候奶奶的份钱都不要他的，分完了数目，也没人联络他，妈妈就再掏出一份说：“他，只当我和你大哥还在供。”

三叔说，他读大学，大哥大嫂一个月给他五块钱零用。他们把钱叠好，用牛皮纸包上几层，在太阳下照几照，确定发信的或者带信的不能看到里边有钱，才会封好随信寄出。

知道我离婚，他在电话里咆哮：“这个你也要学，看看吧，家里学历最高的两个人，会写字的两个人竟然……”沉默片刻，他啪一声挂掉。

奶奶走的那天是正月破五，天寒地冻，当门板上放好了穿戴整齐的奶奶时，人们才告知三叔。大家的漠视其实也有心疼的成分，这时候的三叔听说已经弓背，酒精早已烧坏大脑。才四十八岁的年龄就到了这样的状态。

他在奶奶灵前一个趔趄，我以为是情绪失控，稍一会儿，我才知道，他已经毁掉了。我妈还没哭奶奶，就先一声哽咽，怜惜说：“这不争气的老三。”

葬礼前夜是初六，锋利的月牙镶在天上，农村天地阔，有人放烟火，我们在灵棚里稍歪一下身子看出去，就是一簇光。我们一会儿哭一下奶奶，一会儿有人去做好饭再一碗碗送进来，一会儿也摸出一副扑克来打。

给奶奶请的戏班子在巷子头灯火通明地唱，那唱腔的尾音都是一顿一顿，就像平常哭到气不畅，或者猛起来一声号哭，总之，这个时候是应该唱哭戏就对了。

我想，这班唱戏的今晚真是泄气，若不是提前拿了主家的钱，真会收东

西走人——戏台下没有一个人来看。偶尔会有一个路过的,站定不超过半分钟就又走掉了。有几辆三轮车载满满一车人,从戏台下呼啸卷过,连减速的迹象都没有。

原因是这样的,邻村新任的支书当选前给村民有承诺,当选的这个新年给大家请大场面的戏,连唱三天。下午就有这个消息了,说的大场面当然是午夜时上演女人的脱衣舞,十里八乡都会是车载马拉地去,谁肯留下来看这些穿衣服的哭戏?

二婶边起牌边啧啧咂嘴说:"你奶奶一辈子辛劳,光知道生儿养孙,大戏唱到门里都舍不得抽空看一眼。"娘啊,二婶拍拍棺木,"今晚一台戏是唱给你自个儿听的。"

这时候,三叔从草席上的一堆棉絮里钻出来,拍拍身上的草篾子走了出去。

突然换了男生来唱,先是悠长的一声饮泣,之后气口很大地一字一句唱来。大概父辈们知道是哪出,或是惊异于这个男主角气场颇大,台下无人观赏也要唱得这么气吞山河吗?二婶歪头听一会儿,颇肯定地对我们说:"是齐庄的老魏头。"我放下手里的碗,说:"是老三。"说着跑出去。

三叔一身素服,头上的孝帽也端端正正戴着,板板眼眼的唱腔,规规矩矩的吐字,跟平时一时兴起的滑稽唱法是不一样的。身着的大孝本就是长袍,也有水袖,三叔唱念动情,仿佛已物我两忘。

三叔被酒精烧坏的大脑一字不差地记了这么多戏词。当唱到一句"娘啊",他一下跪到台上,就这样跪着唱完,就是跪着背也不弓。

唱了几出老戏的三叔,脱了孝服,我以为就此完结。谁想,着西装的三叔更是换了神采,两目放光,走到台中央定一下,说:"娘,现在开始唱歌。"

三叔唱日本歌,间或还有日本的细碎舞步。需要自弹自唱的,电子琴马上从角落抬到舞台中间,那琴手就成为三叔的话筒架子,三叔要用两只手弹琴。

我想我是不会忘记这个场景了,我觉得他除了在用心唱戏给奶奶听,也

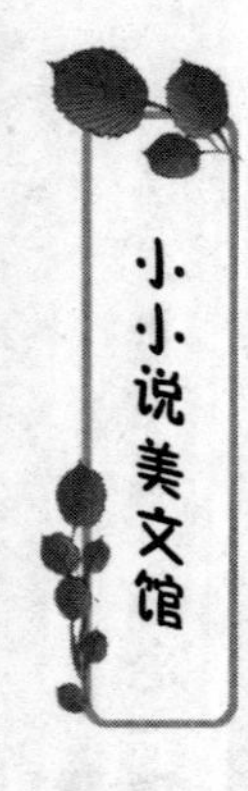

是把经年消磨得只剩些许的一点点哀怨用唱歌的方式说给奶奶了。他从日本回来,没有唱过这么多的日文歌。

在奶奶灵前我有种直觉,我当时觉得三叔是毁掉了,已经毁掉了。差不多一年后的深冬,三叔走了。

或许是由于抑郁症,或者是由于酒精中毒,我们甚至没有要医生给出确切的定论,就在第二天就送他上路了。族里家人来了十几个,匆匆赶来,都还穿着干活的行头,想是安顿了他还要赶回做工。大概都算过时间,不过一两个小时后就回到自己的轨道,那些惋惜的或嗔怪的回忆他的话,都可以放到干活里说。

在殡仪馆的告别厅,我看到打扮一新的三叔,穿着中式的衣服,戴着毛呢的鸭舌帽,我记得他大学时候的一张照片就是戴着这样的帽子。

到了火化间,允许两三个亲属进去再做最后整理。我那个三叔后来娶的新婶婶是拿过三叔单位的份子钱之后才哭晕的,最后不能进去。因为更加特殊的原因,我们对三叔唯一的孩子隐瞒了消息。

最后,进去为他整理的是四叔和我们姐弟。我唯一得到了他的遗物,是他的所有手稿,当然就有那本印成书样的《樱花梦》。他只有这些,都给了我。

当炉门打开,火化工就要推他进去时,四叔用脚踢我一下,跪在地上的我轻轻地前扑。四叔说:“跟你三叔说一句。”

我想的是叫一声“三叔”,再说句“你走好”之类的话,说出来却是:“奶,三叔给您唱戏来啦。”

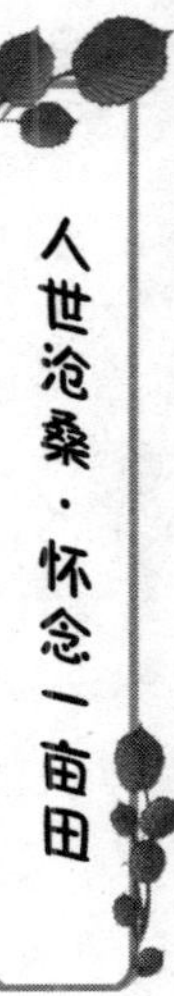

八大脚

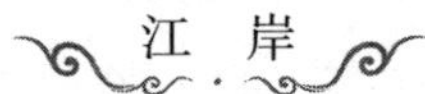

爹的坟地早就看好了，要守在爷爷旁边。爷爷的另一侧，安葬的是奶奶。爹生前就已经说过，他要守着爷爷奶奶。那块坟地在黄土岭半山腰上，通往坟地的是一条崎岖的羊肠小道，坎坷难行。要把爹抬上山去，还真不容易。

家有千口，主事一人。黄泥湾红白事儿都是麻爷主持。麻爷是我爷爷的亲弟弟，小时候害过天花，留下一脸细白的麻子。麻爷年高辈长，懂得老礼老规矩，任何事情交给他，准没有错。

麻爷说："老大，赶紧把八大脚请好啊。现在青壮年都外出了，只有几个老头子在家，赶紧选几个还有把力气的，明天抬你爹啊。"

我大大咧咧地对麻爷说："您老看着安排吧。"

"不是你说的那回事儿，请八大脚，必须孝子自己出面。"

"咋样请法？"

"八个人，一人一条手巾、一块香皂、一双鞋、一包点心。"

"那还不容易？您老派人买去。"

"早买好了，专等你去请了。但是，我要告诉你，请八大脚，不管老的少的，也不管辈长辈晚，都必须给人家行大礼。"

"行什么大礼？"

“就是给人下跪，给人磕头。”

我愣了，久久不说话。毕竟受过高等教育，有些古老的做法真是不敢苟同。麻爷急了，嚷道：“你发什么愣？还不赶紧去？”

我不以为然地说：“那怎么行？男儿膝下有黄金，我可以跪天跪地跪祖宗，别的我做不到。都解放多少年了，怎么可以这样？”

麻爷瞪我一眼，气汹汹地吵我：“你没听说过，死了老人，见人矮三辈吗？这几天人来客往的，全是你弟弟行的大礼，不少人背后都在戳你这当老大的脊梁骨了，读了大学当了老板不得了啦？老规矩不讲啦？”

我深深地叹了一口气。

我只好拎着一份份礼品，找村里的老爷儿们搭讪。他们这几天一直跑前跑后帮忙，每个人都是一脸油汗。见我对他们笑，知道要请八大脚。我给他们上烟，和他们握手，把礼品往他们手上塞。但是，我终于没有跪下去。

不知何时，我送出去的礼品原封不动地退回来了，堆满了一桌子。

他们送还了礼品，仍然不知疲倦地帮忙。

我的脸肯定红得像公鸡的冠子。我发怒的时候照过镜子，我一生气就这样。我一怒把礼品全扫到地上，还在上面使劲跺几脚，拍着桌子说：“有钱能使鬼推磨。我就不信这个邪。”

麻爷冷笑几声说：“那你就试试看吧。”

第二天一大早，帮忙的人们都来了，黑压压地挤满院子。麻爷悄悄对我说：“现在请人还来得及。”

我轻蔑地笑笑，高声大气地对大伙说：“现在咱们国家讲市场经济，今天，凡是自愿当八大脚的，每人一百元工资。”

人群解冻的河流一样缓缓流动起来，瞬间，河水仿佛流经沙漠地带似的，一滴水也不见了。

我对着正在消散的人流，像在劳务市场招工一样喊：“我可以涨工资，两百元、三百元都可以……我等着你们报名，名额有限啊。”

日上三竿了，人们按照麻爷的安排做一些杂活，无活可干的，便三五成

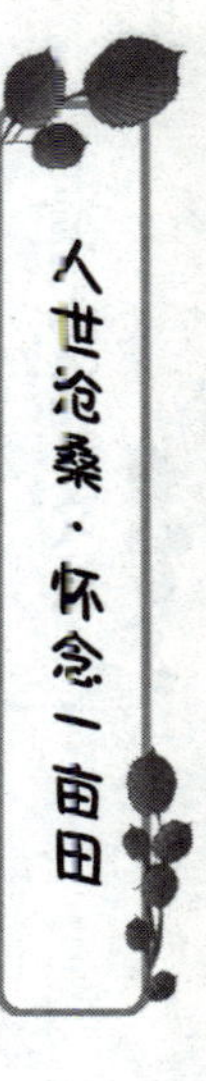

群地聚在一起谈天说地。

没有一个人进院子报名。

我在春日阳光下木桩一样傻站着。

麻爷问:“你打算让你爹臭在家里吗?”

我没吱声,紧咬下嘴唇,将嘴唇咬破了,我尝到一丝丝甜甜的血腥味儿。一群陌生人突然闯进院子,一个、两个……一共七个。七条汉子排在我的面前,春日阳光打在他们身上,花了我的眼。

领头的汉子吆喝道:“你们自己出一个人,搭把手,行吗?”

麻爷说:“几位不嫌我老汉,我算一个。”

领头的汉子笑了,他拍拍麻爷的肩膀说:没问题,人们不是说,人老骨头硬,越老越有劲吗?”

几个汉子嘎嘎咕咕地笑了。

麻爷也笑了,顺手抄起了一根抬棺材用的杠子。

我长长出了口气,看看麻爷。麻爷别转了脸。

院子外溜进来一个人,伸手夺走了麻爷的杠子,挤进汉子们中间。是我的弟弟。在弟弟身后,拥进来一堆村里的汉子。他们的手里都拿着杠子和绳索。他们恶狠狠地围着七条汉子,眼睛里喷出火来,恨不得一口吞了他们。

“我们黄泥湾的男人没有死绝,不用你们来收尸,都给我滚。”他们愤怒地叫喊起来。

我拦住了他们,不由自主地跪在他们面前。我哽咽地说:“各位叔叔哥哥,我谢谢你们了。”说着,我重重地磕了一个响头。

八大脚冲进灵堂,七手八脚绑棺木。麻爷站在人群里,一脸嘚瑟。后来,麻爷悄悄告诉我,那七条汉子,都是他儿媳妇的娘家人。是麻爷让他们出面激怒黄泥湾的男人,免得我下不了台面。

我的父老乡亲啊！我的心里忽然一阵热。

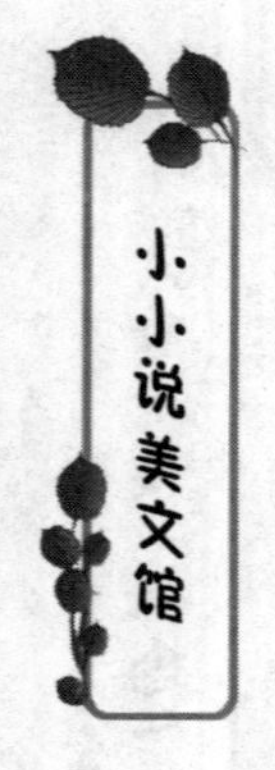

长明灯

江岸

好像前天还趴在爹的脊梁上耍赖不下来，好像昨天还钻在爹的怀里撒娇摸他粗硬的胡须，好像刚刚闯祸爹还瞪我骂我小王八羔子，可是爹说没就没了。家里打发堂哥到学校来接我，说我爹不在了，我一下子急眼了。

“你放屁，你爹才不在了呢。”我怒吼。

“我爹早就不在了。”堂哥哭笑不得。

回到家里，看到堂屋挂起的白幛黑纱，看到娘一双红如熟透樱桃的眼睛，看到几个嫂子拿着孝衣往我身上套，我还不敢相信这是真的。

我推开所有的人，一个箭步跨上台阶，掀起挽幛冲进了灵堂。“我爹在哪里呢，我爹呢？”我只看见一具漆黑的棺木森严地安放在摇曳的烛光里。

我大叫一声“爹”，就昏厥在爹的灵前。

爹死了，我不再是懵懂无知的男孩，应该是个男人了。作为一个男人，对于爹的丧事，我却束手无策。娘抱着我哭得昏天暗地。我趴在娘的腿上，和娘一起哭。前来奔丧的亲眷和帮忙的邻居像一群嗡嗡乱飞的苍蝇，把本来就乱的院落搞得更乱。但我们什么都顾不得了，只是哭。

夜幕降临，娘木木地坐在灵堂里，我偎在娘的怀抱里。大家劝娘去休息，娘摸了摸我的脑袋，叮嘱我说：“给你爹尽尽孝吧，你爹刚到那边，一个人害怕，长明灯不能灭。”娘说着，眼泪又下来了。

我跪在爹的灵堂前,给爹守灵。供桌上,一对婴儿手臂粗细的白烛交相辉映着,照彻整个灵堂。香炉里插着三根檀香,袅袅地冒着白烟。爹的棺木下面,置一个小碟,碟内盛满香油,一根长长的棉线盘绕着浸泡在香油里,一头探出碟外,点燃了,如豆的火苗便跳动起来。这盏油灯,就是照亮爹新的旅程的长明灯。有了这盏灯,爹就可以看清通往天国的路,就不会感到害怕。蜡烛和檀香非常耐烧,不用担心,但长明灯太微弱,当真轻慢不得。

下半夜,帮忙的人陆续走了。灵堂里除了我,就是死了的爹。料峭的春寒无孔不入,慢慢穿透我裹紧旧军大衣的身体。我站起来,到室外活动一下冰凉的手脚。半个淡黄色的月亮不知何时爬到院外的树梢上,和许多星星挂在一起,从树枝里筛下半明半暗的影子。

我不由得哆嗦起来,赶紧回到灵堂看护长明灯。我给长明灯添了两次油,拨了五次灯芯。在影影绰绰的灯光中,我看见爹一个人蹒跚而行。我追赶爹,却怎么也追不上。爹忽然回过头来,冲我笑了笑,继续往前走。我拼命喊爹,却发不出声音……

"小叔别睡,会感冒。"有人碰碰我的胳膊。

我一下子醒了,揉揉眼睛。旁边跪着隔壁堂哥的傻女儿青儿。

"你怎么来了?"我狐疑地问。

青儿傻呵呵一笑,什么也不说。

我赶紧转脸看长明灯。灯盏里,油是满的,灯芯也像是刚拨过的。青儿还会做这些?我再转脸看青儿,她低垂着头,头顶着孝布。

一片耀眼的白。

有青儿陪着,也能给我壮壮胆。但我真的想不通,这深更半夜的,她怎么会来给我爹守灵?

"谁让你来的?"我问青儿。

青儿突然哭了,泪珠黄豆般大小,一颗,两颗,夺眶而出,很快汇成了串儿,水淋淋地从脸颊上流下来,一直挂到下巴上。

我惊呆了。我的天,青儿还会流泪!

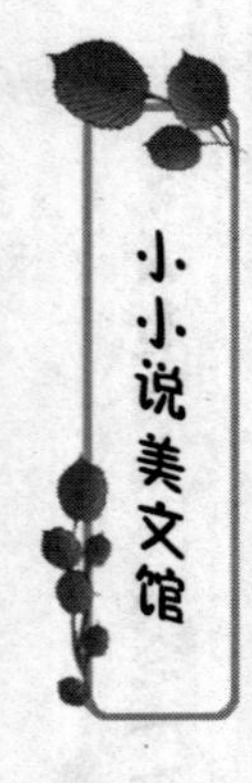

青儿比我小两岁，我们是一块儿长大的，十多年了，我破天荒第一次看到青儿流泪。小时候，所有的孩子都欺负青儿，没头没脑地打她。打疼了，青儿也哭，与其说是哭，不如说是号，干打雷不下雨。然后大家一起围着青儿转，一边转一边拍手唱。

风来了，雨来了，

蛤蟆背着鼓来了……

每当这时，青儿就咧着一张大嘴，傻呵呵地笑。

青儿是我堂哥的第三个女儿。她二姐落地的时候，就差点儿被丢进马桶。到底是娘身上掉下来的一块肉，她娘不忍心，把她二姐留下来，结果被乡里罚几千块钱，几乎倾家荡产。提起这事儿，她爹就气不打一处来，恶狠狠地骂她娘。青儿一落地，又是一个女儿，她爹不由分说，用破布胡乱缠着她，把她丢进粪筐，背出去扔到了山沟里。第三天我爹去打柴，在山沟里发现了依然活着的她。谁也没想到，三天三夜过去了，她居然没有被狼叼走，更没有渴死饿死。我爹把她捡回来，送到她家的时候，她爹的脸比锅底还黑。青儿长大了，却是个傻子，几岁了还不会说话，只会傻呵呵地笑，这下连青儿的娘都嫌弃她了。有时她家饭做少了，她娘就吼她："到你小爷家吃去。"青儿就端着碗，真的到我家来了。我爹就叹口气，宁愿自己不吃，也让青儿吃饱。为此，我没有少揍青儿，不让她再到我家来。但是青儿不长记性，一饿了就跑到我家来，冲我爹傻呵呵地笑。

这样的青儿，怎么会流泪呢？

看到青儿流泪，我更加想念我爹，眼泪又哗哗流了出来。

我和青儿一起给我爹守灵，没事儿做的时候，我们就添灯油，拨灯芯，长明灯就一直明晃晃地亮着。每次青儿都不让我动手，她非要去做，这个傻女子做这些事情的时候，一点儿也不笨拙，反倒显得非常灵动。

爹，您看到青儿了吗？她也来送您了，一路走好！

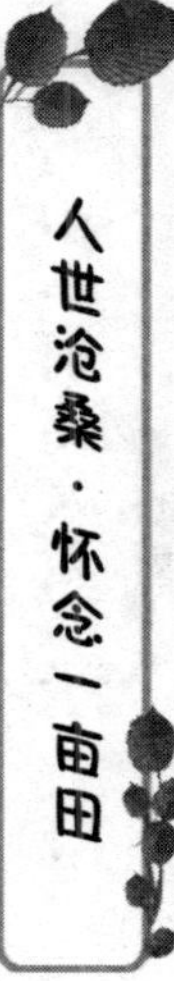

噙口钱

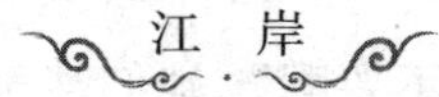

从踏进黄泥湾的那一刻起，老大媳妇舒雅就没有让村人舒服过。大家看她哪里都不顺眼。明明是千里迢迢回来奔丧，她却打扮得如一只花蝴蝶。见到乡里乡亲，她像逢节日般喜悦，笑容如饱满的向日葵，对着大伙儿灿烂开放。

不要说她不肯端端正正地戴孝帽穿孝衣了，

也别说她不肯下跪给死去的婆婆磕头了，

更别说她在如雷的哀号中没有任何哭泣的意思了……

看见舒雅歪顶孝帽斜披孝衣神态自若地半蹲在婆婆的灵前，没有一个人不想踢她一脚，把她踢个嘴啃泥，踢个狗吃屎，踢翻在她婆婆的灵前。据说舒雅也念过书，大专学历，怎么这样狗屁不通呢？

人人都为刚刚死去的老寡妇鸣不平。

她年轻时候真是一朵花，自古红颜薄命，二十八岁时丈夫撒手人寰。其间多少人想娶她，她都婉言谢绝。她不愿意儿子和女儿受丁点儿委屈。一个妇道人家，独自抚养大一双儿女，谈何容易！她砸锅卖铁供儿子读书，女儿学习一样争气，可她供不起。女儿辍学，儿子读到大学毕业。现在儿子可出息了，却娶了这样一个不通人情的媳妇！如果泉下有知，她一生哭干了眼泪的眼睛一定要泣血了。

对舒雅的气愤只是丧事中间一个小小的插曲，整个丧事按照传统的习

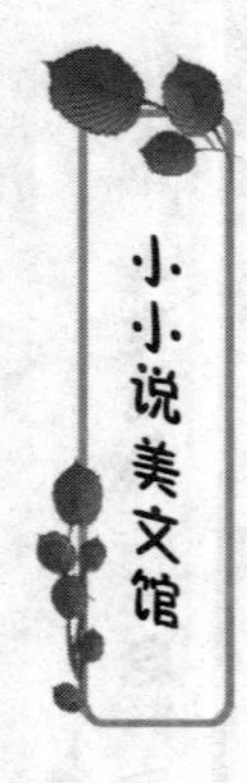

俗有条不紊地进行着。应该说一切都很顺利。

第二天晚上，亲眷最后一次瞻仰遗容，之后要封棺，永远和死者阴阳两隔。这是痛不欲生的时候，所有亲眷都往上扑，呼唤死者，把棺木拍得嘭嘭响，甚至头撞棺木。乡邻们围在周围，搀扶着这些亲眷，一些心软的大婶大嫂也开始掉眼泪。舒雅挤在人群里，木棍一样笔直地站着，俨然一个看客。大家有意无意地推搡着她，把她推到棺木旁边。

封棺的时候到了，木匠提着板斧，沉缓地走进来。亲眷们见了，更加撕心裂肺，她们大吼着"不要啊不要啊"，她们甚至夺木匠的斧子，把木匠往灵堂外面推。就在这拉扯之间，她们被乡邻拽开，齐刷刷地跪下来，放声大哭。

"砰——砰——砰——"板斧砸着棺材钉，好像砸在人们的心尖上。面对此情此景，纵是石头人，也会掉泪。所有的人一起恸哭。

舒雅却扭身往灵堂外走，嘀咕一句："干什么呀，又不是拍电影，表演给谁看呢?"

一个远房叔叔听见了，老头儿憋不住，怒喝一声："放你娘的屁!"

"你怎么骂人呢?"舒雅不满地说。

"骂你是轻的，我还想揍你呢。"老头儿扬起了老拳。

舒雅快步逃开了。

黄泥湾有个风俗：亲人离世，嘴里必须噙一枚铜钱，待封棺之前拿出来，穿根红绒绳，挂在长门长孙的胸前。这个铜钱叫作噙口钱，不是一般儿孙能够拥有的，它不仅可以庇佑儿孙，更是身份和地位的象征。

舒雅儿子小宇的胸前就挂了这枚噙口钱。红红的绒线吸引了舒雅的眼球，她走到小宇身旁，问儿子："你戴的是什么?"

"奶奶嘴里的钱。"七岁的小宇口齿相当伶俐。

"啊?"舒雅被毒蛇咬了一样暴跳起来，一把扯断红绒线，顺手把噙口钱扔了，扔到院子外面的竹林里去了。她抱起小宇跑到厨房，烧了一大锅热水，扒掉小宇所有的衣服，兜头兜脑给小宇洗澡，把小宇的皮肤都搓红了，她还往他身上涂肥皂。

舒雅老公的很多同学过来送葬。其中一个叫余雷的，学的是考古，在县文物局工作。小宇刚戴上噙口钱的时候，他就注意到了，悄悄抱着小宇，反反复复地看这枚古钱，看了正面看反面，看了反面看正面。小宇急了，使劲挣扎，他才把小宇放下来。舒雅的老公伤心欲绝，余雷还没有机会告诉老同学好好保留这枚古钱，古钱就被舒雅无情地扔掉了。

余雷打着手电，耐心地在竹林里寻找，好在红绒线还穿在古钱上，他终于找到了。他把舒雅拉到一边，悄悄地说："这个铜钱我捡回来了，嫂子可别再扔了。"

"怎么了？"舒雅皱皱眉头说。

"这个铜钱是个宝啊。"

"啊？怎么可能？"

"据我初步推断，这是一枚秦朝的古铜钱，我从没见过保存得如此完好的秦钱，品相太好了。如果排除赝品的因素，这枚秦钱绝对非常珍贵，极具收藏价值。当然，在这山沟里，也绝对没有人会仿造古钱的。"

"很值钱吗？"

余雷的手掌举起来，手心晃晃，手背晃晃，肯定地说："至少这个数。"

"真的啊？"舒雅瞪大了眼睛。

娘入土为安了，要解决遗产问题。全家人坐下来，村里德高望重的几个长辈也来了。因为舒雅一直格格不入，大家都捏了一把汗，怕她在利益问题上放刁。但她一直没有开口，问到她，她才点点头。这样，所有的问题都不是问题了。当然，小宇得了那枚古钱，价值不菲，其余的破烂家业能值多少呢？她没有争执也在情理之中。哥哥在城市，条件好；妹妹在农村，条件差。能承担的，哥哥都承担了；能继承的，都给妹妹了。

整个过程简短得有些出人意料。

大家道了别，要回家休息的时候，舒雅突然站起来，朝妹妹走去。大家的心又揪了起来。她掏出一个纸包，递到妹妹手上。

"我们欠妹妹的太多，这枚古钱给妹妹吧。""舒雅轻轻地说。

一圈人瞪大了眼睛，仿佛不认识舒雅，真的看不懂这个女人了。

暖墓穴

袁省梅

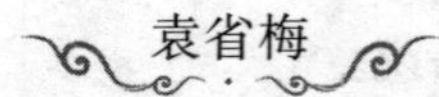

母亲的坟墓已经刨开了，等着明天与父亲合葬。老大一身白孝，蹲在坟前，瞅瞅老二，扁扁嘴，心说等老二来了，一起下去。老二在地头蹲一会儿站一会儿，孝子棍梆梆地戳着地边一块砖头，看老大一眼，倏地扭过头，装作没看见，却不往坟前去。

老二和老大已经快十年不说话了。那年，老二的孩子初中毕业停了学，老二找老大帮忙给娃找个活儿干。老大的小舅子媳妇的舅舅在县里是个局长，老大的孩子大学刚毕业，就给找了份工作，安安稳稳地坐办公室拿工资。老二眼红，让老大给他小舅子媳妇的舅舅说说，给他孩子也找份工作，老大没把事情办成。老二孩子工作找不下，打架斗殴，偷人抢店，进了派出所。老二抱怨老大不出力，说："要是旁人也就算了，可我是你亲弟弟，娃是你亲侄子，你不帮，存心害娃进监狱。"老大说："我腿都跑细了嘴都说破了，人家说娃只是个初中文化不行啊。"老二说："没有好活儿还没有赖的吗？你就是存心不帮还说一肚子人话，你有半点人味儿吗？"

老二怨着怨着就怨出了一股恶气，呼哧呼哧跑到老大家，把老大家的锅碗砸得稀烂，电视机也被掀到了地上，摔得稀烂。老大媳妇火了，跑到老二家也砸了一通。从此，过年过节，老大老二也不走动。巷里碰了照面，也跟陌路人般，横眉对冷脸，谁也不理谁。

父亲死了,灵堂设在老大家,停灵七日,供人祭奠。老二对媳妇说:“养老送终是正事,咱不去老大家,在地里巷头等着,给爸送终。”

总管来了,提着一壶酒,看见地头的老二就高声大嗓门地斥责:“眼瞅着天黑了,还不紧赶着下去暖墓穴,等啥哩?”

羊凹岭的习俗,亲人下葬前一天,儿女得下到墓穴查看亲人的“房子”——另一世界的“家”,不平的地方平整好,不阔的地方再挖大,还要在放置棺材的地方躺一躺,唤作“暖墓穴”。

老二扯过酒壶,跟在总管身后,扑嚓扑嚓去了坟地。

老大下墓穴里了,老二还是不下去,他要等老大上来再下。他不想跟老大碰面。

总管又叫骂:“下,等啥哩?就你弟兄俩,把你爸妈的墓穴弄好。”

老二不情不愿地嘟着嘴,把酒壶别在腰上,手撑着墓壁,蹬着壁上的脚窝子,下去了。墓穴里,母亲的棺材旁有一块空地,是放父亲棺材的。老大捏着手电筒,一手拍着黑土,一下一下,拍得很仔细。潮湿的土腥味夹着浓浓的腐烂味呛得老二直抽鼻子,忍忍,没打出喷嚏,一股悲凉寒流样从鼻子里蹿入,流遍全身,冰冷冰冷。老二不敢看母亲的棺材,薄薄的棺材板子已有缝隙。母亲就在那缝隙里。老二想着,泪水哗地涌了满脸,擦了一把,又涌了满脸。埋葬母亲时,他还小,十岁,不敢下去暖墓穴。老大抓着他的手,说:“不怕,有哥哩,跟着哥。”

看老大一点儿一点儿地摩挲着洞穴的土,老二突然觉得心里潮潮的,好像看见妈在炕上纺线纳鞋底。妈手上总有做不完的活。大哥割草喂猪放羊担水,回来从草里给他掏摸出一个柿子一个甜瓜。家里没有大牲口,犁地耙地,大哥就扛着疙瘩绳死命拉。冬季农闲,哥就跟爸去山上煤窑拉煤卖。大哥没上过学,爸供不起两个学生。哥总是说:“二,你好好学,我和爸供你。”

“真快啊。”突然,老大说,“妈都去了三十多年了。”

“三十四年。”老二心里说。他心里别扭着,还是不想搭理老大。

“争来争去也不过四尺宽的地儿。”老大说着,就躺在地上。

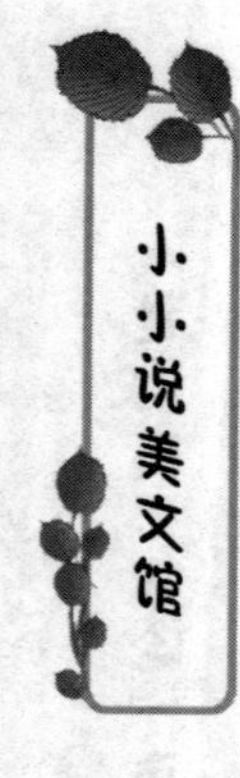

老二突然觉得老大也老了，声音苍老得像父亲。

“转脸，都走了。”老大说。

老二看见老大脸上亮亮的，叹息像从土里挤出来的，深沉，悲凉。

老大起来了，指着地，说：“你也躺躺吧，二。”

老二心头一颤，多少年没听过哥唤他“二”了。他别别扭扭地躺下来，眼前一片晦暗，洞口的光打在土壁上，很遥远，又似乎近在眼前，一抓就可以抓到的样子。那过往的日子呀。

“生死就这四米深啊。”老大扶着母亲的棺材，唏嘘。

老二爬起来，抬眼看老大，晦明中，老二看见老大黄瘦干枯的脸。几年的光景，都老了。

老大又说：“就剩咱俩了。”

老二咬着牙还是不说话，却咬不住泪，四十多岁的人像个小娃娃泪流得稀里哗啦。

总管在洞口喊：“好了就上来，奠上酒，灵前还有事等你兄弟哩。”

老大踩着土窝子上去时，老二在下面托着他一只脚，往上送。

老大上去了，蹲在洞口，看老二上来了，伸出手，拽老二，说：“回去，二，灵前上香。”

老二没说话，点点头，跟着老大去老大家了。

娶媳妇

袁省梅

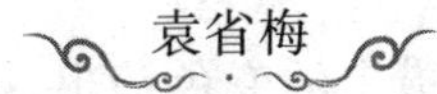

当王义气得知村主任娃跟他娃定一天娶媳妇时，心里立马就烦躁起来了。在这之前，王义气的心里一直是爽快的，给娃娶媳妇，多好的事啊。家里穷，娃也没啥本事，凭吃苦挣钱，好歹说下了媳妇，东借西凑地把彩礼送了，把媳妇的生辰八字要了过来。阴阳先生把娃的生辰一掐算，给了王义气两个日子，一个腊月二十五，一个十月初八，让他选定。想起当时定日子，王义气不由又恼火了。王义气选了腊月二十五，说是离年近，过事剩下的肉呀菜呀，过年就不用买了。回去跟老婆一商量，老婆就急得半边身子抖开了。王义气老婆有这毛病，生气了高兴了，左胳膊左腿就哆哆嗦嗦哆哆嗦嗦抖个不停，说话也嚷嚷得说不利落了。好的时候跟正常人没两样，屋里屋外，什么活都干得顺当。老婆咕哝了半天，王义气才明白老婆的意思。王义气一明白过来，就从心里佩服老婆的头脑。王义气心想："抖抖抖算个球，给我养的一窝娃没一个像她那样抖抖抖，娃都好好的啊。"这么想时，王义气的脸色一下就缓和了好多，搓着手，讪讪地笑："还是你想得周全，我咋就没想到腊月二十五，巷里娃娃都放假了，要多坐三桌五桌哩。"

日子一定下来，王义气就托媒人给亲家送去了，又叫女儿骑上车子给亲戚朋友一家一家都通知了，王义气和老婆也开始准备这个准备那个地忙碌着。十月初八好像是缓缓地来了，也好像是一抬脚就到了，反正王义气是高

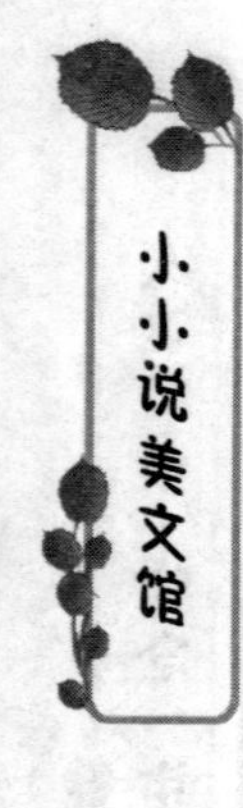

兴地忙乱着，走进走出地拿烟拿酒招呼人。也就是刚才，不知是谁在王义气的耳边叨咕了一句："村主任娃也是今个娶媳妇哩。"王义气的心一下像是吊在了一根线上，扑通扑通跳个不停。要是知道村主任娃也选在十月初八娶媳妇，他就是多准备三桌五桌也不会定这天的。王义气急急地划着脚步，到巷口踮起脚一看，巷那头的村主任家里果真搭起了帐篷，待客的桌椅也摆开了，人们进进出出看上去很热闹。村主任娃结婚，能不热闹吗？王义气像被谁在膝盖窝踹了一脚，腿咔嚓一下软了。

娃的红绸子都披挂好了，借来的变色镜也戴上了，就等王义气在先人牌位前烧香，然后出发迎亲。王义气瘫坐在凳子上，憋得脸红脖子粗，声音却低得像是从嗓子眼儿里挤出来的："急啥啊急，村主任那边还没放炮哩，人家还没走，咱能走？"老婆哆哆嗦嗦哆哆嗦嗦抖着，嚷嚷着，要王义气不要坐在屋里干着急，出去看看。羊凹岭讲究同一天结婚的人，走在前面的一方会有好运气。为了走在前面，碰巧一天结婚的为争着先进村，吵得闹得不可开交，甚至大打出手。

王义气火急火燎地在院子巷里进进出出，喝使老婆儿子女儿都竖起耳朵听动静，听村主任那边鞭炮响了，他们再放炮出发。可是，左等右等就是听不见鞭炮声。村主任那边静静的，没有炮声也听不见锣鼓声。王义气觉得心惶惶的，黑瘦的脸越发黑绿。他搓着手，走来走去，不知该怎么办。眼看着时辰不早了，只好嘱咐不要放炮了，吹鼓手也不要吹打了，蔫蔫悄悄地走。王义气看娃满脸的不快："就放个炮嘛，那有啥？等那边有了动静，咱攒一块儿多放些。"王义气说，"村主任娃不走，你走在人家前头，还不蔫蔫悄悄地要咋啊？"

因为时辰不早了，新媳妇家又离得近，没一会儿，王义气娃的迎亲队伍吹打着热热闹闹地回来了。王义气听到吹打声，飞快地跑到村口，伸着胳膊拦住迎亲队伍。王义气喘息着说："等一会儿等一会儿，等村主任娃媳妇进村了，咱再进，咱不能走在村主任娃媳妇前头。"迎亲队伍一下哑静了，租来的迎亲车司机一遍遍按喇叭，要王义气快点，要不就加钱。王义气黑黄的脸赔着笑:“加钱加钱,给你加钱,咱再等等,咱咋说也不能走到人家村主任娃媳妇的前头啊。”王义气瞅瞅这边瞅瞅那边,搓着手,典礼时辰眼看着要过了,还瞅不见村主任娃娶亲的队伍。

十月的天气也来跟王义气较劲似的,说变也变了,刮起风,风里夹着雪,一粒一粒地砸在王义气的脸上。王义气还在踮着脚张望,老婆一抖一抖地跑来了,一来就嚷嚷着骂:“你个驴脑袋,听三不听四,人家村主任娃是明天娶媳妇今天请客哩……”

王义气一下傻愣了,雪扑簌簌下大了。

双色槐

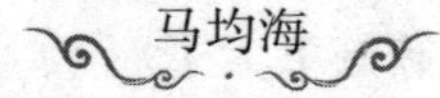

秋林的故乡名叫鲁河湾，位于黄河故道，四周都是槐树林，一条小河从林中流过。每年槐花盛开的时候，槐林便成了花的海洋，素雅的花朵在阳光下熠熠生辉，沁人心脾的花香随风在空气中荡漾，很远就能闻到槐花那种特有的清香。

秋林家乡的槐树不高，树冠很大，花密叶稠。花儿香甜味美，食后顿觉神清气爽。奇怪的是，槐树叶子并不怎么苦涩，嚼起来还有甜丝丝的味道。20世纪60年代三年自然灾害的时候，人们把槐叶晒干磨成面，蒸成窝窝头来充饥。但是，其他地方的槐叶却苦涩得难以下咽，人食用后会引起腹胀，严重者会导致身体水肿。秋林说，他家乡的槐树确实奇特，但更奇的是有棵槐树会开紫白两种颜色的花朵。那棵槐树生长在林子深处的高岗上，树干粗壮高大，笔直挺拔；树冠呈伞状，颇有松树的气势，与周围的槐树形成了巨大的反差。槐花飘香之时，那两种颜色的小花交相辉映，在绿叶的映衬下幻化出迷人的色彩，成了林中一道神奇的景观。那年春天，正值槐花盛开，一位和尚路过这里，见到此树，不禁睁大了眼睛。和尚手中不停地捻动着佛珠，沉思良久，捡起根树枝，在地上写了一首小诗。

紫谓瑞气白是空，

外相虽异实则同。

有朝一日花落去，

此处不再现葱茏。

在场的几个人只有秋林认识字，他低头揣摩了好半天，仍不解其意，便请和尚指教，不料和尚早已悄然离去。秋林把诗记在心里，然后写在纸上，准备同村里的人一起研究。村庄不大，只有几十户人家，大部分是文盲，识字的也只不过是小学毕业，算起来，秋林是村里唯一的初中生。几个有文化的人同年长者一起，把这首诗琢磨了很长时间，又请教了教语文的小学老师，也没弄懂诗的含意。不过，大家能模糊地认识到，双色槐是吉祥之树，它能带来一方平安，如果它被毁掉或不存在了，不知会发生什么样的灾难。打那时起，双色槐在人们的心目中变得神圣起来，村庄里的人都去自觉地守护它，珍爱它，生怕它遭到什么不测。

可是，人们担心的事还是发生了。

那年冬季，一个寒冷的早晨，秋林像往常一样，一清早就起床，背起那只破旧的箩筐，往林子里走去。许多天来，不管有事无事，他都要到双色槐下转悠转悠，一看到双色槐安然无恙，心里就有一种说不出的欣慰。可是，此刻，他有一种不祥的预感，因为他已经走到了小路的拐弯处还没看到双色槐的树梢。平时走到这里，双色槐树冠朦胧的轮廓就会出现在视野里。糟啦！他似乎意识到了什么，大步流星地走了过去……眼前的景象把他惊呆了——双色槐被人锯倒了，树干不知去向，地上只剩下些凌乱的树枝。他试图顺着脚印追赶过去，但昨夜的风沙太大，尘土和枯枝败叶已埋没了偷树者的足迹……

得知双色槐被盗的消息，鲁河湾的村民愤怒了，有的指责，有的咒骂，有的哭泣，还有的把偷树贼做成草人，捆绑在树上，天天用开水浇，用锥子扎……人们用各种方式来发泄心头的愤恨。秋林暗下决心，一定要把这个缺德鬼查出来。可是，他明察暗访了好几个月，走遍了三里五村，仍一无所获。这天，他从大王庄村南边经过时，发现秦贵家在盖新房子，木工正在上大梁，便有意走了过去。在不动声色之中，经过仔细观察，他断定这大梁就

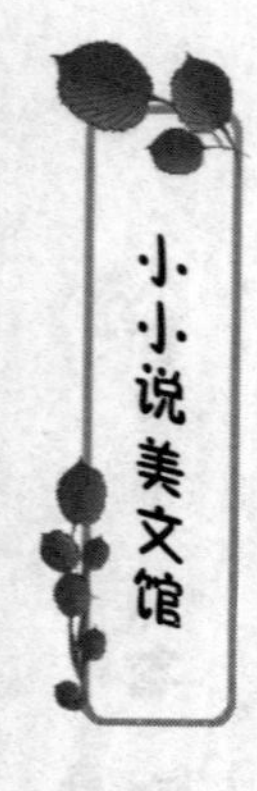

是双色槐。秋林把这消息告诉村里几个人,大家都犯难了,因为秦贵的哥哥是公社武装部部长,秦贵就是依仗权势横行乡里,成为地方一霸;再说,又没有现场抓住他,就是去告发,他也不会承认的。大家合计来合计去,毫无良策,只有无奈地摇头……

不觉到了秋天,鲁河湾田地里庄稼长势喜人,谷子低垂着头,豆秧上结满了荚,玉米甩出了毛茸茸的红缨,红薯的叶子油光发亮……一派丰收在望的景象。可是,谁也没有想到,连降几天大雨,从上游下来的洪水使小河的水迅速上涨,一夜之间,鲁河湾成了一片汪洋……秋庄稼完全绝收了。人们在想,小村从来没发过大水,今年是怎么啦?面对着多日不退的洪水,秋林似乎一下子明白了和尚那首诗的真正含义,认为这场大水就是对诗的最好诠释。他把自己的观点说给大家,很多人表示赞同。于是,人们把这场洪水和和尚的诗联系在一起,向外传扬开去。结果越传越远,越传越神,很快就传到了上级领导的耳朵里。那年月政治气氛很浓,政治运动不断,打击封建迷信的力度也很大。所以,政府部门绝不会坐视不管。公社负责治安的秦部长带领几名工作人员,亲自到鲁河湾召开现场会,对散布封建迷信的行为进行了严厉的批判,并点名批评了秋林等人,说以后再不引以为戒,继续妖言惑众,将绳之以法。

这场风波之后,秋林万万没有想到的是,鲁河湾来年又遭受到了洪水,秋粮仍颗粒无收,一向丰衣足食的小村渐渐失去了元气,人们开始恐慌起来……

那年冬天的一个深夜,不知何故,秦贵家起了大火,秦贵被烧成了重伤。奇怪的是,房屋上的木料绝大部分被烧成灰烬,唯独大梁没有被燃着,只是完全被熏黑了,可能是木质太坚硬的缘故吧。

来年春天,秋林惊喜地发现,双色槐根部长出了一棵小树。小树枝粗叶茂,长势迅速,鲁河湾的人在企盼着它快快长大开花……

这以后的故事,我就不知道了。

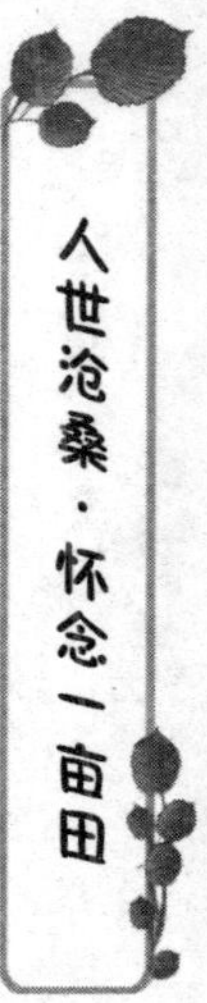

童年的草屋

马均海

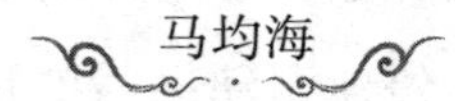

我出生在一间简陋的茅草屋里。

我记忆中的草屋，在村庄的最西边。门前不远处，有一小山包似的土岗，岗上有梨树、桃树和杏树，还有一些叫不上名字的低矮植物。屋后百步之遥，是一大片枣树林，枣树已经很老了，棵棵长得奇形怪状，粗大的树干上疙疙瘩瘩的，远远望去，就像是雕刻的艺术品。草屋的四周，围绕着爬满牵牛花的篱笆墙。院子里有两棵树，一棵是石榴树，另一棵是香椿树；还有一块废弃的石磨盘，磨盘又大又圆，被放置在用青砖垒成的台上，天气好的时候，母亲把饭菜放在上面，一家人便围在一起吃饭，真是其乐融融。

可爱的草屋，幽静整洁的小院，周围的树木和小草，天上缓缓游动的白云……这自然朴素的一切，在我的童心里，就像梦幻般的童话世界。这个世界里的一草一木，一景一物，乃至鸡鸭牛羊的叫声，都是我童年的歌谣。我目睹着草木在四季中的变幻，听着枝头鸟儿的歌声，呼吸着清新的空气，无忧无虑地成长着。

春天，屋前方的土岗上，草木发芽，果树开花，浓郁的花香溢满了小院，溢满了草屋。每年春暖花开的时候，我最爱去的地方就是土岗。土岗很大，坡面上长满了绿茵茵的小草，草地上还有各种颜色的小野花。有一种植物，它的穗子在柔嫩之时，剥去叶片可以直接食用，其味甘甜，余味悠长。到了

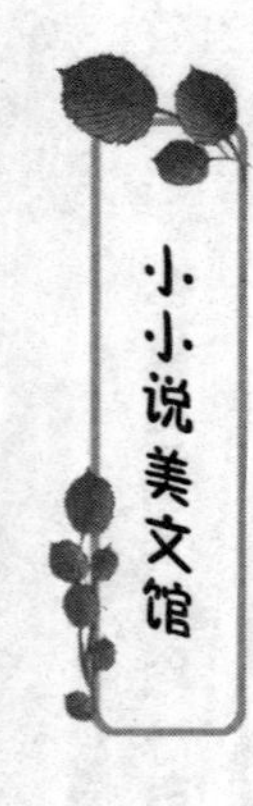

盛夏,这里便成了知了的乐园,树枝上到处都是蝉蜕。黄昏时分,是蝉破土而出之时,正是抓它们的最好时机。母亲常带我去捉蝉,每次都能捉到好多。

每年秋风初起时,草屋后的枣树林便逐渐喧闹起来,因为枣子就要成熟了。沉甸甸的果实压弯了枝头,在阳光的照耀下,大大小小的枣儿慢慢泛黄变红。微风吹过,红枣在绿叶中时隐时现,就像含羞带笑的俏姑娘。为了防止小鸟啄吃,许多树干上都捆绑上用谷子秆做成的草人,有的戴着帽子,有的手拿小红旗,小旗在风中不停地飘动……鸟儿不辨真伪,怕被捕杀,轻易不敢接近枣树,只好停栖在远处的树枝上偷偷地观望。到了冬天,北风呼啸,枣树落尽了叶子,林子里的野草也变得枯黄。枯草遍地都是,而且又高又密,成了野兔藏身的好地方。那天,我在草丛中玩耍,忽然听到一声高亢的鸟叫声。我抬头一看,见一只鹰定格在半空中。猛然间,鹰像箭一样向地面俯冲下来,闪电般扑到兔子身上……

那年深秋的一天,我在草丛中逮蚂蚱,不料受了风寒,晚上便发起热来。母亲抓了一把谷子,让我用温水喝下,可第二天并不见好转。父亲只好到几里外的村庄请来医生,医生诊断后开了方子,并嘱咐抓紧时间把药服下。可是连喝了三天苦水,病情不但没有好转,反而越来越严重了,最后到了昏迷的状态。母亲把我搂在怀里,心急如焚,一筹莫展……到了中午时分,外面传来化斋和尚敲打木鱼的声音。母亲曾听说有的和尚会治病,便抱着一线希望快步出了家门。母亲把和尚请到屋里,指着昏迷不醒的我说:"这孩子病了好几天了,吃了几剂药也不管用,现在已不省人事了。望神灵保佑,求师傅救救我的孩子吧……"和尚已年过花甲,慈眉善目,言谈举止与众不同,一看就知道是位有修行的僧人。和尚用手摸了摸我的额头,又观察了一会儿,从囊中取出银针。和尚为我扎完了针,又开了方子。方子很简单,只有几味很平常的草药。母亲问:"师傅,这孩子还有救吗?需要抓几剂药?"和尚双手合十,口中念道:"只需一剂,好则便好,不好便了。悠悠天地,茫茫人世,自然万物,各有各道。阿弥陀佛,善哉善哉!"和尚临走时又说了几句话,母亲一句也没有听懂。服了和尚的药，到了夜半，我口吐白沫，滚烫的身体渐渐凉了下来。母亲坐在昏暗的油灯下，六神无主，眼睁睁地望着我慢慢死去……后来，母亲把我放在厚厚的干草上，并盖上了一层薄薄的被子，坐在地上失声痛哭起来……不知什么时候，外面传来公鸡的啼叫声，当一缕秋阳从窗外射进来的时候，我忽然听见卖豆腐的吆喝声，一骨碌爬了起来，拿起平时吃饭的小木碗，挖了满满一碗豆子，慌忙跑出了草屋。眼前的一幕把处于极度悲伤中的母亲惊呆了，她好像从噩梦中醒来，当完全反应过来的时候，便欣喜若狂地追了出去……母亲把我紧紧地搂在怀里，把脸贴在我的脸上，我分明感受到母亲的泪水在哗哗地流……

当然，我从昏迷到“死亡”的过程，是后来听母亲说的。

我六岁那年的春天，我们家搬到新居后，把原来的草屋拆掉了。那天，在微风细雨中，我站在小院的废墟上，望着眼前的景象，心里有说不出的难受。温馨的草屋不见了，美丽的篱笆墙消失了，火红的石榴花和飘香的香椿树也没了踪影，童话般的小院只剩下那块用红石头凿就的大磨盘。啊！草屋啊草屋，我是在你的怀抱中诞生，又是在你的怀抱中死而复生的，你给了我太多的幸福和温暖，给过我太多的快乐和梦想……

后来，我渐渐长大了，每当想起童年，我就来到草屋的遗址旁，去追忆，去遐想。

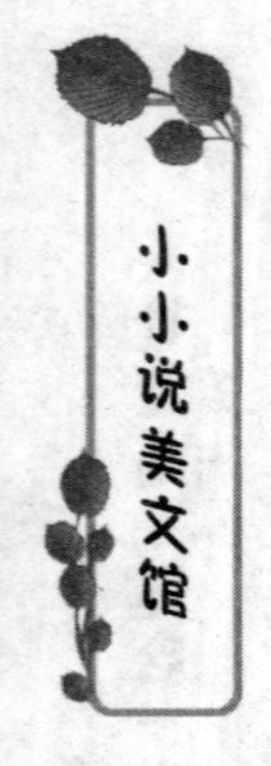

剪婆婆

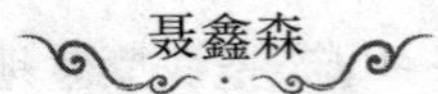
聂鑫森

出阁前,她叫“剪妹”;洞房花烛后,她叫“剪姐”;有了儿女,她叫“剪嫂”;儿女成家立业了,她顺理成章地被称作“剪婆婆”。

《百家姓》《千家姓》里,没有“剪刀”的“剪”这个姓。只有一个“翦”姓,比如大学者翦伯赞,就是此中的翘楚。

“剪”并不是她的姓,她姓刘,叫刘兰芳,是古城湘潭乡下的青山铺人。那地方的妇女,从小到老,都喜欢剪花(也就是剪纸)。剪什么样式的都有,人生礼仪的“礼花”“喜花”“寿花”,岁时节令的“窗花”“墙花”,还有用于服饰居住、文艺游戏、祭祀祈祝的形形色色的“花”。刘兰芳六岁就开始学剪花了,她心灵手巧,总是在同龄人中头角峥嵘。到了被人称为“剪婆婆”的时候,她的作品自成一格,构图恢宏,多剪大场景画面,花草、山水、人物汇于一体。而且她不用起稿子,运剪凌厉,常采用折剪重复的手法,于对称中求变化、规整中见灵性。她的作品多次参加市、省和全国大展,她成了名副其实的民间艺术家。

人们认为她是为一把剪刀而活着的,只有她配得上在称谓前冠一“剪”字。尽管她有忙不完的农活、家务,但只要一有空闲,她就剪纸。在细细脆脆的剪刀声中,她六十有五了,青发间有了白发,脸上有了皱纹。

日子越过越顺心哩,名也有了,钱也有了——城里的各个旅游商店都争

着订购她的作品，而且价格不菲。可她还是农妇的打扮，该干的农活、家务照干，然后才是剪纸。

丈夫是作田、种菜的行手，而且身体很好，常对她说："你就专心剪纸吧，别的事不用你动手。"

她摇摇头，说："人一懒，心就蠢，手就笨。"

女儿、女婿是公务员，儿子、儿媳是私营企业家，挺孝顺，老往她手上塞钱。他们都劝她："剪纸几个钱赚得太辛苦，没那个必要。"她气也粗了，说："不是为赚钱，是为自己赚快乐，也给别人快乐！"

有一天，剪婆婆感到长期握剪刀的右手大拇指疼痛不止，摸上去还有一个硬块，剪刀也握不稳了。若是身体其他部位出了再大的毛病，她绝不上医院，人哪有这么金贵呢？但这是要握剪刀的手。在家人的前呼后拥下，剪婆婆去了湘潭一家最好的医院。

测体温、验血、拍X射线片……有经验的医生说："是骨癌，必须做截指手术！"

剪婆婆急了，一个月后市里有个改稿会，她送审的表现农村改革开放新气象的大幅剪纸《日子越过越开心》，已获通过，但还要进行修改，截除了大拇指，怎么握剪刀？她只好向大夫陈述她的苦衷，能否只截去大拇指有硬块的第一个关节？

医生叹口气，同意了。

一个月后，剪婆婆出院了，高高兴兴去参加改稿会。作品一路过关斩将，到北京去参展了，还得了个金奖。

半年后，剪婆婆动过手术的大拇指又开始剧痛，上面又长出了一个肿块。医生劝她把大拇指或手截掉，以控制癌细胞的扩散，这样可以多活几年。

剪婆婆恸哭起来，又是摇头，又是摆手，这样的手术她坚决不能做。她哽咽着说："好日子过够了，死算个什么？就是花没剪够，没有手了，怎么剪？不能剪花了，要那么长的寿命做什么？"

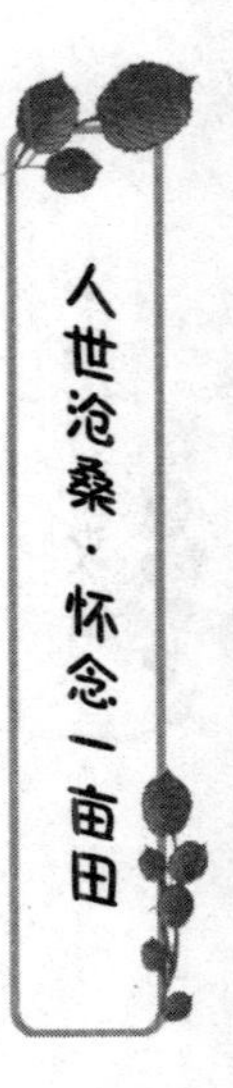

不管家人怎么劝、怎么求,剪婆婆都不答应。她突然从口袋里掏出一把剪刀,狠狠地说:“你们硬要截我的手,我就先剪断我的喉管!”

医生只好改变医疗方案:先做刮骨手术,再做化疗。

剪婆婆开心地笑了:“我能活多久就多久,再剪些花留在世上,就心满意足了。”

一年后,剪婆婆辞世。

临终前,她只有一个要求:把她常用的剪刀,放在骨灰盒里。到了另一个世界,她还要剪花哩!

鸡怕鸽破脸

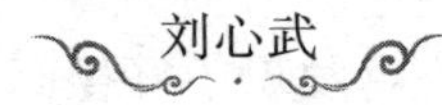

如今京郊农村嫁闺女，出阁头天还是要在自家宴请宾客。六叔家聘闺女，他去随份子。那个第二天就要被婆家迎娶的堂妹，比他小两轮。因为天冷了，六叔家没在院子里搭棚子，亲友们全挤在几间北房里，围着大桌子吃喝。他进屋，先跟六叔六婶堂妹贺喜，一眼瞥见六奶奶，少不得趋前特别致意。那六奶奶是家族里最能争风拔尖的女性，有着许多的故事。六奶奶见他来了，高兴得合不拢嘴，抓过他的手，握住不放，罩着蛛网般皱纹的脸上，漾出真诚的笑容，高声让六叔六婶给他夹鱼夹肉，又让堂妹给他剥喜糖递香蕉。听起来六奶奶的声音还跟敲空缸似的，洪亮不减当年。

但是，多年前，那时他还是个半大孩子，这位六奶奶跟他娘可没少磕碰。有一次，在村口，不知怎么起的头，六奶奶扬声晃臂，斥责他娘。他娘也不示弱，伶俐还嘴。两个人越吵越厉害，最后连脏话都冒出来了，一群人围在那儿。有真是劝架的，有阴阳怪气、明为劝解实际是火上浇油的。直到六叔跟他爹闻声赶来，两头说好话，才算将二人分别劝回家去。从那以后，他娘跟六奶奶虽说迎头遇上避不过时，也还能勉强含糊招呼一下，但两人基本上断绝了来往。互相的厌恶感，直到他娘患病去世，也未见消失。

那次村口六奶奶对他娘不善，给他很强的刺激。娘被爹劝回家后，他听爹说：“六奶奶是老辈儿，她再横也得让她几分才是。鸡怕鸽破脸，人怕扯断皮……”

他只记住了“鸡怕鸽破脸”。忽然想起，六奶奶最疼她家的鸡。她家的母鸡跟公鸡是按八配一放养的。两只公鸡，一只雪花毛，一只红金尾，鸡冠耸得好高。二十只小母鸡，一半纯白，一半芦花毛。听说那群母鸡天天下蛋，临年关孵出的小鸡崽出壳都比别家的活泛。第二天他上学心不在焉，放了学就往六奶奶家奔，临近了，他跟电影上的侦察兵似的，躲榆树后，四面张望，没见六奶奶人影，他就从兜里掏出准备好的大玉米粒，先往六奶奶家篱墙外的白公鸡身前扔去。白公鸡发现了好生高兴，立刻啄进一粒。听见动静，那只红金尾也跑过来。他就故意把一个玉米粒抛到两只公鸡之间，两只公鸡就抢起来，几只母鸡也往这边凑。他发现，抢到玉米粒的红金尾自己并不吞掉那玉米粒，而是衔到一只母鸡身旁，吐在地上，却又不马上让母鸡啄到，自己啄起吐出，反复两三次，再让那母鸡啄进口。母鸡快乐地吞玉米粒，红金尾就趁机趴到母鸡身上扇翅膀。他等红金尾从母鸡身上下来，就故意再次往两只公鸡之间丢玉米粒。这次雪花毛抢得快，眼看要衔进喙里，那红金尾便耸起全身彩毛，跳起来跟雪花毛争夺，两只公鸡就那么恶斗起来。眼看这只鸽破了那只的鸡冠，那只鸽破了这只的眼皮，还掉了许多鸡毛，母鸡们吓得各自躲得远远的……

忽听院子里有人声，想是六奶奶家的人觉得窗外的鸡叫声不对头，就要出屋观望，他忙一溜烟跑回家了。那晚吃饭，他问：“鸡怕鸽破脸，是说它们脸上出了血就活不成了吗？”爹娘先都望着他，又互望一眼，娘就说：“咱们家哪只鸡鸽破脸啦？刚才我拾蛋时还好好的。”爹就说：“这小子心思不用在功课上，瞎积攒些个杂碎。”他就在心里反驳：“这杂碎不正是您说的吗？”

再一天放学，他故意路过六奶奶家，发现六奶奶家篱内西边猪圈旁的粪堆上，有两堆还在冒热气的鸡毛，一堆是白的，一堆是彩色的。他就想，鸡怕鸽破脸是真的啊？现在离过年还早得很呢，关于腊月的歌谣里有一句：“二十七，杀公鸡。”村里各家都是临近那时候才会把公鸡先关在笼子里几天，叫“蹲鸡”，到二十七才割喉、烫身、褪毛，煮来当作年下一道佳肴。六奶奶家这么早就把公鸡杀了,既破财也不吉利啊!那天夜里,他想到自己为向着娘,报复六奶奶,竟把两只公鸡给害了,小小的心,一阵阵发紧。

多年来,害死六奶奶家大公鸡的事,他一直没有对任何人讲起过,自己也终于淡忘。但是,在家族为送堂妹出嫁的聚会上,他意外地被六奶奶紧紧地握住手。六奶奶眼里的慈祥,是无论如何也假装不出来的。蓦地忆起,爹说过的那话,后一句是“人怕扯断皮”。普通人之间,特别是有血缘关系的族人之间,哪来那么多深仇大恨?鸹破脸不好,扯断皮不好。忘却前嫌,真诚和解,人生此刻,在被什么样的吉光照亮?

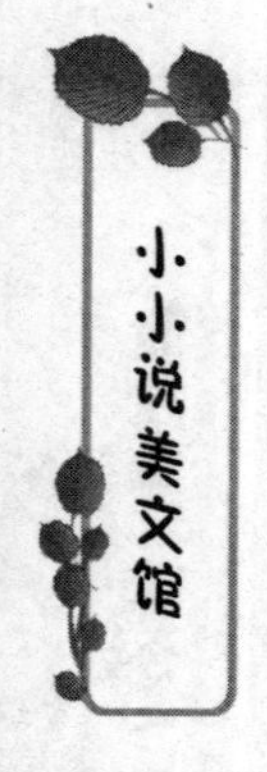

村口的那堆火

修祥明

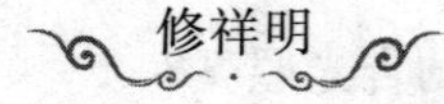

入夜，村口燃起一堆纸火，红红的火苗将村街映得晚霞般瑰丽。

火苗亮起，村里人的同情心也被点燃。

从前，跪在纸火前的是一个三十多岁的媳妇。

现在，跪在纸火前的是一个面色憔悴的老太婆。

这堆纸火已经烧了四十二年。

四十二年前，他在隆隆的枪炮声中去了台湾。那年，他是一个十八岁的孩子。如今，他是一个六十岁的老头子了，如果他还在的话。

今夜，村口的那堆火格外明亮红艳。红红的火苗照亮她身前的一碗水饺、一盅白酒、一双褪了颜色的木筷子。四十二年没有见面，这一个碗、一只盅、一双筷子，伴随她度过年年、月月、日日、餐餐。

四十二年，思念的日子难熬，夜夜纸火依旧，泪水依旧。

“大娘，这是肖家庄吗？”

她抬头瞅瞅身前的人。日子里好像没见到过这种穿戴打扮的。

她点点头，继续往火里添纸。

“福安你知道吧，大娘？”

她眼中的泪急雨般落下，用哆嗦的手端起碗，将碗里的水饺汤浇在纸火前。

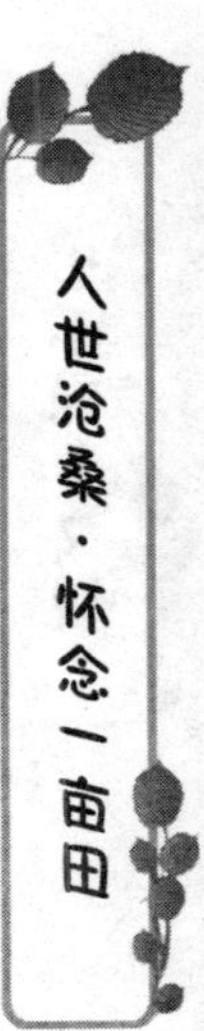

“大娘,福安的娘还在吧?”

她用泪汪汪的老眼打量着这个生人。他扑通一声跪下,扑到她的怀里,放声哭道:

“娘,我是福安!”

“你是福安?你是福安!福安!”

烧透的纸灰飘飘然飞上天去。

她到集上买来大肉大鱼。儿子的餐桌上顿顿好酒好菜,她却不吃。儿子吃的时候,她用眼往心里吃儿子。

…………

这天早晨,她把洗脸水端到儿子住的东间屋。

儿子不见了。被子已经叠好。

炕上,放着一张纸条,一沓钱。

纸条上写着:“娘,我走了,因为那里还有你的媳妇和孙子。我怕您承受不了分别的痛苦,只好悄悄地离您而去。这五千块钱您先花着。我还会回来看您的……”

入夜,村口又一次燃起了纸火。

村里人怕她经不住分别的打击,就躲在远处望着她,暗暗地将她守护。

纸火越烧越亮,火堆越来越大。四十二年,有多少堆火呢?唯今夜这火熊熊灿亮。人们耐不住,就跑过来看。

她还是不停地往火里添纸。

不,不是纸,是一张一张的钱。

人们握住她的手,她挣脱开,还是往火里添钱。红红的火光照亮她眼中混浊的泪水。

烧透的纸灰鸟儿一样飞上天去……

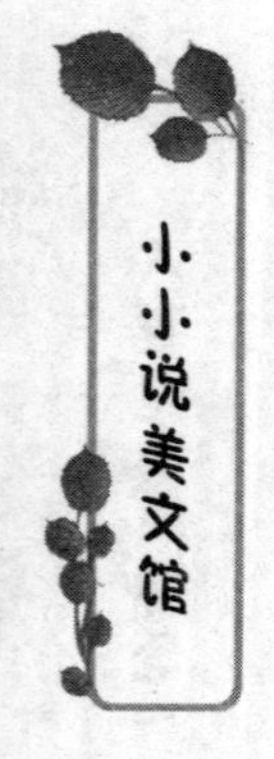

雪冬

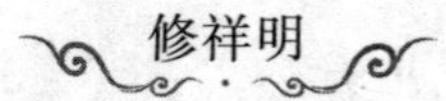

修祥明

饲养室里养着四头牛、三头驴、两个骡子、一匹马。

这是全队人的命根子。

自古到今，断种的东西屡见不鲜，贼种却没有断过。夜里将牛偷牵到远乡的集上去卖了，神不知鬼不觉。

当然，防贼的办法还是有的——晚上劳力到饲养室去看着这些牲畜就是了。

其实看牲畜很简单，将饲养室的门从里面闩上，躺在炕上睡一宿就是了。还挣半天的工分哩！

冬天冷咋办呢？庄户人没什么文化，心眼儿却不少。院子里不是有喂牲畜的苞米秸、花生蔓、地瓜蔓吗？烧就是了。将土炕烧得烫手了，铺上褥子，盖着被子，睡得舒舒服服、暖暖和和的。炕凉了，天也亮了，半天的工分也挣下来了。

当然，这一冬烧去的秸秆比牲畜吃的还要多。过了年，院子里的几个大草垛影都不见了，不得不买饲料给牲畜吃。

没有钱就家家户户借，或者干脆到集上去赊饲料。

这一年，春旱、夏涝、秋荒，粮食收得少，饲养室院子里的几个草垛就比往年小了一半儿。

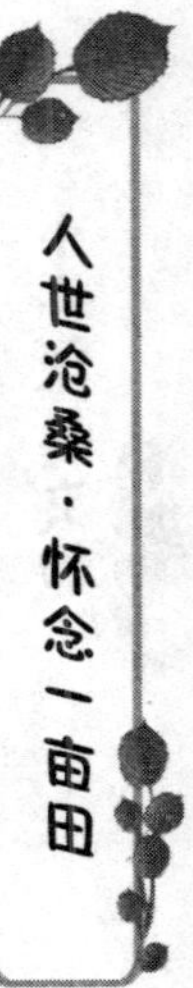

队里人说，那几个草垛不够冬天看牲畜的劳力们烧的呢。

偏偏这个冬天又下大雪。大雪一场连着一场，要将村北的饲养室埋过来似的。饲养室就像个冰窟窿那么冷。

偏偏烟囱又堵了。来看牲畜的人草没烧几棵，就憋了满屋子烟，呛得他们大声咳嗽，两眼淌泪，只好熄了火将烟赶走，躺在冰凉的炕上睡觉。

冻极了，劳力们瞅着烟囱骂："娘的，什么时候堵不好，偏这时候堵！"

有人搬来个木梯子上了屋顶。他用绳子拴着半截砖，用力地捅了一阵子。

烟囱还是不通。点上火仍然从灶口往屋里冒烟。

饲养员瞅着烟囱骂："娘的，要不是冰天雪地的，俺非扒了炕找出因由不可。"

劳力们说："算了，算了，明年春天再说吧，轮上谁，多带床被就是了。"

人有享不了的福，却没有遭不了的罪。队里有三十多个劳力，一月才能轮一夜，谁来看牲畜时不仅多带床被，还捎着灌满开水的暖水袋。能喝酒的就在家里多喝盅老白干，到了饲养室一觉就睡到了天亮……

日升日落是一天，月缺月圆是一月，雪落雪化是一冬。转眼就到了春天。劳力们说："可把这个寒冬熬过去了。"

不过，院子里的那几个草垛第一次吃到春天来。而且，还够牲畜们吃半春呢。

劳力们就瞅着那个烟囱出神儿。大伙想的都是一回事："往年冬那么多牲畜的饲料就是从这里冒走的呀。"

当然，烟囱还是要打通的。劳力们就开始拆那铺炕。拆到炕头的烟道处，就抠出一团麻袋片——麻袋片里竟包着半截砖。

显然，烟囱是让人特意堵死的。

不过，劳力们没有一个骂这个堵烟囱的人。大伙儿的心都像这块砖头一样沉重而温暖。

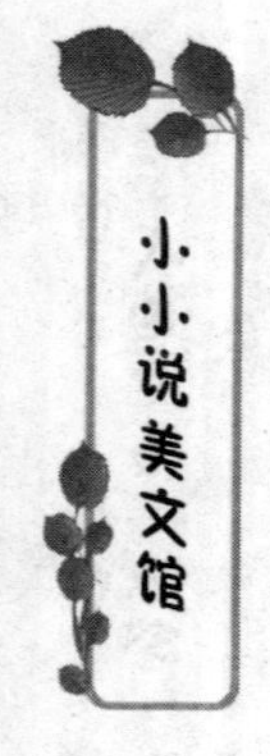

还我一只羊

伍中正

二连浩特到广州的高速公路要经过一个叫肖伍铺的村子,那段穿越肖伍铺的高速公路要建好,得拆掉三十多户的房屋。

赵梨的房屋也要拆掉。他的房屋是去年冬天才建好的,那么新的房子就要拆掉了,村子里很多人都觉得很惋惜。赵梨看着要拆的房子,还流了泪。

其他拆迁的房屋户主都在拆迁协议上签了字,没签协议的就只有赵梨。拆迁工作组组长老吴已经第五次跟赵梨谈拆迁的事了,赵梨就是不说话,也不搭理,更不用说签字。最让人不解的是,老吴每次带着工作组的人跟赵梨左谈右谈,赵梨就不说一句话,也不说一个理由。无论老吴和其他成员怎么解释、怎么动员,赵梨仍是摇头。

老吴迫切希望找到赵梨不签字的理由。他觉得三十多户的工作都是自己的团队一家一家做通的。他不能在赵梨不给出理由的前提下就实施强拆,让站着的房子倒下来。在开工前,老吴一定得让赵梨在协议上签字。

天气寒冷,赵梨把烤火当作打发时间的最好方式,便在火膛生了火。

第六次,老吴是单独进入赵梨家的,他没有让工作组的其他成员来。火膛前,他拉住赵梨的手说:“有要求,你就提,考虑到你的是新房,在拆迁补偿上可以适当追加点儿。”

听到这样的话，赵梨一点也不觉得温暖，他坐在火膛前，还是摇头。就这样，他像打发时间一样地打发了老吴。老吴只得出来。

工作组又开始对赵梨熟悉的人进行座谈，了解赵梨不签字的真正理由。

跟赵梨关系处得好的人中有一个叫陈果的，老吴想在陈果的嘴里找到赵梨不签字的理由。于是老吴跟陈果很自然地见了面。见面后，陈果说："赵梨不是一个想多要国家一分钱的人。"陈果还说："赵梨绝对不是那种人，有一回，他把我喊到一个工地上打了半年工，我跟他都让人骗了，老板不给工钱，半年工白打了。他回来后，借了一笔钱给我，说不收下那钱，他心里不踏实。"陈果最后说："你们工作组要多做赵梨的工作，赵梨绝对不是多要国家一分钱的人，只是他的脑袋里肯定有一根筋还没有转过弯来。"

老吴点点头。

跟赵梨关系处得好的人中还有一个是他的邻居。

老吴又很快找到赵梨的邻居。赵梨的邻居是个女的，叫池禾。池禾男人出去五年了，也不往家里打个电话，更不往家寄一次钱。池禾五年来没骂过男人一句。

池禾田地里重一点儿的农活多半是赵梨给干的。一到要干重活的时候，不用请，赵梨就过来爽爽快快干了。活儿只要一干完，赵梨就回家，池禾怎么也留不住。

老吴跟池禾面对面坐着。

老吴先开了口，说："他赵梨不在协议上签字，也不说个理由，你说说看？"

池禾说："吴组长，赵梨怕是想要回他自己送出去的一只羊。"

老吴疑惑的问："他要在谁的手里要回一只羊？"

池禾说："村主任手里。有一回，赵梨坐在我田里，说一定要要回那只羊。"

老吴点了点头，他觉得池禾的话给了他一个提醒。

一年前，赵梨把那只羊送出去了。

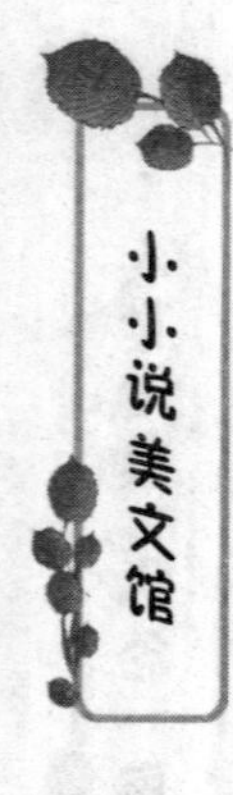

赵梨想到了盖房，他要在自己的老宅基地上盖新房，他找了肥胖的村主任。村主任摇头说："哎呀，上面就是不给盖房的证。"

赵梨放一只羊出去吃草。羊很肥，叫声很好听，毛色也光亮。村主任喜欢上了那只羊。村主任跟赵梨坐在田埂上。村主任笑着说："赵梨呀，你不出去，在家里倒是喂肥了一只羊。"

赵梨笑着说："村主任，我就送你半只羊，给我弄个建房的证。"

村主任说："送我半只羊？"

赵梨说："我是认真的，就半只！"

村主任说："你就这么认真？"

村主任就牵着赵梨的羊回家了。赵梨坐在田埂上看着自己的羊走远。

年底，村主任把牵走的那只羊杀了。等赵梨跑过去时，他看见杀羊的师傅在清理工具，地上一摊暗黑的羊血，肥肥的羊肉装了一脚盆。村主任催着杀羊的师傅快点儿收拾，准备喝酒。

赵梨问："我的那半只呢？"

村主任说："你不是诚心送羊吗？哪有送半只的？"

赵梨说："那是那是。那我的建房证呢？"

村主任说："快来了快来了。"

赵梨回来的路上，嘴里一个劲儿地念，一定要要回那只羊。

一年内，赵梨一直没有找到要回那只羊的理由。

赵梨觉得要羊的理由来了。高速公路经过赵梨的家，房子要拆。赵梨没有想到，自己要回那只羊的时间会这么短。

赵梨下了决心，不签字，也不说理由，除非村主任送一只羊来。

老吴找到了依旧肥胖的村主任。老吴说："村主任，明天去买一只羊回来，一定要买一只羊回来，无论花多少钱。"

村主任问："老吴，买回来杀了吃？"

老吴不说。

羊是村主任从镇上买回来的。买回的羊跟在村主任身后不紧不慢地

走着。

老吴跟村主任去了赵梨家。

劈柴的声音很响。赵梨在门口劈柴，劈得一身是汗，一大块柴让他劈成了好几块。

老吴说："赵梨，你不就是想要回你的一只羊吗？村主任给你送来了。"

看见一只羊，赵梨停了劈柴，仿佛看见了当年自己喂肥的那只羊。

过了很久，赵梨问："协议呢？我这就签字！"

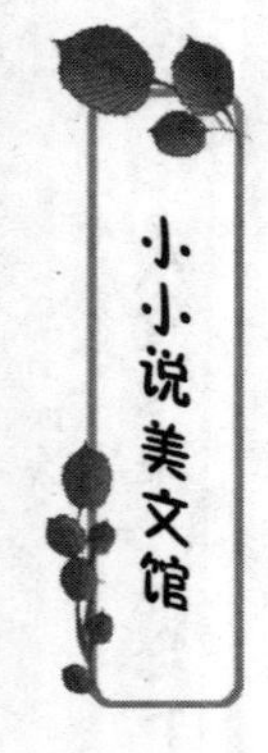

谁来证明你的马

伍中正

梅四久的马丢了。

梅四久早上起来就去了马圈，他没有看见马，只看见了柱子上的一小截链子，那链子是用来系马的。那一次，买回来的链子，他嫌长，就截成了两截，长的一截系在马上，短的一截套在柱子上。

喂了十年的马丢了，梅四久决定去找马。他带了干粮和水，天一亮就出去，天黑了就回来；饿了就在树底下吃干粮，渴了就喝水。

回到家，梅四久觉得疲倦，就往床上一躺。渐渐，鼾声四起。恍惚中，那匹马系在圈里，尾巴摇来摇去，嚼草的声音很响。梅四久醒来，才发现自己只是在做梦。

梅四久拉亮电灯，坐在床上翻看五年前和马在一起时照的一张张照片，每看一张，他就感到难受。

每次找马，梅四久都带着那截链子。他觉得，那截链子可以比对自己马上的链子，也算一个证据。

梅四久找了三天马，问了很多人，男的女的都问过，他们都说没看见。有人反问他："你自己的马，咋就不好好看着？"梅四久让人说得很尴尬。

梅四久仍旧找马。有人劝他："你还是到派出所报案，让派出所出面，找到马的可能性会大一些。"

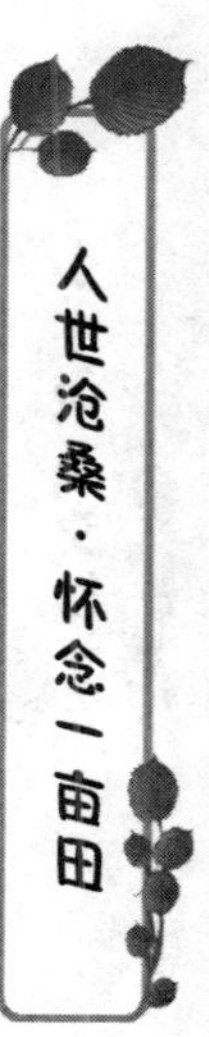

梅四久仔细一想,觉得在理。一个星期后,梅四久走进了派出所。

那天,梅四久看见自己的那匹马系在派出所前院的走廊上。他赶紧跑过去,把头贴在马头上,话还没说,眼睛里就涌出了泪水,然后,他就用手摸着马的头。

梅四久很想牵回自己的马,可是,值班民警不依。民警说:"梅四久,这马是自己走进派出所的。我们在各村都贴了广告,也没人来领。你来领,没有人能证明马是你的。"

梅四久说:"系这匹马的链子跟我手里的链子是一样的。"

民警看了看梅四久手里的链子,然后说:"相同的链子有的是,根本不足以证明马是你的。"

梅四久还说:"这匹马有一个胎记,胎记就在屁股上。"梅四久走到那匹马后,用手指指马屁股。

民警说:"有胎记的马多得是,不能说有胎记的就是你的马。"

梅四久最后说:"我找卖马的人来证明。"

民警依他。

梅四久走之前,去地里割了草。他把割来的草放在走廊上,马就慢慢地吃草,边吃边看着梅四久。

马是梅四久从庄一群手里买的,要庄一群来证明不就行了?梅四久想。

梅四久和民警找到庄一群。梅四久对庄一群说:"马是十年前买的,你应该还记得。"

庄一群连连摇头,然后说:"十年前的事,不记得了。"梅四久说:"你再想想,不就过了十年,咋就不记得你的马?"庄一群说:"想不起来了。"

梅四久无奈,只得回来。

梅四久回来,又在家里翻出了自己和马照的照片。他觉得照片上的马跟派出所的马是一样的。有一回,庄里来了个照相的,照的是快相。等两天就好,还保证送过来。照相的人说动了梅四久。梅四久就跟照相的人提了要求,说:"就跟我的马照几张。"

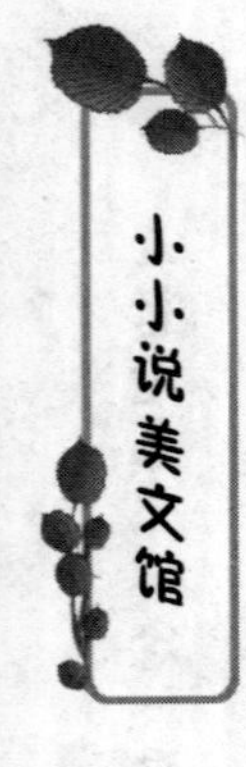

在民警面前，梅四久拿出了照片。民警仔细看了看照片里的马，又看了看梅四久。

民警看看那些照片，然后摇摇头，说："还是不能证明是你的马。"

怎样才能证明是自己的马？梅四久想不出好的办法。

梅四久开始上访。他先见了乡长，说自己的马在派出所里，派出所不让牵回去。

乡长就到派出所了解情况，派出所所长跟乡长汇报了情况。乡长回头跟梅四久解释："要说马是你的，得有证据。"

梅四久不跟所长闹，他没有吱声。

梅四久给马割了草，就去了县里。梅四久坐在了县信访局。信访局的人说："梅四久，你先回去，我马上给乡政府打个电话，让派出所把马送过去，很快，你就能牵回你的马。"

看见信访局的人在给乡里打电话，梅四久才肯走出信访局的门。

梅四久回到家，还没来得及开门，派出所的民警牵着马来了。

梅四久问："谁来证明马是我的？"

民警说："梅四久，你再不能往上上访了。你不知道，你在市里上访一次，年终测评时，乡里要被县里扣分的。年底，乡里评不上先进，会影响乡领导的提拔。"

梅四久根本没有想到事情会这样。

"那谁来证明马是我的？"

"我来证明马是你的。"民警说。

梅四久愕然。

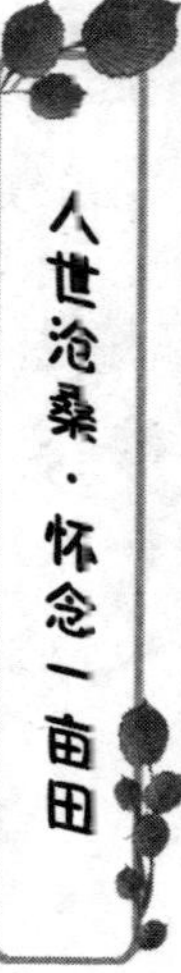

黑牡丹

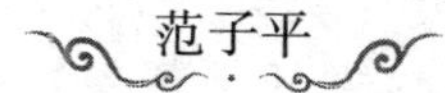

范子平

黑牡丹踏着碎步从村主任的寨门前路过时，村主任心里一动。他同情她，知道她是去自家坡地刨土豆。一个女人家，担着全家的吃穿，不容易呀。他也倾倒于她的俏丽，年交三十的少妇，除了稍微有些黑，浑身上下哪里都是韵味，真不愧是"黑牡丹"啊！

想着，村主任就有些身不由己，一步步踱到东山坡上，装着偶然路过的样子朝黑牡丹的方向打量。

黑牡丹埋头刨地，气喘吁吁，汗渍的脸蛋红扑扑的。

村主任"哎"了一声，黑牡丹很短暂地瞟他一眼，仍然低下头干活儿，晃动着柔软的腰身。

村主任咽一口唾沫，想，怎样才能走进她心里去呢？

村主任说："上边布置了，要救助贫困户，你有什么困难就开口。"

村主任说："这活计咋着也得爷儿们干呀，二定简直不是个人。"

打黑牡丹被塞进花轿抬进山村，二定从来就是只管吃喝嫖赌打老婆，家里家外的活计都是黑牡丹的。这话不是白说么？黑牡丹长睫毛扑闪两下，没有吭声。

村主任长长地叹口气，说："要是顺子……唉！"

黑牡丹杏仁眼里涌出一长串泪花，她起身跑到地那头。

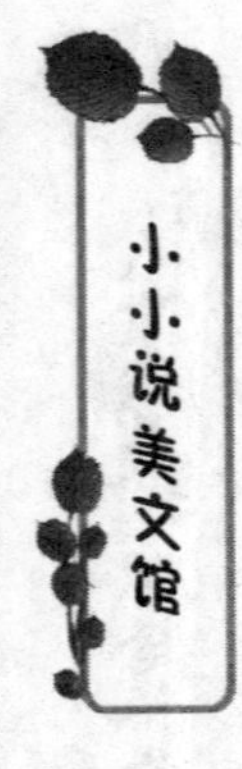

那年黑牡丹还是东屯的姑娘小丹，她爱上了外乡来的采药后生顺子，两个人正好得不分你我，却被爹娘兄长活活拆散。这边二定的爹和那边黑牡丹的哥，领人把顺子打了个半死。在二定迎亲的唢呐声中，顺子一步一个血印地爬到断头崖，一头栽进了老龙潭……

村主任不再讲话，他抡起镢头刨土豆，给黑牡丹刨土豆。他想，早就该帮帮黑牡丹了。村主任以后就常来帮黑牡丹。他是一个有韧性的男人，想到就能做到。从这一天起，村主任帮黑牡丹干活儿再也没有间断过。

于是就有了闲话。这天村主任来帮黑牡丹整地，二定掂一把斧头跑来了。

村主任一看到气势汹汹的二定，腿不由颤抖起来，汗水湿透又风干的布衫唰啦唰啦响。

黑牡丹的目光从远处跑来的二定身上，挪到村主任身上，问："你是村主任？你是男人？"

村主任的腿突然有了力气，他抢上一步，紧紧握住镢头，厉声道："二定，成天吃喝嫖赌你还是个人么？现在讲男女平等，今后你要来干活儿！再胡闹我叫民兵抓你！"

二定的凶恶像一堵被掏空根基的山墙，哗啦一下子倒塌下来。他一屁股蹲坐在地垄沟里。一年后二定死于酗酒，人们说他是打老婆不尽兴憋屈死的。

后来，村主任跟黑牡丹真的"那个"了。村主任没有说过跟老婆离婚的话，他觉得黑牡丹知道他的决心，他是一定要离婚的。但一切又不是那么容易，拖着就这么一年一年过去了。村主任觉得对不起黑牡丹。

黑牡丹想到山外的世界看一看。但山路艰险，村里人很少出山。村主任就想起修路。修路？得打通几道山，没几百万下不来。

黑牡丹说："修路可不是为我，为咱村翻身哪！咱往山外想办法去。"山村人都说："黑牡丹说得好，祖祖辈辈就盼这一天。"

村主任就跟黑牡丹一起出了山，找亲戚托朋友到处奔波。苍天不负有

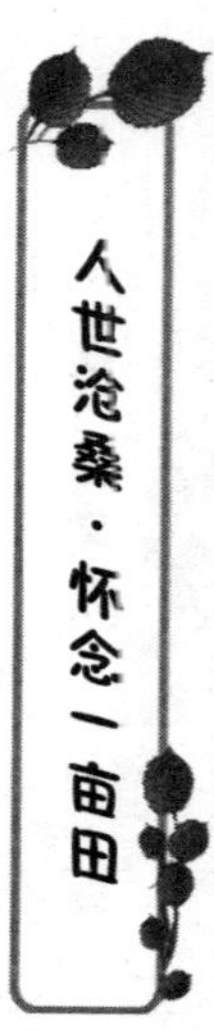

心人,还真有老板投资,这人不露面,让副经理出面谈。眼看谈不拢了,副经理又说:“老板要跟黑牡丹单独谈。”

村主任灰了脸,说:“不跟他谈,他要是流氓哩?”

黑牡丹说:“修路是咱山里人的企盼,我得去!”

村主任大吃一惊说:“你去?”

黑牡丹说:“除了我去,还有别的办法?”

村主任心乱如麻。

下午六点,黑牡丹依约来到县城的云峰宾馆,那位副经理满脸涎笑着过来,抱了拳说:“对不起。”他给黑牡丹倒杯茶说,“我们老板相中了您美丽绝伦的气质,您能陪我们老板一夜,明天就签合同。”

黑牡丹像是吃了苍蝇,起身就走,忽听外边传来一个沙哑的声音:“别走呀,跟你开玩笑的。”副经理赶紧已巴地走出去。胖老板过来了,黑牡丹几乎要喊出声来——这不是顺子么?虽然脸庞发胖,额头上添了几道抬头纹,但是引人注目的招风耳、淡长的眉毛,还有嘴下的黑痣,哪一点不是顺子?顺子结结巴巴说,那次投潭自杀被人救起,辗转到南方发展,现在搞个公司有俩钱,听说黑牡丹在这里,才决定来投资,但又想看看黑牡丹是不是变了,“开个玩笑试试”。黑牡丹脸色通红,呼呼喘着气,半晌才说:“你有了几个钱,就来辱没俺山村的女人?”她上前去似要说悄悄话,却扬起胳膊用了平生之力,朝顺子脸上甩去。一直到她气咻咻地走出宾馆门,那“啪”的一声响,还韵味悠长地回荡在空中。

三 代

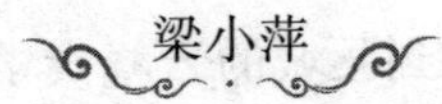

1945 年初冬,三叔参军一走就没了音信,一直到新中国成立后三婶才收到部队寄来的一张三叔的烈士证书。

“小兰她爹在什么地方打仗死的?怎么死的?死在哪里都不知道,也不知道有没有一个坟头。她爹参军走时小兰才两岁,小兰连她爹的模样都记不住啊!……”三婶子坐在自家的茅屋土炕上哭着说着,整整哭了三天三宿都没出屋。

第四天,三婶子把三叔的旧衣裳全都找出来,一件不落整整齐齐叠好,又找出一块大红被面将衣服包裹好,请人在村东头的东山坡地给三叔做了一个衣冠墓。那时候也没有什么军烈属的待遇,家里没了男人又带着孩子,三婶子的日子过得着实艰难。日子艰难也倒罢了,一个女人心里没有主心骨,更没有了盼头,那才叫一个真正的苦啊!三婶子一想三叔了就自己跑到坟上哭,旁人听着看着都叹一声。有一天三婶子哭着哭着突然不哭了,她心想:“哭个什么劲儿啊?坟里不就是一堆衣裳吗?可怜男人生前没一件好衣裳。”想到这儿,三婶子又忍不住要掉泪,可是这泪硬生生又让三婶子给咽了下去。从那以后,只有每逢清明时节时,三婶子才去给三叔上上坟、烧烧纸、念叨念叨。

1965 年春上,村里来了一个军官媳妇回娘家,那媳妇是三婶子本村同宗

的姐妹。她男人是邻村的，当年和三叔一同出去当兵，后来人家在战场上立了功，如今都是军官了。那媳妇也早就带着孩子随军到了部队，听说还在部队当了什么家属主任，还能识文断字了。三婶子看看打扮光鲜的军官媳妇再瞧瞧自个，不由心里一阵难受。当天晚上三婶子就找那媳妇去了，三婶子对那媳妇说："妹子，你看你姐我过的这是啥日子啊，咱家小兰也不小了，你在部队上给小兰找个人家吧。"

那时候部队多在偏僻的山区，接触外界相对少，没成家的军官多着呢。那媳妇回去没多久就捎信来了，说给小兰找了一个张军医，外乡人，就是岁数大点，个子不太高，要是愿意，人家就寄路费来让小兰过去。三婶子说人是哪里的、长得好孬不要紧，只要人好、对小兰好就行，让那媳妇看着做主定下吧。不久那位张军医就把路费寄来了，并说明多少钱就够到部队的路费了，剩下的钱给三婶子留下先用着，以后还会寄生活费。三婶子对小兰说："我看这人办事懂事着呢，到了那里，你好好对人家。"那年冬天没等过年小兰就去部队结了婚。第二年冬天小兰就生了一个大胖闺女，取名妞妞。后来小兰又在部队服务社上了班，三婶子也离开老家去部队帮忙带外孙，军医女婿对三婶子很孝敬。三婶子看着小兰的小日子，心里知足了。

1967 年夏，一场山火突如其来，部队紧急出动救火。谁知张军医为了抢救战友就没有从火场再出来，三婶子一下子又感到塌了天。看着小兰不吃不喝只管搂着妞妞哭，三婶子心里悔啊："自己当初怎么给小兰又找了一个军人呢？自己受的苦还不够吗？"三婶子一抹老泪对小兰说："都怪娘，当初只看到了军人的好，忘了自家的苦了。咱没这命，回吧，回老家，这里不是咱待的地方。"小兰说："我不回。"最后三婶子拗不过小兰，也没回老家，在部队帮小兰带着妞妞。小兰在部队服务社上班有收入，妞妞是烈士子女，每月还有二十元生活费，虽不宽裕也够生活。

1985 年，妞妞高中毕业考大学，部队一般大的孩子都当兵了，妞妞是烈士子女又有优先条件，三婶子又动心了，对小兰说："咱家还是要有一个军人的，毕竟他姥爷和爸爸都是军人。"可是小兰坚决不同意妞妞当兵。三婶子

说："当年让你离开部队，你不走，可是又不让妞妞当兵，你是怎么想的？"小兰说："没想什么，我们家妞妞就是考不上大学，去工厂当工人也不当兵。"三婶子看着憔悴的小兰不说话了，这些年小兰苦啊！别人不知道这苦，三婶子懂，她知道小兰心里有个结，这个结也在她心里。

妞妞没有当工人，而是顺利考上了大学，大学毕业后又顺利进入了政府部门工作。这日子一天比一天好，小兰也多了笑容。有一天，妞妞突然带着一个男孩子回到了家，说是自己的男朋友，这男孩子居然是一位小军官。全家人看着这个小军人真是打心里喜欢，小兰乐得脸上的皱纹似乎都舒展开了，最高兴的要数年迈的三婶子，嘴里唠叨来唠叨去只有一句话："咱们家又有了一个小军人了。"

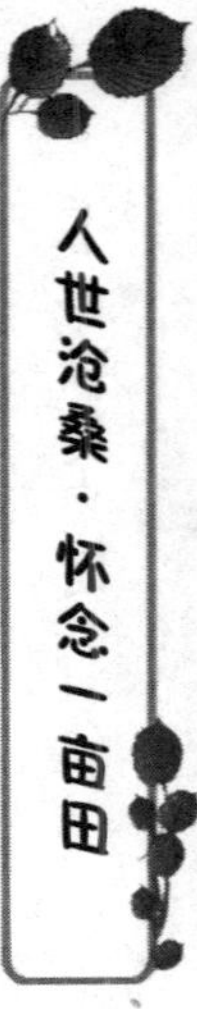

阿黄

梅 寒

那天是高庄大集，天上还满天星呢，高老汉就起来忙活。

去场屋里摁了两大筐干青草回来，就着牛棚里微弱的灯光，高老汉几乎是一棵草一棵草地挑给阿黄吃。专挑它平时最爱吃的茅草叶子、黄草苗子，一点灰尘渣滓也不带上。

一把一把往阿黄阔大的嘴巴里续草时，高老汉的眼神温柔得几乎要渗出水来。是的，要渗出水来了。高老汉看一会儿阿黄，就把头扭到一边，擤下鼻涕，再往牛栏的地上吐口痰，以此来抑制他喉咙间一直上涌的酸涩。

阿黄似乎知道些什么，咀嚼得很慢很慢。两大筐草，搁平时，它不用一刻钟就将它们风卷残云一样吃完。那天，它吃了整整半小时。那个半小时里，高老汉一步也没离开牛栏。

那是阿黄在他家吃的最后一顿饭了，他得看着它吃好吃饱。

"老伙计，还记得你当时来俺家那会儿么？一身毛，黄灿灿，亮闪闪，缎子样，身上肉滚滚滑溜溜的，连只苍蝇蚊子都站不住。那年哦，咱都年轻，我老汉也就三十啷当岁儿；你呢，也就是个大牛犊子，还不齐口呢——那，再来一口——那会儿，你是咱村上最年轻最俊俏的牛了，咱牵着你，上山，下坡，脸上都有光。你也真给咱家立下汗马功劳了。三个娃儿读书，要吃要喝，全指你——山岭地，山高地窄，你自己拉独犁，一季子下来啊，肩膀都磨出血来

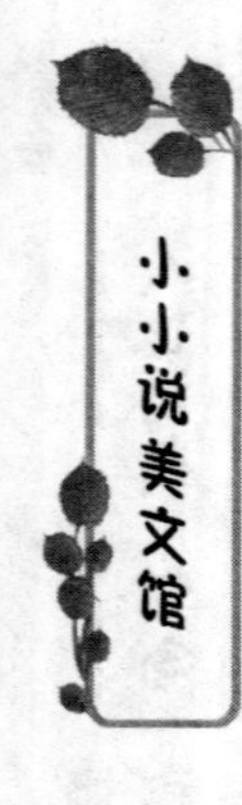

了——瞧，这还有牛梭头磨的印子——”高老汉一双粗糙的大手轻轻抚摸过阿黄脖子上勒出的一道道梭头印子，又给阿黄续了一把草。

阿黄抬起头，冲高老汉哼了两下，算是回答。

“你听懂了是吧？你哪会听不懂啊，你比人都灵醒着。那年夏天，那个雨啊——来，再吃一点儿，吃饱了好有力气走路——那年，那雨下得真是邪乎，就跟把天捅个大窟窿往下倒一样。咱家一家老小躲在屋里，望着屋外的雨犯愁呢，你在栏里待不住了，疯了一样扯着喉咙叫啊，叫得人那个慌。不想理你来着，后来还是忍不住，就拉开门去瞧瞧你，谁料你一见着我，疯了一样就朝我冲来了，牛栏门儿也被顶碎了。咱被你一阵风掀到地上，坐在泥巴水里爬不起来。还好，你冲咱老汉来时，四只蹄子都分开了，没伤着咱一点儿，可咱还是恼了。大雨的天里，你这不成心跟咱捣乱么，啊，那天，咱全家人都出动了，出去找你啊！不找能行么？你可是咱家的顶梁柱呢——十来亩地全靠你。老汉我那天可是发狠了，要是找着你，非把你抽得皮肉开花。你那天也累得够呛吧，我们在后头撵，你在雨里撒丫子跑。好家伙，你一尥蹄子就跑出五里路去，那五里路啊，可把咱全家人都累死了。最后还是赶上你了，一家子老的小的，跟从水里捞出来一样，牵着你回家。俺那个娘啊，咱那小院儿早不见影儿了——家后边那座小山塌下来一半——想想真是悬啊——要不是你阿黄……咱就从那时给家里立下一个规矩，这家从此就永远是你阿黄的家，你能干时给家里干点儿，你不能干时，咱老高家给你养老……”

“哞——”阿黄停止了嘴里的咀嚼，定定地瞅着高老汉，目光湿湿的，良久，从胸腔深处发出一声悠长的叫声。那一声，叫得高老汉的心都碎了。

南河滩，村里的王屠户每年都要杀掉很多只牛。老的、小的，被牵到南河滩的牛，最后时刻无一不发出那样一声绝望的叹息。

阿黄太聪明了，知道又老又弱的它，最后的归宿只有南河滩。

“阿黄啊，对不住啦——那年柱子考上大学，学费怎么也凑不齐啊，他娘让咱把你卖了，给柱子凑学费，咱都没同意啊。那年咱还行啊，还有血卖。

现在去医院，人家一看咱这老胳膊老腿儿的，连血都不要咱的了。可这节骨眼儿上，家里实在太需要钱啦——咱该求的都求了该借的都借了，可还差着一点儿呢……”高老汉给阿黄续上最后一把草，阿黄已经在他的面前模糊成一片……

阿黄被牵到南河滩。高老汉双手哆嗦着从王屠户手上接过薄薄的一沓钱，头也没敢回，低着头就走了。

身后，阿黄冲着主人的背影，最后长哞一声，两行长长的泪，缓缓地从它的眼角滑下来……

高老汉拿着自己辛苦凑来的十万块钱去了县城，见到了他的儿子柱子。

柱子大学毕业后在县城一家单位做会计，用公款炒股，全赔进去。事发，上面的处理意见是，要么还上那笔亏空，要么坐牢。

高老汉恨儿不争气，却不想儿子年纪轻轻就去坐牢，断送了前程。

“爹，你来了……”看到高老汉满身尘土站在自己面前，柱子羞愧地低下了头。

高老汉不言语，从黑提包里掏出捆扎得整整齐齐的人民币，一摞，一摞……一共五摞，刚好一万。

“爹，你哪来这么多钱？”柱子的嘴巴张大了。

“你学好吧，以后！”高老汉把钱放好，转身就朝外走，走到门口，又停下来，却没有转回身，只在喉咙间艰难地挤出一句：“咱家阿黄去了南河滩……”

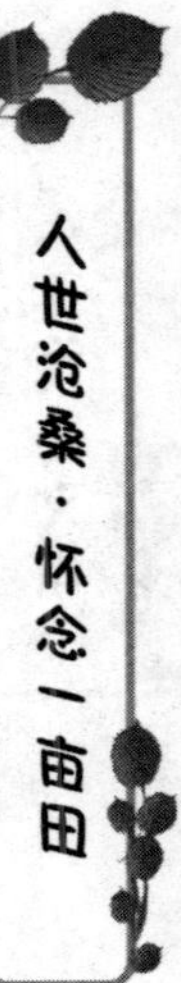

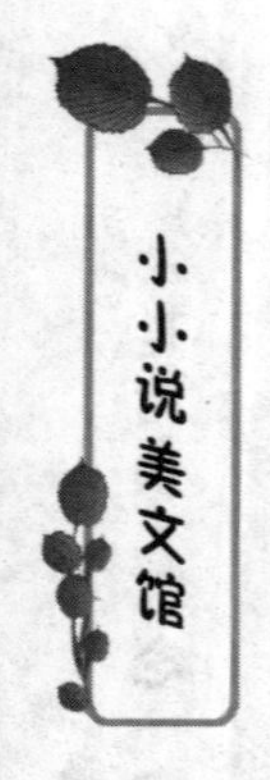

一棵树的非正常死亡

梅　寒

那是一个夏日的黄昏，西天的云霞像着了火。画家走在村中央那条铺满木屑的水泥路上，被眼前的一切深深地震撼了。村子不大，只有一条街。街的两边，林林总总，是形态各异的树根，弯曲遒劲的、外秀中空的、与山石紧紧胶着在一起的……光滑的横截面，大多已变得模糊不清，看不出年轮了。但只看那比圆桌面还要大的断面，就能知道，那些根的上面，曾经支撑着怎样的参天巨木。

那些树根是从不远处的原始森林运到村里来的，经过那些能工巧匠的安排，一棵棵黑乎乎毫无美感的树根便有了艺术的灵魂，成了都市雅人喜欢的根雕。这些，是画家从路边一个正在加工根雕的少年嘴里打听来的。

少年黑瘦，十五六岁的样子，却能熟练地操作手中的电锯电钻，将面前树根上多余的部分切除掉。树根经过打磨、清洗、抛光，一只栩栩如生的雄鹰已渐露雏形。

“我们这一带现在都在做这个，没人出去打工。打工才能赚几个钱？我们一座根雕卖出去，就是十几万。”少年耳朵后面夹着一支香烟，眯起一只眼睛打量他手上的作品。“干这一行，眼睛要毒，给你一段树根，你要一眼看出它里面藏着的东西，是人是马，是虫是鱼，顺势给它们做出最好的造型，那样才会卖一个好价钱。不然，就白瞎了好树根……”面对一脸惊奇的画家，少年侃侃而谈。

少年十岁就开始跟随父亲学习加工根雕了。

画家听得愣住了，想再问些什么，终究没再问。旁边少年的父亲，已经发出不太友好的暗示："您看好什么没有？看好了就谈谈……"

画家仓皇而逃，逃离少年和少年的父亲，也逃离噪音与木屑飞溅的村子。

那些已经成品的根雕，巨大的狮子，脑门油亮笑口常开的如来，在黄昏的余晖里闪烁着耀眼的光芒。它们被运到都市人的豪宅庭院里，摇身一变，就成了象征财富与身份的艺术品。画家无法看到那些，或者说，他无法忍受自己看到那些。刺耳的电锯声里，他听到是一种越来越清晰的哭泣声，是树根的，是那些没有了根的树的，是没有树与根的大山的。

画家疯了。在亲人朋友的眼里，他的举动无疑是疯狂的。他背着画夹逃离加工根雕的村子，回到自己生活的都市。他把自己这些年收藏的画——自己的、其他人的，一律低价出手。他把自己唯一一所栖身的房子也卖掉了。画家急需要钱，而那些钱的用途，在外人的眼里，就如同拿树叶往巨大的黑洞里填——画家要拯救森林，拯救那些非正常死亡的树。那些树，那些根，原本的命运是在深山里终老，自生自灭，而不是变成供人赏玩的根雕，置于有钱人家的屋宇庭院。

画家仍然画画，却不再画小桥、流水、枯藤、昏鸦。他只画树桩，只画原始森林里那些参天的古木：古木被齐根锯倒，黑乎乎的树桩上，站着孤零零的鸟或者游走着几只孤单的蚂蚁……那些画，不是他凭空想象出来的，是他在层峦叠嶂的原始森林深处遇上的。

画家把那些画拿到都市里，不为换钱，只为唤起人们心底的一种意识。如果没有那么多的人玩赏根雕，世界上还会有那么多哭泣的树吗？

那片郁郁葱葱的原始森林，繁衍生息了多少年了啊？画家进去时，忍不住抱着一棵巨大的香樟树哭了。他听说，有人已经打算承包下那片森林。商人的眼里，那片森林就是一只巨大的聚宝盆。成片合抱粗的古树下面，藏

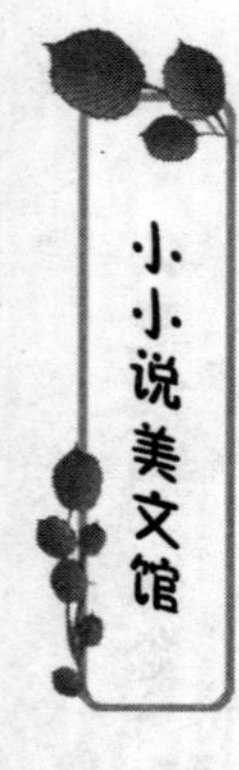

小小说美文馆

着价值上千万的根雕。

画家辗转反侧，最后拿出了自己所有的积蓄去见当事人——他要承包那片林。

画家最终以不菲的价格把那片林承包下来。他只要守护权，不要拥有权。这是傻瓜才肯做的交易。

两间小木屋，一个篱笆小院，是画家自己一点一点搭建起来的，就在林子的深处。画家的生活，从此以那两间小木屋为圆心，以他的那片森林为半径。他徜徉在那片鸟语花香的世界里，画画，与树对话，也充当树的卫士。如果有哪个胆敢来冒犯他的树，他手中的长枪长叉绝不答应。

那样的生活，清苦，却不寂寞。

多少次旭日东升，灿烂的晨光里，画家在家门前的小坡上画画。画树——那些沐浴在阳光里的树，欣欣向荣，枝繁叶茂——不再是树桩。他的那片森林里，自从他来，就没有出现过新的树桩了。

画家很天真也很乐观，他想，等那片林保住了，他再转向下一片林。

然而，画家终究没等到转到下一片林。他死了，在某天清晨，在他画画的树下，他倚着树根，睡着了……

没人知道画家的死因。只有当人们走过他生活过的那片森林时，偶尔会提起："听说这里曾经来过一位年轻的画家……"

风吹过，满林的树叶呜呜咽咽，如泣如诉，似问，似答……

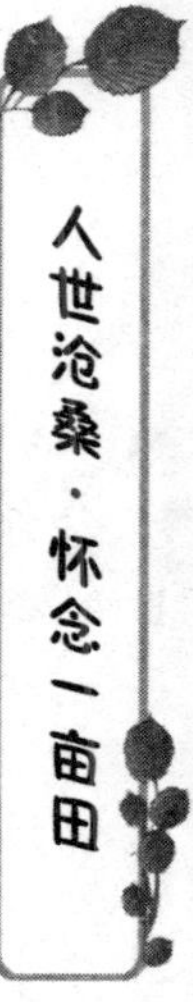

村级“烈士”

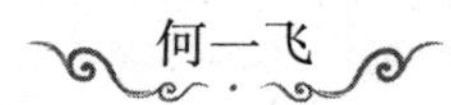

他走到我身旁的时候，我正在边放牛边看图认生字，我用手指着“卧”字大声地念道：“扑”，“扑倒”的“扑”。好像要念给吃草的大水牛听。

“小朋友，你好用功，放牛还在读书。”他停下来看看我的课本说，“不过，这个字不念‘扑’，念‘wò’，有‘躺下’的意思，比如‘卧倒’；还有‘睡觉用的’的意思，比如‘卧铺’，卧铺就是火车上供旅客睡觉的床。除这两种意思之外，它还有别的意思，是个多义词。”

我站了起来，看看他，他背个黄书包，扛个大肥料袋，穿件褐色中山装，上衣口袋里还插着一支钢笔，这是公社干部的装束。不同的是他比较瘦削，不像常见的公社干部，膀大腰圆。听他说到火车，我高兴地问：“你坐过火车吗？”

“坐过。”他答道。

听他这么一说我羡慕得不得了，就说：“你是县里的干部吧？不然怎么坐过火车？”

“我不是。”他谦卑地说，“我是到广阔天地接受再教育的。”说完摸摸我的头，向我们大队走去。

没想到晚上他在我家吃派饭。我放牛回来时，他在我家和我父亲聊得正投机。“国鹏，叫宋老师。”父亲说。我父亲喜欢识文断字的人，虽然广播

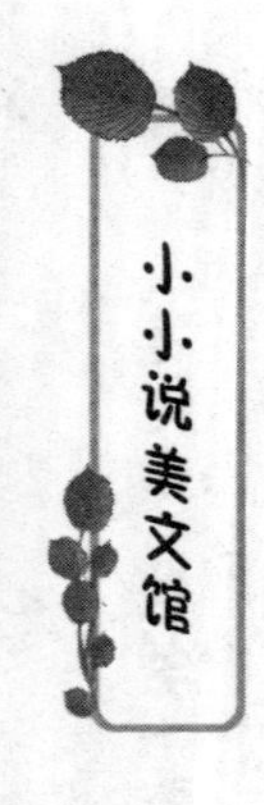

报纸天天说打倒“臭老九”，但也不妨碍读过几年私塾的父亲私下里对读书人的喜欢。父亲还经常对我说：“崽，你要给我认真读啊，读书才能明理。”恢复高考后我能考上大学，跟父亲从小的教育有关，也和宋老师有关。宋老师经常说：“多读书，你以后不仅能坐火车还能坐飞机呢。”

“叫不得，叫不得，我是来接受再教育的。”他一听急得直摆手，好像要通过他的摆手把“老师”二字赶走似的。

“叫得，叫得，就这么叫，你是个有学问的人。”父亲说。就这样，我叫他宋老师了。

宋老师有什么学问呢？宋老师的学问很快就显露出来了。

我们大队有小水电，家家户户都靠那台黑乎乎的机子给我们送来或明或暗的电灯光。只是这台机子三天两头撂挑子，它一撂挑子，大队的人就要去县城请师傅来，麻烦不说还要招待吃喝付工钱等等。有一次又要去县里请人，宋老师说：“我看看。”边看边鼓捣上了，左鼓捣右鼓捣，好了。不仅如此，我们大队的拖拉机他也会修。这一来，我们大队的队长就把他当成个宝来对待了。大队长是我的堂三叔，是个难得的好人。

后来，大队学校缺一名老师，大队长就让宋老师去了。有知青告到了公社，说宋老师是右派子弟，不能当老师。大队长怎么对公社的人说的我们不知道，但他在大队会上的话我今天还记得。他说：“出身不由己，道路可选择。宋老师是可教育的子弟，你们不要眼红。你们要是有他那两把刷子，也可去当老师，怕只怕你们啃不下这骨头——书是那么容易教的？”

宋老师就这样当上了我们的老师。宋老师的普通话说得好，又会讲故事，连那些调皮的学生在上宋老师的课时都听得格外用心。

老师和公社、大队的干部一样，逢年过节有人请。宋老师一开始哪儿都不去，后来还是大队长跟他说：“不去不好，主家还以为你看不起他呢。”慢慢地，宋老师也像其他老师一样去了。不同的是他会给学生带点小礼物，我就得到过他送的铅笔。正月十八，学生大顺家请宋老师吃饭，特意煎了两个鸭蛋招待他。鸭蛋是第一个菜，先上了桌。端第二个菜出来时，主家一看俩鸭蛋就剩一个了,心想:“宋老师也是的,这鸭蛋虽然是给你做的,但也不能主家还没上桌就吃啊,难道是笑我们没菜,招待不起?”心里这么说着,脸上的表情也就出来了。宋老师是聪明人,一看明白了。待菜上齐,主家端着张马脸上了桌,入了席,宋老师夹起剩下的一个鸭蛋,招呼大顺说:“来来来,小顺已经吃了一个,这个鸭蛋就是大顺的了。”主家这才知道冤枉了宋老师,要从大顺碗里抢过鸭蛋,被宋老师劝住了。此后,哪家请宋老师都不去了,他的理由是他吃惯了自己做的菜,不习惯其他口味。只有我家除外。宋老师偶尔过来吃饭,照样带些东西来,有时是白糖有时是大饼子。宋老师跟我父亲说,家家都穷,难得有点肉和蛋,又用来招待老师,他吃不下啊。

这年快放暑假的时候,宋老师高兴地跟我父亲说,放了假他要去看他的父亲。我问:“远吗?”宋老师说:“去那个地方啊,先坐一天的汽车再坐两天两夜的火车。”看着宋老师高兴的表情,我们也高兴,可谁能想到宋老师就去不成了呢?

大顺惹的祸。春末夏初,河水急涨,大顺邀了两个胆大的伙伴去春水河游泳。春水河离我们学校不远,但我们不去那里游泳,都在村边的池塘游,大人说春水河里有水鬼。大了我才知道,春水河多暗流多旋涡。大顺他们下水才一会儿,两个伙伴就被春水河的水推到了河中间,大顺吓得连忙上岸求救。在学校旁种菜的宋老师耳尖,听到大顺的声音赶过去时,只看见河面上的几只小手了,宋老师衣服都来不及脱就跳入了河中,两个学生被他救上来了,他却没能上来。两天后,宋老师的遗体才在三公里外下游的拦河坝上出现。

我们大队长到县里要求给宋老师报烈士,县“革委会”没批,说宋老师是右派子弟,他的父亲还在农场劳教,不符合烈士的条件。队长回来后,召开全大队队员会,说:“宋老师是救我们大队的孩子牺牲的,他的烈士县‘革委会’不批我们大队批。从今年起,大队决定每年给宋老师的母亲送三百斤稻谷、十五斤肉、十斤茶油,他母亲活一年我们送一年。有反对的吗?”“没有!”下面的回答整齐而响亮。

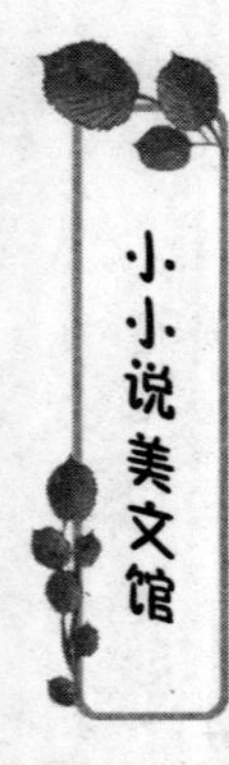

宋老师葬在我们大队。安葬时好多人哭了，尤其是村剧团的铁梅，流的泪比春水河的水还多。我曾看到过铁梅姐和宋老师躲在稻草垛后看星星，这事我对谁都没说过。

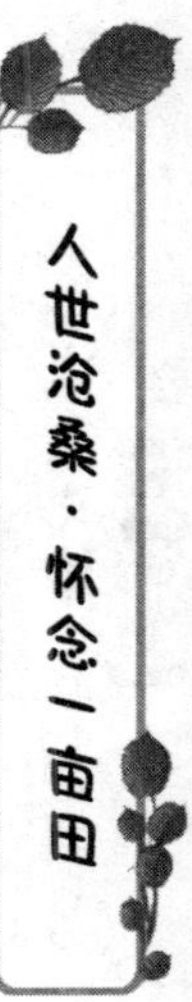

找啊找啊找儿子

侯发山

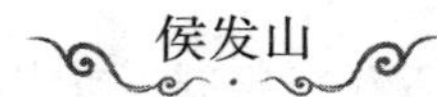

那天上午，生意非常好，杏花麻利地称菜、收钱，擦把汗的工夫都没有。忙里偷闲，杏花一转眼，发现儿子栓柱不见了！杏花忙叫道："栓柱！栓柱！"起身四下张望。这种情况平时很常见，杏花只要叫上几声，栓柱就不知从哪个旮旯里蹦出来了。今天邪了，杏花叫了十几声，也没见栓柱钻出来。杏花慌了，又粗着嗓门儿吼道："栓柱！栓柱！"接连吼了数声，也不见栓柱的影子。杏花顾不得卖菜了，沿街跑了几个来回，也没见栓柱。

有好心人提醒杏花："赶快报警吧，栓柱说不定被人贩子抱走了。"

杏花这才意识到出事了，栓柱还不满两岁啊，她"哇"地放声大哭起来。

即便是报了警，也只是在派出所登个记而已，一时半会儿不会有结果，杏花打算自己寻找。

认识杏花的人都说，杏花真是太不幸了。结婚一年多，生下儿子不到一个月，男人就得急病死了。当时，娘家人，还有婆家人，都劝她带着儿子改嫁，说孩子还小，杏花还年轻，今后的路长着呢。杏花没有答应，说要跟儿子相依为命过一辈子。她说，再走一家，儿子就不受人待见了。她怕儿子有个三长两短，特意起名"栓柱"（谐音拴住）……

亲戚朋友都劝杏花，孩子丢了，怕是找不到了，别费那心思了。杏花不听劝告，就贱卖了家里的所有东西，带几件衣服踏上了寻找栓柱的路。

杏花此举根本就是茫无头绪，盲无目的。她不分白天晚上，渴了就讨口水，饥了就啃块馍，只要能走得动，就绝不停下来；困了便靠着哪个墙角打个盹儿，醒来后继续赶路；这个村找遍了，接着去下一个村……

杏花身上的钱花完了，她便依靠乞讨度日，有时走到荒郊野地，一天见不到人烟，讨不到一口饭。有一次，天降大雨，杏花没地方躲避，穿得又单薄，一下子病倒了。杏花原以为要死过去，最后又活了过来……类似的艰难，说不尽，道不完。

花开了又谢，谢了又开。杏花整整找了十年，终于在南方一个小镇找到了栓柱。

恰巧那天杏花走到一所小学门口，栓柱正好放学出来，杏花一眼就认出了栓柱——栓柱的左耳朵有颗黑痣！杏花兴奋地大叫一声："栓柱！"

栓柱没有理会杏花，继续跟同学说说笑笑往前赶路。

杏花快走几步，一把抓住了栓柱的胳膊："栓柱！你咋不理娘啊……"

栓柱吓了一跳，他扭脸一看，惊叫声："疯子！"说罢便挣脱杏花的手，转身跑走了。

杏花不愿放弃，拼命追赶。幸亏，栓柱很快跑进了一所漂亮的房子，等杏花赶到门前，栓柱已慌忙从里面把大门关上了。

杏花站在大门外叫道："栓柱！栓柱！我是你娘啊……"

大门开了，从里面走出一个珠光宝气的女人。

杏花忙对女人说："我要见我儿子，我要见我儿子。"

女人望了杏花一眼，平静地说："那是我的儿子富贵，别胡闹……你跟我来。"

杏花无奈，只好跟着女人来到镇上一家旅馆。

杏花着急地说："你把我带到这里干啥？我要见我儿子。"

女人给杏花倒了一杯水，说："大嫂，别急，慢慢说。"

接下来，杏花把儿子如何失踪，儿子身上都有什么印记，自己如何辛苦地寻找儿子，从头至尾讲述了一遍。

女人沉默了半天，说："大嫂，我相信你说的话，但是栓柱相信吗？他不会相信的，因为他现在是富贵！"

杏花给闹糊涂了。

女人叹口气，说："大嫂，这么多年了，富贵已经完全忘记小时候的事情了。"

是啊，女人说得不错。杏花不知道如何是好。

女人把杏花拉到洗手间，说："大嫂，你先照照镜子吧。"

杏花看了镜子一眼，一下子呆了——她的头发全白了，乱蓬蓬的，眼窝塌陷，腮帮干瘪，身上的衣服破烂不堪……她才三十二岁，却像一个五十多岁的叫花子！她长叹了一声。

女人说："大嫂，富贵一直叫我'妈'，现在让他叫你'妈'，他愿意吗？即便让他知道自己的身世，他心里会是什么滋味？你再想想，让他跟着你，会幸福吗？孩子的爸爸在镇上办了一个机械厂，每年也有几十万的利润，我们就这一个孩子，有条件让他受到良好的教育，将来的家产也都是他一个人的……你现在一无所有，如果他跟着你，少不了吃苦受累，你愿意吗？你如果真爱这个孩子，就让他留在我家吧！"

杏花默不作声，心里翻江倒海五味俱全。

女人撇下厚厚一沓钱离开了，让杏花在宾馆洗个澡，换身衣服，好好休息一下，仔细想一想，第二天给女人个答复。

第二天，杏花没等女人来找她，便搭车回老家了。

杏花一见到娘，就扑进娘的怀里："娘，栓柱找不到了，不找了……"话未说完，眼里的泪虫似的爬上了脸。

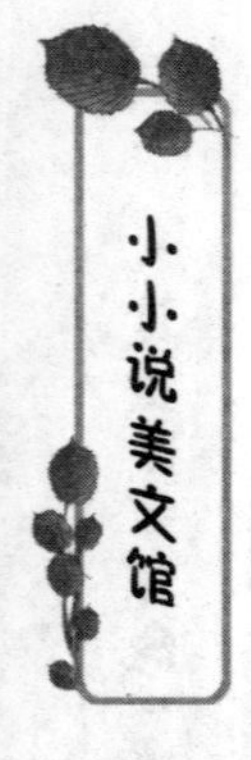

三爷的大锤和小酒儿

化 云

三爷是个好石匠,大锤一抡,锤锤破大石。

三爷收了工就爱喝小酒儿,喝得高兴还晃着脑袋唱:“酒是高粱水儿,它是个好东西儿,能活血,能舒筋儿,能解乏,能提神儿,每一顿我就得四两半斤儿,晕晕乎乎像驾云儿……”

三爷贼稀罕南院魏家的大丫,可是老魏头儿嫌三爷个儿低,死活不同意,硬把大丫嫁给了邻村二杆子。三爷就不服劲儿,说:“个儿低咋啦?个儿低人也一样壮!不信你试试大锤!”

三爷一赌气娶了三奶,三奶长得不俊也不丑,就是比魏家大丫还高还壮。

三爷洞房那晚,窗根儿蹲了一大片人,先听见三爷哼哧哼哧地喘,又听见三奶嘤嘤地哭。三爷闷声问:“大丫,哭啥哩?”三奶细声答:“疼!”便没了动静。墙根儿的人纳闷儿,难道新娘子也叫大丫?

第二天村里人见面就打哈哈:“哭啥哩?”“疼!”接着就是嘎嘎地笑。

三爷才不管别人说什么、笑什么,照样白天哼哟哼哟地夯大锤,晚上黑了灯照样哼哧哼哧喘着粗气叫大丫。再没人听到三奶一声动静。

三奶的肚子大起来,三爷夜里也没了动静。

三爷不喝小酒儿睡不着。三爷盘腿一坐,小方桌一放,三奶端上一碟盐炒豆、一壶温好的散白酒。三爷“滋儿”嘬一口小酒儿:“酒是高粱水儿,它是个好东西儿……”“咯嘣咯嘣”嚼几颗豆,三奶坐一边纳鞋底。壶里酒干了,碟子里豆也净了。三爷往后一躺,鼾声如雷,三奶挺着大肚子轻手轻脚收拾残桌。

有一天三爷进家,看见三奶在炕上盖被躺着:“这么早挺尸了?看我不削你!”三爷弯腰抄了把笤帚。

“看看咱儿吧,我生了!”三奶微微地笑。

三爷这才看见被子边小包裹里有个粉嫩的皱脸娃。三爷笤帚掉地上,张着嘴抖着下巴说不上话来。

手足无措的三爷喊来我奶奶,我奶奶盘腿上炕:“天爷爷,多悬乎,生孩子这事咋能一个人哦!”

“没事儿,看过娘家嫂子生娃,我照样子收拾利落了。”三奶还是微微地笑。

日子平平淡淡地过,大娃刚会跑,三奶的肚子又鼓起来。三爷夯大锤喝小酒儿吃炒豆,三奶手不离针线,纳鞋底。

三爷眯着醉眼:“丑儿,你也吃两粒豆吧!”

“你吃,咸,我怕上火!”三奶说。

三奶继续纳底子,三奶记不清什么时候起,三爷开始喊她丑儿,她只管应。

三爷和三奶的第二个娃是个妞儿。三爷笑眯了眼,大锤抡圆了,哼哟哼哟更卖力气:“我现在是儿女双全的人呢!”

三奶生了妞儿坐月子才十来天,正在炕上躺着给孩子喂奶,有人慌张地跑来,喊:“快,石匠家的,石匠老三把脚挤石头里了!”三奶一听,手巾也忘了箍,登上鞋就往外跑,一气跑到石塘子。三爷已经被人拔出来在一边坐着,一只脚肿成了黑馒头,出了点儿血,好像没啥大事。三奶捧着三爷的脚看了又看,抹了一把眼泪,哈腰就把三爷背起来。三爷孩子似的趴在三奶的肩膀上说:“孩儿他娘,瞅你这一头汗,也不知道拿手巾箍上头,看中了风谁伺候

你。”乡邻都说：“老三家的，你咋行呢？才生了娃。”三奶执拗地把三爷背到山下的车上。医院给三爷的脚打上了石膏让回家养着，三奶又把三爷从街门背到屋里炕上。

妞儿满月的时候，三爷脚上的石膏还没拆，走路还得拄上拐。

三奶在碗里放一点儿猪油、一捏盐、一点儿葱花，把豆炒熟，趁热一焖，豆又香又软。三爷喝一口小酒，吃几颗豆，眯着眼看低头上鞋的三奶：“来，吃个豆儿！”

“你吃吧，咸，我怕上火！”

“吃！”三爷用筷子撮起几个豆，欠起屁股把筷子递到三奶嘴边。三奶慌得张开嘴接住，嚼着豆，头更低了。“来一口儿！”三爷又把酒盅送过来，三奶从来没和三爷说过不字儿，一口喝下去，眼泪冒出来：“你咋稀罕喝这？辣嘴辣嗓子烧肠子！”

“你不懂！”三爷晃着脑袋，“这酒儿啊，就跟和你过日子似的，才入口，辣舌头辣嗓子还烧肠子，一会儿就觉出来暖肚子暖心窝子；再喝，就浑身酥软，就像……就像……”

“像啥？”

“就像才种了你的地！”三爷把酒盅里的酒一饮而尽，浑身都美！

抹着眼泪的三奶羞得针扎了手指头。

三爷嘿嘿地笑，笑得浑身颤悠，又晃着脑袋唱开了：“酒是高粱水，它是个好东西，能活血，能舒筋，能解乏，能提神，每一顿我就得四两半斤，晕晕乎乎像驾云……”

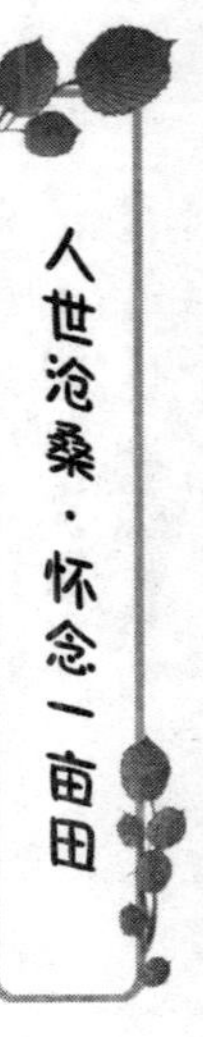

唢呐木休

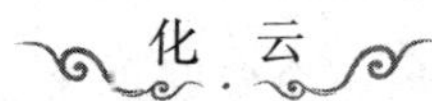

“你姑奶奶家那个唢呐木休放回来了，就你那个强奸犯表叔，你快去看看吧！”老有跑来给我报信儿。

“俺才不去看那个没出息的呢！”我嘴上说着，腿还是迈开了。

我表叔木休人不错，特别是对我很好。他不喜欢干农活，就喜欢吹唢呐。大闺女出阁，小媳妇儿进门，他都去吹喜歌。从头天日落吹到第二天午后散席，吃一顿饱饭，得一把糖果，就高高兴兴地回家。他说有了糖果只给我一个人吃，可我喜欢吃他弄的烧麻雀。农民不干活就是游手好闲，木休吹着唢呐忽忽悠悠就把自己娶老婆的事耽误了，过了四十还是光棍儿一条。

那个盛夏的大晌午，天下火似的热。木休在村东刘家帮完忙，喝了点小酒，早早散了席，晃晃悠悠往家走。活该他出事，正赶上石德的老婆巧珍在街门外平场晒花椒，碎花的确良短袖小衫汗湿了，水啦啦贴在没穿内衣的身上。这巧珍没有生养过孩子，一对奶子却大得出奇。木休隐约看到两个白瓷大海碗底子上的两粒葡萄，直勾着眼傻了。

“看啥？没见过？”巧珍咯咯地笑，俩眼儿放骚，胸脯跟着波涛汹涌。她也是木休的唢呐迷，一听木休的唢呐声儿就浑身自在。

“真是没见过哩！”木休嬉皮笑脸，“好嫂子，可怜可怜你兄弟吧！就摸一下！”

巧珍还真没生气,说:“行啊,给三千块钱让你摸两下!”

“六千也成啊!”木休趁着酒劲儿不知死活地真上了手。谁知巧珍一把按住木休的手,说:“掏钱!”

“别逗了,好嫂子!”木休可怜兮兮地哀告。

“谁跟你逗啊!”巧珍脸一寒,尖声咋呼开了,“木休要摸我哦!”

木休挣脱了手,落荒而逃,跑丢了唢呐。

巧珍把那唢呐拾起来,望着狼狈逃窜的木休嘎嘎地笑出泪来。

晚上,巧珍的男人石德带着三个堂哥四个堂弟堵了木休的家,还带着嘴角流血的巧珍。木休哆嗦着把家里卖猪崽卖花椒的钱都给了石德,两千八,最后还是打了二百块钱的借条,外加满脸乌青才算了事。我姑奶奶连吓带气差点归了西。

这下巧珍成了“三千一摸”。我表叔没了唢呐,走路头总是低低地垂着。

秋后,公安突然来村里拿木休。原来村里的老光棍儿周大海强奸了巧珍。石德要五万,那周大海五千也没有,石德就把周大海告了。周大海在看守所里咋呼:“木休强奸咋就不办呢?他赔了钱谁都知道的,给了钱就不办了?是政府支持卖淫嫖娼?”

木休算强奸未遂,赶上了严打,石德又拿了个巧珍是间歇性精神病的医院证明。木休罪加一等,判了三年劳改,被送去了盐场。

石德用木休赔的那三千块钱买了辆七成新的“125”大摩托,半夜里醉酒骑车栽在路沟子里,可巧脑袋碰到石头上。早起被人看见,车没事,人早凉了。

巧珍一下子从“三千一摸”变成了“没人敢摸”。石德那些堂兄堂弟都想挤走巧珍,好分了她的大院子。巧珍真的犯了精神病,经常半夜里号哭:“死鬼哦,你害我也昧良心哦!害我对不起人哦!”

木休回来了,人挤了一屋子,木休本来人缘就不错。他黑了壮了,不像是去过大狱的,倒是像工地上打工回来的。他见了我,眼里闪了一下惊喜马上又把头垂下了。

我表叔木休回来后真是变了，他把花椒放在簸箕里左右摆动两下子，壳是壳籽是籽。我姑奶奶选了一辈子的花椒也比不上他。他把别家的核桃五块钱一斤买来，敲成球脑儿核桃仁，卖二十五一斤。大家眼馋也敲，敲的最好的也只是半脑儿，只能卖十二，加上坏损的，反倒没了赚头儿。我表叔木休一下子成了香饽饽，大闺女小媳妇儿都往木休那儿跑，要木休手把手地教。木休细心地讲解，认真地做示范，就是不挨谁的手。

这一天人都走了，门一响，巧珍来了，手里提着那杆唢呐。

“木休，俺对不住你！俺知道你馋俺，是稀罕俺！俺把俺赔给你！木休，你要是不嫌弃，就娶了俺吧！”

木休接过那唢呐对着灯左瞧右瞧，以前锈迹斑斑的唢呐明光锃亮，在灯光下反着金光。

巧珍说：“看啥？没见过？俺那天拾了，天天晚上都擦！俺打早就稀罕你……的唢呐。”

木休心里掀起一阵热浪，站在大门口，抻着脖子喊：“木休娶亲喽！听听《抬花轿》啊！嘀嘀嗒嗒……”一曲嘹亮喜庆的唢呐。这次，木休是为自己吹的，吹得卖力着哩。

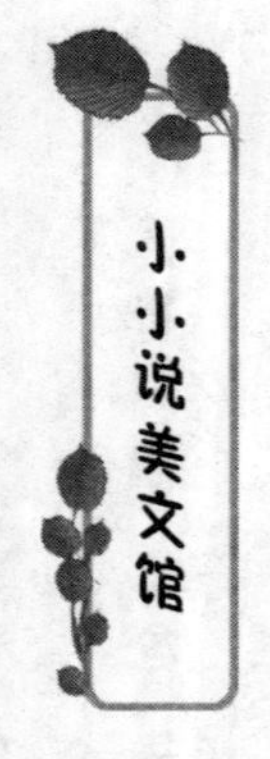

大 海

周齐林

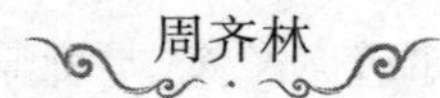

时光回到许多年前那个酷夏的黄昏,我看见五岁的我正伏在小木桌上做语文老师布置的作业。正做到一半,只听“啪”的一声,突然站在我身后的父亲一巴掌打在我赤裸的胳膊上,不轻也不重。我回头望了一眼,只感觉父亲从天而降一般,不声不响地出现在我眼前。站在我身后的父亲满头大汗,刚从外面回来,落日的余晖照在他身上,满身金黄。

“这个念‘大海’,那个才念‘太阳’,大与太之间相差一点呢。”父亲一手握着我的笔,一手指着课本上的几个字说,斗大的汗水落在我半旧的课本上,很快便在纸上洇散开来。

“爹,大海到底有多宽呢?它的水很咸吗?你什么时候能带我去看一下真正的大海呢?”我一脸好奇地问父亲,问题一个接着一个从脑海里冒出来。“大海宽到无法测量呢,”父亲说完顿了顿,而后又一脸腼腆地说,“等爹以后挣钱了就带你去城市看真正的大海。”我伏在桌上,默默地点头,脑海里第一次浮现出父亲和我一起出现在海边的情景。

几天后的中午,我正在昏暗的屋子里看漫画书,赶集归来的父亲一脸欣喜地叫我过去。我一步一回头地走到父亲身边,心底却总是惦念着刚才看到哪一页了。“知道这行字念什么吗?”父亲佯装不高兴地看了我一眼,指着手里的画报说。我回过头,看见父亲买回来一张崭新的一米多宽的画报,画报上画着奔腾的大海，水流湍急，一个人划着桨奋力地前进着。“学如逆水行舟，不进则退。”父亲见我摇头，抑扬顿挫地念给我听，然后详细地给我解释这句话是何意。站在一旁的我却置若罔闻，脑海里闪现着的则是自己站在海边看海浪翻滚咆哮的情景。那一米多宽的画报放在我眼前，画报中那个奋力划桨的人立刻就成了我自己。

“太阳下面有一点，这一点就像爹额头上的一滴汗水。在太阳底下干活儿，就很容易出汗。”爹说完问我记住没，我回头，就看见他额头上细密的汗珠。“大海很大，有看不到尽头的海水呢，所以大海这里没有这一点。现在分得清了吧？”父亲见我默默地点头，满脸喜色，貌似心底很为自己这个独创的解释而自豪。许多年后，每当来到海边，望着毫无边际的大海，我就会想起父亲的这句话。

我把父亲特意给我买来的画报，挂在画满铅笔图案的墙壁上，一有空就往上面瞅上几眼，幻想着自己在海边的模样。那年六岁的我睡在“大海”之下，枕边时刻回荡着大海的咆哮声。海水打湿了我的梦，又把我的梦拉得很长很长。

一个多月后，小米家买来了村里的第一台黑白电视机，我和村里的伙伴都满心欢喜。以往看电视都要跑到隔壁村去看，这回终于不用跑那么远了。几日后，放学后的我一脸欣喜地跑到小米家看葫芦娃时，却被赶了出来。我哭着跑回家。父亲见我满脸委屈的模样，双手不停地抚摸着我的头，默不作声。

几个月后的一个晚上，正当我趴在昏黄的灯光下做作业时，父亲踩着自行车回来了，丁零丁零的响声落了一地，落在耳里是那么欢快又是那么轻盈。母亲从厨房里欣喜地走出去，再次进来时，她和父亲把一个重重的大纸箱搬了进来：“林子，过来看看爹给你买了什么。”我跑过去一看，见是黑白电视机，高兴得手舞足蹈。后来，我才知道这台十四英寸的黑白电视机是父亲借了一半的钱才买回来的。

在父亲买回的电视机里，我一次又一次看到出现在屏幕里的大海，此刻

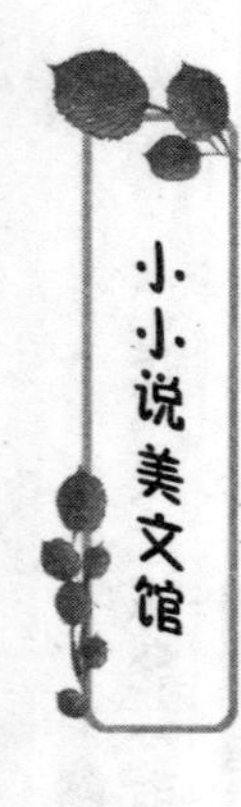

的大海是那么近又是那么遥远。酷热的夏天,坐在如蒸笼般的屋子里,看着电视机上奔腾的大海,我就会满是幻想地对父亲说:"要是现在在海边该多好,那里一定很凉爽吧。"

小学二年级那年,打工的浪潮已如大海的浪潮般咆哮开来,父亲如一尾鱼般独自游了进去。

父亲出去一个月时,在信里跟我们说他现在在一个小家具厂做木工,一个月八百五十块,还管吃住呢。父亲说他上班的地方很舒服,睡觉的地方有空调,躺在里面,夏天很快就变成了冬天。

次月月末时,穿着绿衣的邮递员出现在我家门口,母亲拿着父亲寄来的那七百块的汇款单,一脸欣喜。父亲果然在那边过得很好。次日母亲就去邮局把钱取了出来,我跟在母亲屁股后面,看见母亲把取出来的钱放在袋子最隐秘的地方,而后把袋子捆了又捆。

父亲再次给我们来信时,已是三个月后的事情。父亲在信里说他现在跟着一个包工头在海边的一幢别墅里搞装修,上下班还有电梯坐呢,真好。父亲说他现在每天吃完饭就去海边玩,跟海说说悄悄话。父亲说海有时还跟他哭跟他撒娇呢。父亲写他跟海玩的事几乎占了整封信的大半,信的结尾,父亲又说等我放假了考第一了就回来带我去看真正的大海。

父亲信尾的话像一块红烧肉一样诱惑着我。那个酷热的夏天,因为父亲的这句话而变得意味深长。晚上睡觉时,我总会梦见父亲带着我和母亲一起在海边戏水的情景。海水漫过来,又缓缓地退回去,我光着脚在沙滩上奔跑起来。那个夏天我考了第一,父亲却没有带我去看海。父亲再次来信时,我已开学,父亲说他下次一定带我去看海。

父亲最终还是没有带我去看海。

许多年后我长大成人,大学毕业参加工作,一脸期待地跑到父亲曾经漂泊多年的城市,才知道那里根本没有海。当年父亲打工住的地方也没有空调,真实的情况是他们十多个人挤在一间逼仄狭小的房间里。许多年后的今天,曾经把自己的足迹画在全国各地的父亲早已苍老下来。我打电话给父亲，说："爹，闷了就出来吧，我带你去海边玩。"

父亲沙哑着声音在电话那边支吾着，间或又轻声笑了起来。透过父亲的笑声，我耳畔仿佛听见大海哭泣咆哮的声音，那么清晰，那么悠远……

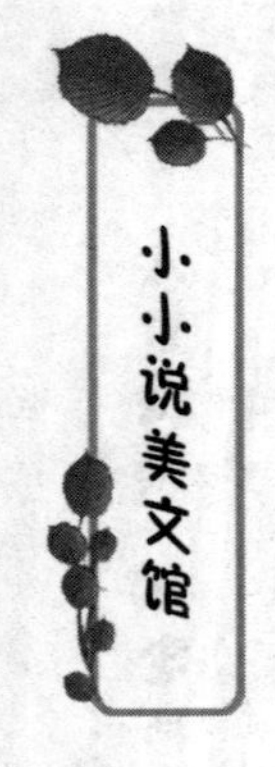

时光书

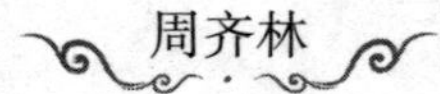
周齐林

这是一个安静的午后，夏虫在草丛里不知疲倦地叫唤着，云庄的人几乎都已暂时沉入梦的深处。李四一脸安静地侧躺在床上，内心却焦灼着，因天气而略显干燥的嘴唇远远看上去仿佛被他内心的这股焦灼给灼伤了。他不时伸出右手来翻动着书本，一页又一页极有速度地阅读着。李四明显完全被这本书吸引住了。这本书暂时让他离开身边这个触手可及却又糟糕得很的世界，而把他带到另外一个充满活力的世界。只是这两个世界依然紧密联系着。

李四看书这会儿，他母亲正躺在那张雕花的老式木床上，病恹恹的。一阵痛苦的挣扎过后，她终于得到片刻的安宁，现在就像一条晒干的鱼一动不动地躺在床上。有那么几回，李四望着一动不动的母亲，总是以为她已经死了，只是睡梦中一阵突然降临的咳嗽很快就证明了她的存在。

李四又快速地翻过一页，而后换了一个稍微舒服点的姿势。谁也难以相信，他刚才撑着头竟然看了这么久。“不知道这个人以后会怎么样，到底能撑多久。”李四干裂的嘴唇微微动了动，心底不时默念着。李四很显然是被书中这个和他母亲一样在病痛中挣扎着的人给吸引住了。

李四快速翻动着，一页又一页，终于还是忍耐不住，现在他换了个完全不一样的姿势，不再站着而是坐了下来，沿着床沿半弓着腰坐着。李四忍不住把书翻到了最末尾的一页。仿佛是为了迎接这最末尾的一页,他才换成了现在这个稍微庄重的姿势。只是很快,李四就把书狠狠地丢到了一旁。“他还是死了,死于病痛中。这个作家怎么不写他战胜了病魔,而后像正常人一样快乐地生活着呢?”李四又看了一眼适才狠狠扔在一旁的书,而后在略显干燥的屋子里来回走动着,显得烦躁而不安。走了几步,他又转身把书塞到了满是灰尘的抽屉里。相比于刚才那股势不可当的吸引力,现在这本书对李四已无任何吸引力可言。说到底,李四只看了这本书的一半,剩下的一半他全然不知。“看了那又怎么样呢?已经知道结果了。”李四冲着窗外挂在天顶的那轮火辣辣的太阳自言自语道。

这本被李四翻了一半看了最后一页的书,现在安静地躺在漆黑的抽屉里。剩下的那一半到底发生了什么,已成了一个谜。李四对这个谜已不感兴趣,就像当初物理老师把满是红叉的试卷发下来,令人失望的分数钻进他眼底后,他就匆匆把它塞进了抽屉里。现在,这本书悄无声息地躺在抽屉里,等待着下一个主人或者回眸者的重新阅读。

李四有点沮丧地再次看了窗外一眼,这时几声浓重的咳嗽声把他从沉沉的思索里拉了回来。“倒……杯水……给我喝。”他母亲气若游丝、断断续续地说着,仿佛显得很艰难,瘦得只剩下骨头的双臂已很难再把她原本庞大的骨架撑起来。李四匆匆把一杯水端到她手里,他看了她以往满是红润而今却颧骨突出的脸,满腹心思地走出屋去。走到门口时,他又再次转过身来,他看见这个陪伴了他几十年的女人又变得悄无声息起来,仿若一块失水的豆腐略显干瘪地躺着。他又走了几步,却又突然地掉转方向走了回去。李四在床沿坐了下来,轻轻地摸了摸他母亲粗糙干瘪的手。好像是第一次触摸般,接触的一刹那,他的手微微战栗了一下,连着胸膛里的那颗心也跟着颤抖起来。他摸着她,她却毫无知觉般,完全没了先前要水时的那股劲儿。他感觉自己想说点深层次的东西,或者说此刻想把内心的话掏出来。“妈,你还要水喝吗?”他最终说出了这句话,这连他自己都感到有些惊讶。杯里的水其实还有一大半。

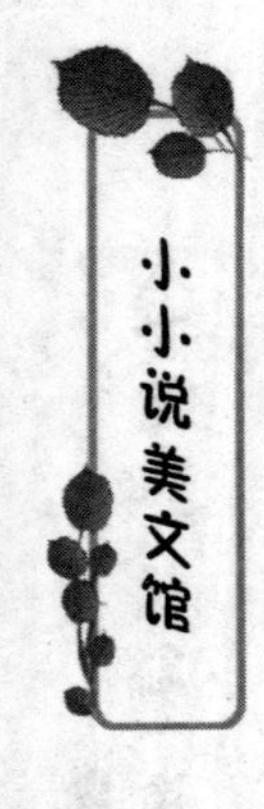

李四再次走了出去，他在门槛前坐了下来。大门以外的世界依然很安静。已经是第五个月，他不知道这个女人还能撑多久。他见证了她的死亡，红润的脸蛋一点一滴逐渐变得苍白，仿若细丝般丝丝抽去；有弹性的肌肤和肉体渐渐失去色彩，到最后变成一张毫无水色满是皱纹的皮，用力一拧它们就开会般聚集在一起。这些生死的细节，他一闭眼就能一一从心底说出来，仿佛已镌刻在心底。此外，李四还熟悉母亲病痛发作时痛苦挣扎的模样，他看见她瘦小的身躯蜷缩成一张几乎可以握在手里的弓，空荡荡的嘴巴微微张着，里面是沉沉的黑暗。

在一个晚霞漫天的黄昏，李四的母亲终于走了。李四看见她微微抽搐着，有些上气不接下气。后来，这个情景成了李四对死亡的唯一感觉。他认为死的感觉就是上气不接下气。

母亲走了，这是一个十分糟糕的消息。李四一个人走出去，漫无目的地走在田野的小路上，从地里干活回来的庄里人见了就问他母亲怎么样了。“刚刚去世。”李四说。庄里人先是有些惊讶，只是有人“哦”了一声，不再多问什么。这代表着他们已经知道了母亲已经离去的事实。这个结果逐渐四散开了，被庄里许多人知晓，只是整个过程、全部细节只有李四一个人知道。

夜幕降临时，李四又把在漆黑里躺了好几天的那本书拿出来，翻了起来。这个晚上，李四做了一个奇怪的梦。他梦见母亲变成了一本书，只有他独自一人在满怀深情地翻看着，一页一字也舍不得遗漏。

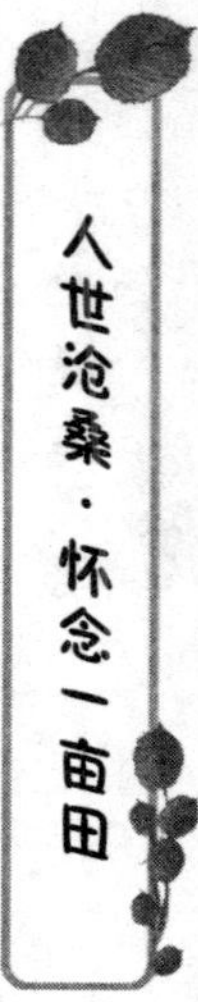

怀念一亩田

飘　尘

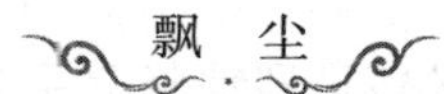

闻着那刚割过的稻谷秆散发出的香味,看着那若隐若现的脚印,以及偶尔翻动田水露出背脊被阳光照得晃眼一亮的鱼儿,我兴奋得挽起裤管迈起没穿鞋的脚就往田里飞奔。水不浅,泥颇深,我的腿短小,跑不上几步就泥水满身。几步之遥正用稻谷将木斗锤得山响的爸爸哈哈大笑说:"儿子,加油！抓到了鱼给你熬汤喝!"

得到爸爸的鼓励,我更起劲儿了。一条鱼儿碰触到了我的小脚,痒痒的,还有点疼。凭着感觉,我弯腰就往混浊的水里抓去。一抓,没抓着;再抓,还是没抓着。没抓着鱼儿的我已被泥水将头发、眉毛、鼻子、脸蛋、衣服等全部抓着。在不知抓了多少次之后,我顾不上抖落满身的泥水,小手终于在大笑中将鱼儿高高举过头顶。爸爸也在大笑,说:"儿子,你真能干!"

晚上,喝了鱼汤,闻着堆在堂屋里新鲜稻谷的味儿,我沉沉睡去。第二天醒来,爸爸已去田里继续打谷子。而我,得在爷爷的陪伴下去报名入学了。那年,我六岁。在那溢满稻香的农历七月,我稚嫩的手在识字不多的爷爷手把手指导下,在户口一栏郑重填下两个字——"农民"。

度过九个农忙假之后,我辍学了,成了地地道道的农民。在分到的一亩三分地里,我秉着一个农民所特有的品质,细细耕耘,按季栽种。虽是水田,但除了种稻谷之外,我还收拾出一些地儿种棉种麦种油菜,甚至,种春风。

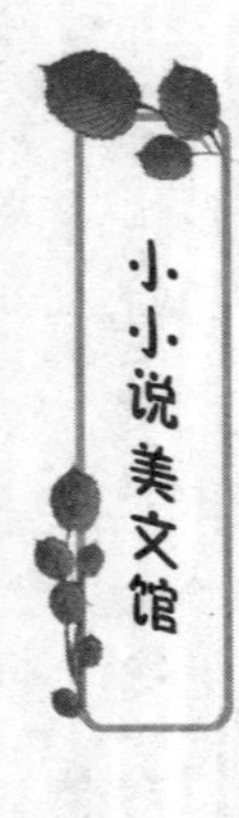

爷爷已经去世，爸爸已经老了，我接下祖祖辈辈驼起的背，将腰杆在艰苦劳作中挺得笔直。

一季季的丰收，有棉有麦有油菜，有谷有笑有春风。当然，也少不了跟在我身后滚泥巴捉鱼的儿子。在用稻谷将木斗锤得山响的同时，儿子稚嫩的声音在响亮地问："爸爸，昨天报名的时候，老师问我户口一栏怎么填，爷爷说填'农民'，对吗？"我笑着说："对！儿子，捉鱼吧！捉到鱼给你熬汤喝，喝了鱼汤的孩子学习好！"

我的话刚说完，儿子即兴高采烈地将双手举过头顶，说："爸爸，看！"儿子手中，一条约半斤重的鲤鱼在使劲摇晃着身子。

我的爷爷读了两年书，爸爸读了五年，我读了九年。儿子在读了九年之后，仍有读下去的良好势头。果然，在新买了打谷机抢收稻谷的那天，儿子收到了重点高中的录取通知书，高兴地跑到田边来告诉我这一喜讯。看着儿子那比九年前抓到半斤重的鲤鱼还兴奋的脸，我由衷地为他感到高兴。我说："儿子，下来，再抓一条鱼！咱农民的儿子，继续好好地把书读下去，三年后考个重点大学！"

儿子没有下来，因为他看到几个高大魁梧的人站在田埂上。我早已料到，这几个人是来找我的，只是没料到他们来得这么快。为首的那个人对我说了一大堆话，归纳起来，只有三句："一、因规划需要，你家的水田被征了，以后，你们家就是城镇人口了；二、买两间门面，发家致富脱贫困指日可待；三、赶紧把这一季的稻谷抢收完，十天后正式征地。"

十天后，高大魁梧的人驾驶着高大雄伟的挖掘机在田里作业。当挖掘机的履带碾平稻谷秆的那刻，我分明感受到履带是碾压在我身上，我听到稻谷秆发出骨头碎裂一样的声音。

拿着可容纳十间小楼的土地换来的钱，转眼之间，我买不起曾经属于自己的十分之一土地。

儿子的书还在继续读，家庭的开支也还得继续下去。得来的补偿款，我用来支付儿子的学费，以及家庭日常用度中买菜买面买大米，买油买盐买酱醋茶。买得只剩最后一张钞票的时候，曾经属于我的一亩田，已成热闹的农贸市场。

在又一个应该充满稻香的季节，儿子拿到了重点大学的录取通知书。填家庭情况调查表去村委会盖章的那天，儿子问："爸爸，户口栏咱还填'农民'？"

顷刻间，我情不自禁地回想起我那再也闻不到稻香的一亩田。泪，忽然逃脱眼睑，无声地砸了下来。良久，我对儿子说："你认为，你还有资格填'农民'？"

儿子的眼圈红了，说："那填'非农'？"

我说："咱家是'非农'？"

儿子不再说话，我也不再说话，静默将很短的时间拉得极长。最后，还是我先开口："你马上是大学生了，自己看着填吧，我想办法给你筹学费去。"

儿子最终按报到时间上大学去了，我一直没有问，他在户口栏填的是什么。在儿子上大学后的第二天，我收拾行李，跟着年轻人去了沿海打工。无论怎样，生活还得继续，在下一个充满稻香的季节，儿子又该需要学费了。

那年的腊月二十八，我回到家过年。天冷得出奇，瞥见角落里已布满灰尘的打谷机，我拎着斧头，将它劈了当柴烧。在熊熊火光中，我闻到了最后一缕稻香的味道。

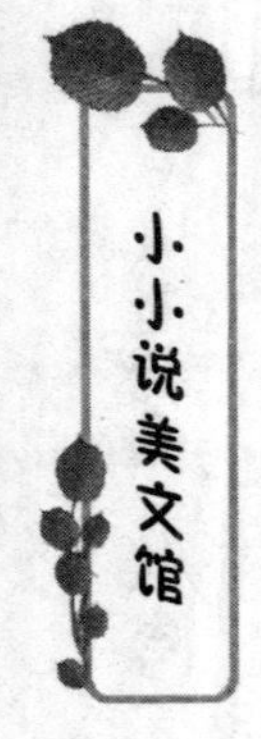

观音豆腐

衣 袂

老鸹岭的顶峰叫观音山，不仅屹立着观音庙，还有四季常青的观音树。

取嫩叶洗净兑进清水，用手揉搓成糊状，再用干净布滤渣；取草木灰适量，用井水调和均匀，过滤取灰水；将灰水倒进叶汁中，边倒边用筷子搅动；叶汁渐渐变稠凝固，压制成豆腐模样，被命名为观音豆腐。观音豆腐呈墨绿色，隐隐有些透明，入口滑腻松软，芳香清凉，有降温败火驱毒等药用价值。因为抵达观音山必须经过悬崖“一线天”，非迫不得已，老鸹岭的人们不会去朝拜观音庙，也不会关心观音树。

六月六那天，公鸡还没打鸣，七婶已经动身。花头巾蒙着的小竹篮里，藏着香蜡鞭炮。七婶要去观音庙拜祭，求观音娘娘保佑福生，再顺便摘些叶子给福生做豆腐。

福生是独子。响当当的七叔，在兵荒马乱的年月不甘被拉夫，逃跑时丢了性命，福生就变成了七婶的命根子。即便小心翼翼地养，福生依旧长得瘦骨嶙峋。近来更让人焦心，居然害上了龙王疮。赵老先说，那些红色的脓包，如果首尾相连成龙，任天王老子也不能救治了。赵老先是行家，用毛笔蘸了墨水在福生腰上画蜈蚣和蝎子挡道，说再吃点药就可以痊愈。七婶不放心，决定上庙祭拜以示虔诚。

七婶先用艾蒿熏身，又用镰刀开路，还边走边用竹棍敲打草丛，攀岩石，跨山涧，临到正午方才推开观音庙虚掩的木门。

光亮随之渗入，照出年久失修的凄凉，也闪现地上躺着的男人。

七婶吓得拔脚就往外跑。跑了几步，感觉不对劲，于是喊："喂，庙里有人吗？"

不见回音，就回转身查看。试试鼻息，尚有呼吸。确定昏厥后，七婶方才大着胆子搜寻，从那人裸露的黑紫色肿腿上，找到了毒蛇咬伤的痕迹。七婶把那人挪到门口，让他背倚着庙门坐着，免得毒气蔓延躯干，然后她就近寻找草药。

山里人，常年跟昆虫野兽打交道，懂得偏方。七婶把草药嚼碎喂给那人，又把一些草药剁成黏稠的汁液敷在伤口上，然后推拿穴位。

不久，那人发出一声沉闷的呻吟，后来，竟然可以睁开眼睛。那人挣扎着想起身，却被七婶摁住。七婶说："被鸡冠蛇咬住腿的人不养息十天半个月，腿就残废了。"

那人说自己有事。

破衣烂衫又操外地口音，七婶以为胡子拉碴的他是打猎的，就说："是不是怕同伙着急？"

那人说是。

七婶说："一个爷们儿没腿可不行。你养着，我先帮你捎个口信。"那人想了想，就说了地方。

得知那人没带猎枪也没带干粮，七婶这才记起自己的正经事，慌忙点燃香蜡鞭炮。祈祷完毕，七婶留下自己没舍得啃的两根老黄瓜和一个野菜团子，嘱那人安心养伤，说明天再送草药和食物上来。然后她上山找观音树，采摘了嫩叶，又送了口信，大半夜摸回家就忙着制观音豆腐。

天刚放亮，七婶就上山。那人喝过草药喝稀粥，尝过观音豆腐后，赞不绝口，听了它的来历，更是惊讶。

七婶说，很久以前，人间发生饥荒，难民无数，尸横遍野。观音不忍，用杨柳枝洒甘露于人间。甘露落到老鸹岭的顶上，长出了簇簇绿树。饥民摘

叶取其汁加灰做成了"豆腐",食用充饥,挨过了饥荒。当地人懂得感恩,于是就有了"观音山""观音树""观音豆腐"。

那人说:"大嫂救我性命,也如观音再世。"

七婶说:"菩萨在上,小兄弟千万别胡言乱语。"她说着跑到观音像前跪下,声声祈祷,句句求福。

那人只是笑笑,不再吭声。

隔天再上山,已不见那人。七婶在附近没发现他的踪影,采些嫩叶就下山了。福生的龙王疮已经掉痂,生活却改变了模样。刘邓大军开始挺进大别山,接着全国解放,七婶分到田地后,福生也有机会走进学堂。好日子,说来就来了。

多年以后,当年被救起的那个人成了一名将军。后来,将军故地重游时特意拜见恩人,谁知七婶早已去世。于是老将军就讲了七婶的故事,并点了地方名菜"观音豆腐"。

其时,"观音树"被当作珍稀树木保管了起来,人们捋不到它的嫩叶就用绿豆替代。老将军知道这些,可是老将军依旧吃得津津有味。

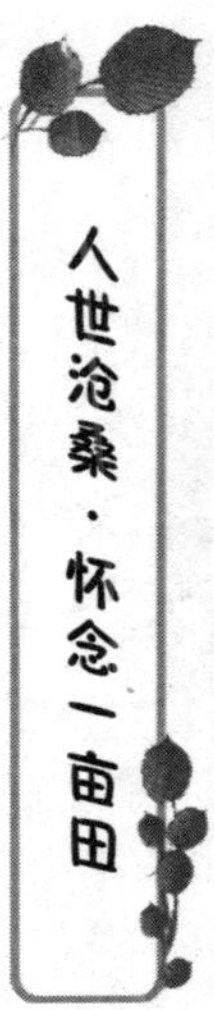

对　门

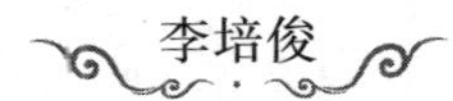

李培俊

乡里人讲究多，结亲戚，属鸡的不找属猴的——鸡和猴不到头；民营企业搭班子，有牛无马，有马无牛——白马犯青牛；康家不与朱家为邻——猪吃糠，对康家不利。

可湖桥镇的康成山却和朱成群住对门，一住就是三十多年，倒也相安无事。非但没事，两家关系比亲弟兄还亲三分。那年朱家盖房，本来要盖成三层小楼，学城里人外装玻璃幕墙，屋顶起个高脊，搞成别墅式洋房。盖到两层，正往三层砌砖，朱成群无意间朝对面康家瞥了一眼，大手一挥，对泥工师傅说："封顶。"泥工师傅就很奇怪，说："你不说要盖三层吗？才两层咋要封顶呢？"朱成群朝对面指指，说："我家房子能超过康哥家的高度吗？"

康家房子是上世纪 90 年代盖的，虽也是小楼，却只有两层。自家盖三层，明摆着压了对方一头，这是大忌。

康成山也很仁义，把朱家的事当成自家的事办。那年朱家的阀门厂货款被骗，数十万打了水漂，资金出现缺口。康家倾其所有，借给他三十多万，才把窟窿填起来，厂子得以正常运转。为此，康家的厂子却误了一大单生意。康成山家有棵麦黄杏，个大，皮薄，肉厚，可树小，每年也就结几十个。杏子摘下，康成山分出一半，洗净，送给朱家尝鲜。朱成群接了，一笑，说："要是街再窄点多好，咱就不用来回跑了。"康成山说："谁知道当初咋规划

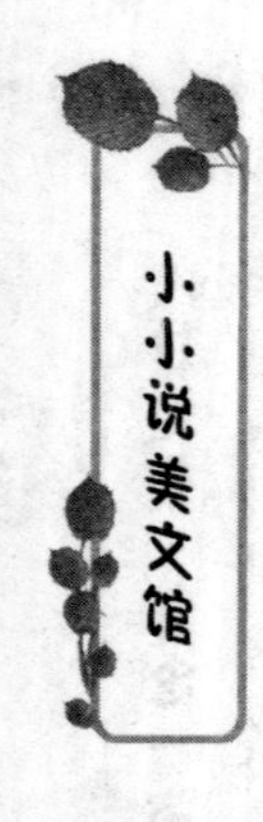

的,咋把街修到咱两家中间呢。"

有人提起"猪吃糠"的说辞,康成山不禁一笑,说:"那都是穷讲究,啥猪吃糠啊?迷信!我不照样和老朱家对门?日子不照样过得顺风顺水?我们两家不照样人丁兴旺?"

说这话时是八月,腊月康家就出了事,而且和朱家有关。

康成山的儿子叫康召,二十六岁,小伙子前年谈了个朋友,姑娘也是本镇的,生得花朵一般耐看。两口急着抱孙子,和女家说好,来年春天把婚事办了。

朱成群家是闺女,叫小巧,男朋友是县里的公务员。年轻人恋爱谈热了,把握不住自己,一来二去的,小巧肚子就大了。朱家想早点把婚事办了,遮遮丑,婚期定在腊月二十二。办事前一天,康家三口全体出动到朱家帮忙,买菜,割肉,布置新房,忙得不亦乐乎。看看一切就绪,康成山一家要回去,朱成群说:"你两口先回去,康召留下,陪陪来过礼的新女婿,年轻人在一起有话说。"

那天,康召喝酒并不多,也就三四两的样子,喝过就回家了。谁知第二天早上,天光大亮了,康召还不起来。康成群在他屁股上拍了一掌,说:"这孩子,你朱叔家今天办事呢,还不快点过去帮忙。"康召还是不应,康成山俯下一看,儿子早没了气息。

康召可是老两口的心肝宝贝,两口子抱着儿子失声痛哭起来。刚刚哭了没几声,康成山把老婆的嘴捂了,他说:"别别别,现在可不敢哭,让对门知道了,这喜事还办不办了?"老婆饮泣着说:"你说咋办?"康成山说:"瞒下,等过了今天再说。"

对门朱家的喇叭响起来了,是豫剧《朝阳沟》,一条街都是银环高亢喜兴的唱腔。去朱家前,康成山洗了把脸,也把老婆的泪痕擦了,附在她耳边说:"高兴点啊,别哭丧脸。"老婆说:"你叫我咋高兴,我高兴得起来吗?"康成山说:"高兴不起来也要高兴!他们要知道小召没了,还有心打发闺女?"

劝着老婆,康成山自己的泪却止不住,一滴一滴往下落,在镇街路面上

砸出一个个黑点。在白白的、亮亮的阳光里，在银环喜兴的唱腔中，康家两口子走上大街，跨进了朱家大门，随了五百块钱的厚礼。

朱成群是办完喜事后得到消息的，两口子急忙跑到康家，一进门就跪到当院，对着康成山磕了三个响头。朱成群哭着说："哥，哥，你咋这样呢？孩子没了，咱还办啥喜事呀……你不该呀哥，不该呀……"康成山连忙把两口子搀起来，说："兄弟，别别，别这样……"

朱成山拿出一个布包，里面是刚从银行取回的三十万块钱，说："哥，咱孩子没了，这点钱你先用着，回头我再送。"康成山恼了，说："你这是干啥呀兄弟？钱再多能买回咱小召？买不回呀兄弟，再说了，这钱算哪回事？我花得出去吗？买衣服穿？我忍心穿到身上？买肉吃？我能咽得下去？咽不下呀老弟……"

正说着话，门口传出一阵哭声，小巧快步抢进大门，跪在康家夫妇脚前，叫了一声"爸"，又叫了一声"妈"。康成山说："起来吧小巧，我认下你这个干闺女了。"

小巧说："不，是亲闺女！"

1985 年的方便面

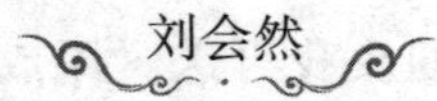

时间的沙漏倒转,岁月回溯到 1985 年的赣江之畔,一分酸楚夹杂几缕苦涩掠过我的心头。

赣江,江西的母亲河,她的温存哺育了两岸祖祖辈辈的优秀儿女。可她一个几十年难遇的“喷嚏”却让这些儿女们惊悚不安。

那时,我六岁,还是个懵懂的孩子。对于我,母亲河里的一切都是充满趣味的。可我一直纳闷,在水即将光临村庄的时候,大人们为何要携儿带女纷纷逃窜。河水到家里来拜访不是更好吗?省得父亲走老远的路去她怀里撒网捕鱼了。村里的长辈不是说,是这条河养育了我们这个村的祖祖辈辈吗?

当父亲撩起我的双臂,把我架在他背上往村后的高山上走的时候,我万分不乐意,挣扎着要下来。父亲厚重的手噼里啪啦打在我粉嘟嘟的屁股上。

我们全村所有的男女老少和部分牲口挤在山顶的一个破庙里。雨不知下了多少天,可看着河水一步步与村庄亲密接触,我心里特兴奋,我为河水轻吻我们的田园、房屋高兴。我想,以后再也不用跑到老远的河里游泳、嬉戏了,在我的房间、在我的床上就可以玩了。可村里的大人们脸色比天上的黑云还黑,特别是那些婆娘们,哭哭啼啼的。我被他们哭烦了,对父亲说,我要去游泳找鱼儿玩了,父亲把我单只脚拎起来,像甩烟蒂般把我整个身体甩向破庙的一个墙角里。

数天后，水走了，我很伤感。我仿佛失约了一个童年久违的伙伴，整天病恹恹的。大人脸上的黑云飘散了，可这些该死的黑云却飘到了我的心头。

要不是听到“方便面”这三个字，我心头的黑云不知会氤氲到何时。

大人又纷纷拖家带口下山了，庙里一片狼藉，可回到家里，才知道破庙和家里相比简直是天堂。土墙大面积崩塌，家里的桌子、凳子等也不知道逃到哪里去了。特别是家里那唯一的肥猪和两只大花母鸡也不知道流浪到哪里去了。我特别为母鸡感伤，因为母亲说过，明年我就读小学了，这只鸡生的蛋就是我的学费。可当我发现我床头以及我的一个抽屉里躺着几条鱼时，我的感伤像肥皂泡一样转瞬即逝。

正当我陶醉在和房间里的鱼儿嬉戏的时候，村主任贵生歪着他那麻花腿来到我家，他大炮似的嗓门朝正在清理厅堂的父母亲喊：“上面来通知了，国家会救济的，上面为大家准备了棉被、粮食和生活用品，特别是还会救济大家一些方便面，以渡过眼下的难关。”

我一听“方便面”傻眼了。长这么大还从来没有听过这东西，我蹿出自己的房间，准备问贵生方便面是什么，可贵生却歪着脚到邻居王大婶家去了。

“方便面，方便面……”我整天默念着，对那些来串门的鱼儿也丧失了好客的热情，我整天心里就想着这三个字。当我来到村里晒谷场上的时候，我才发现默念这三个字的不只是我，还有三娃、五狗、瓶儿等一群伙伴。

他们讨论开了。三娃看我走来，问：“傻蛋，你知道什么是方便面吗?”

我怎么会知道？可为了显示我的神奇，我把头昂得老高，说：“我怎么不知道？我三叔在城里，我上次就在他家吃过。”五狗接着问我：“那你肯定知道什么味道?”

我语塞了，可我却乘机舔舔嘴角，吞了一口唾沫，丢下一句：“就你们，说了也不知道。”我看到他们也跟着我吞唾沫。

回到家，我问父亲：“方便面是什么味道?”父亲正忙着砌倒塌的猪圈。

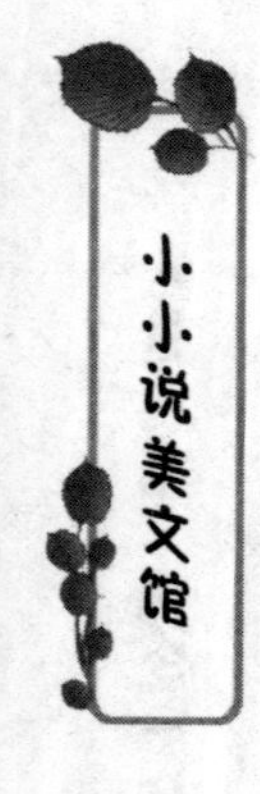

他用手一撇，说："别过来烦，一边玩去。"我只好无趣地走开。

这些天，我天天盼望贵生来我们家，只要他一来我就可以问他什么是方便面了。可连贵生的影子都没见到，我都到他家装有琉璃瓦的围墙边等了几回，可他好像遁逃了一般。

唉，方便面，方便面啊，我整天思忖着。一天晚上，我梦见自己吃上了方便面。我的整个房间都堆满了方便面，当然还有父亲期盼的棉被和粮食。方便面真好吃啊，吃得我肚子都撑痛了，撑得我醒来了。可醒来了，我还是不知道方便面是什么样子和什么味道。我真希望我永远在梦里。

我发现村里的大人和我们一样都在找贵生，仿佛他一来，荒芜的家园就成了生命的绿洲。

在全村大人和孩子的期盼中，贵生大炮般的声音终于来了。贵生依然歪着脚，可我发现他那天嗓子特别亮堂，全身的新衣服也晃得我一阵眩晕。贵生大喊："上面的救济来了！上面的救济来了！"喊得我家厅堂上的一只正在修补破网的蜘蛛砸到了我头顶。

父亲赶紧丢下手里的活计，双手在衣服上摩擦，擦拭掉手心的污垢。母亲赶紧端了一杯热茶出来，让我羞愧的是母亲端来的茶杯嘴口豁了半边。

贵生没有接过茶杯，他朝我喊了一声："傻蛋，快去叫隔壁的王大婶来。"我匆匆奔去，匆匆奔回，一个趔趄竟然摔倒在贵生的麻花腿前。

王大婶挑着大箩筐来了。贵生说："都来了，好，上面的救济也到了。"说着他从一个纸盒里掏出一块比豆腐块大几倍的，包装艳丽的东西交到父亲的手上。

记好啦，贵生说："这就是上面救济的全部东西，两家共一包，你们自己去分好了。"父亲用低沉的嗓音问："就这些？"贵生剜了父亲一眼，歪着腿朝屋外走去。我分明看到他的腿颤抖了一下，麻花腿走得比什么时候都僵硬……

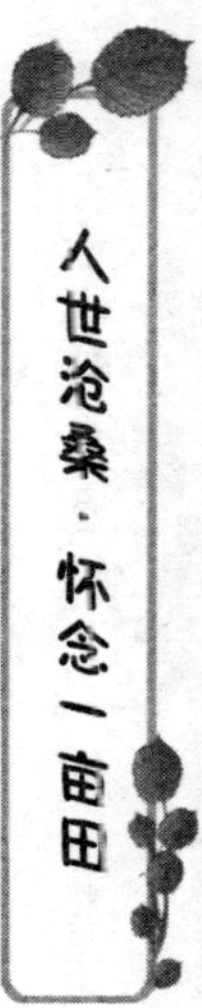

搓澡

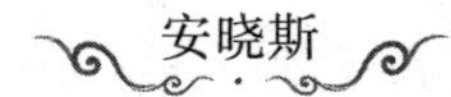

两腿做马步状，轻微弓起腰。

儿子对躺在搓澡床上的父亲说：“爹，今天我来给您老搓澡。”

父亲点点头，眼中似有泪水涌出。

这是一家高档桑拿洗浴中心，父亲从来没有进过，也从来没有想过要到这里洗澡。沁水湾的庄稼人都和父亲一样，要么在村边的小澡堂里泡大池，要么用家里的太阳能热水器胡乱冲冲。父亲不知道，这里的净桑门票是三十九元，搓澡费是十九元。要是再搓个盐得二十八元，打个硫黄得三十八元。这些，父亲不懂，也不会知道。

把洁白的毛巾拧干，伸开五指蒙上，儿子站在父亲稀疏的头发前，俨然一个正规的搓澡工。

儿子说：“爹，儿子今天为您服务，搓澡不收费，搓盐、打硫黄我掏钱，要是有什么服务不周的地方，请爹教训儿子。”

父亲笑了。这娃子，今儿个还一套一套的。

儿子用洁白的毛巾，轻轻擦干父亲脸上的水，然后十指张开，为父亲做头部按摩。儿子的十指时而紧抓父亲的头，时而紧捂父亲的头，做按摩状。

儿子问：“爹，手的力度行不？”

父亲点点头，刚刚擦干水的脸上又有了泪水。

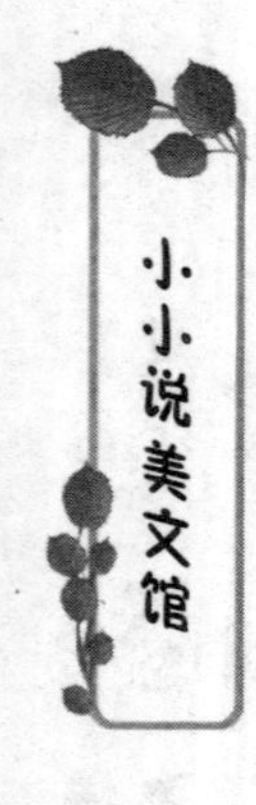

接着,儿子开始为父亲搓澡。从手指开始,儿子认真地为父亲搓着。搓完一只胳膊,儿子把父亲另一只胳膊上的手牌取下,套在已经搓过的那只胳膊上。

儿子说:“爹,这是手牌,咱放衣服的柜子就靠这个才能开。这个手牌还能在这里消费,想要什么东西,让服务员记下手牌号就行了。这东西不能丢,丢了麻烦就大了。”

儿子边搓边说。

平日里,儿子是很难有空和父亲说这么多话的。父亲只是不停地点着头,心里有一种说不出的舒服。儿子靠自己的聪明才智,早早地就走出了沁水湾,这是村里的骄傲,更是当爹的骄傲。

儿子的左手按着搓澡床,右手裹着毛巾,毛巾外套着搓澡巾。前胸、后背,从胳膊到腿,每一处都细细搓着。搓一会儿,儿子就端过一盆水,为父亲冲洗一下搓过的地方。然后再继续搓。

父亲说:“娃,你学过搓澡?”

儿子摇摇头:“爹,我哪会学过。我只是留心看人家搓澡工,学了人家几手搓澡的功夫。”

父亲不知道,儿子的两眼早涌出了泪水。父亲的身上,老年斑到处都是。闲不住的父亲常年忙活在农田里,虽说有些瘦骨嶙峋,但身子骨硬朗着哩。人生难得老来瘦,父亲常以此为自豪。

儿子说:“爹,您以后少干些农活,别累着。看您瘦的,一身皮包骨头,给您搓澡都硌手。”

父亲笑笑说:“娃,你不懂。爹这瘦,不是你不孝顺,不是咱家没啥吃,是爹健康。身体好是爹的福气,更是娃你的福气。爹要是躺在床上不能动了,娃你还能在外干事?”

儿子停下搓澡的手:“爹,您说的是,小时候您抚养我,长大了您还为我操心。这辈子,咋着都报答不了您老的恩。”

父亲又笑了:“娃你错了,爹养大你还用报恩?”

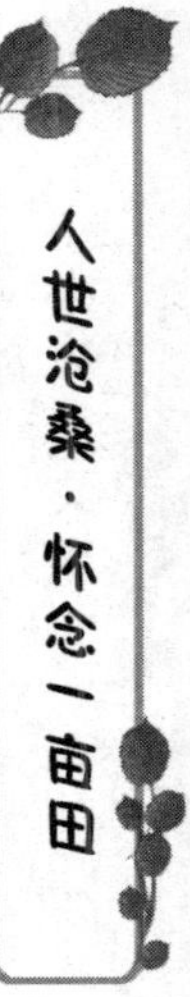

搓到父亲的脚了。儿子用毛巾在父亲的脚趾缝里来回搓着。搓完了，儿子又为父亲轻轻地捏起脚来。

父亲说："娃，这毛巾在脚趾缝里来回搓，真舒服。再用手捏捏，更舒服。"父亲说着说着就泪流满面了，"娃，爹咋就想起你小时候，爹给你洗澡，那是在咱家的大水盆里，爹一挠你脚底，你就痒得直笑。"

儿子没笑，满眼的泪水模糊了视线。儿子说："爹，我搓澡这功夫，行不？"父亲说："娃，要换别人，还以为你真是搓澡工呢。"

其实儿子没有告诉父亲，为给父亲搓澡，他还真的在这里请教了搓澡的师傅，还给搓澡师傅搓了两回呢。

给父亲搓完澡，儿子又给父亲搓了盐。冲洗干净了，又给父亲打了硫黄。冲洗干净了，又陪父亲刷了牙，洗了头，然后又给父亲穿上桑拿中心的衣服。

躺在桑拿中心休息大厅松软的沙发上，父亲舒舒服服地睡着了。看着父亲，儿子的双眼饱含着热泪。

明天，是父亲的七十大寿。

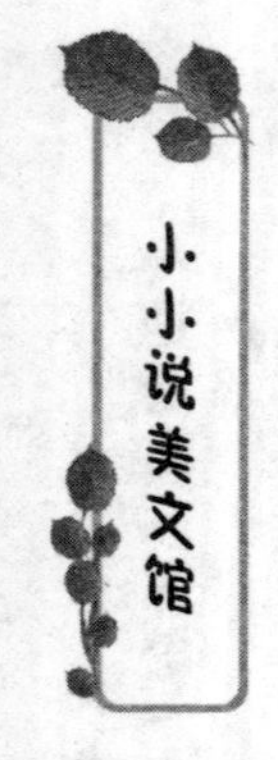

疯狂的黄牛

安晓斯

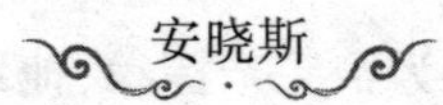

黄河滩的玉米正处在收获期。宽大的玉米叶陪伴着金黄的玉米棒在风中摇曳。

宁欣坐在刚刚修建的牛棚里，听着玉米地里传来的沙沙声。深秋了，偌大的黄河滩有了丝丝寒意。明天县里要来检查养牛工作，这个牛棚是镇里确定的参观点。

镇长说："宁欣，你是办公室主任，带着办公室的同志辛苦一下，今晚就在牛棚守着，防止这些牛跑掉。"

宁欣知道，镇里的这个牛场没有养多少头牛。这个牛棚里的大多数牛，都是临时从农户家里借来应付县里检查的。从下午开始，宁欣和同事们忙得不亦乐乎。散养的牛有个特点，就是不合群。不在一个食槽长大，性格脾气就有差异。现在这些牛都挤在一个陌生的牛棚里，叫的叫，挤的挤，相互之间来回顶头，整个牛棚就像嘈杂的农贸市场。

为了争当养牛模范镇，镇里规定机关干部职工每人至少养一头牛，班子成员至少养两头牛。用了三天时间，终于借来了这一百多头牛。为了区别这些借来的牛，他们在牛的右耳上挂上了牌子，分别写上"李书记""张镇长""刘委员""王站长"等，这样既能证明领导带头养牛，又便于检查后送还农户。

后半夜了，宁欣让累了一天的几位同事稍作休息，自己一个人在牛棚守着。突然，一头黄牛变得焦躁不安，前拱后蹬，疯狂地挣脱缰绳，拱塌料槽，从牛棚跑了出来。等宁欣追出牛棚，那头黄牛早已不见踪影。这头黄牛是借来的牛中个头最大的，估计得万把块钱，要是跑丢了，镇里得赔老百姓。

宁欣立即叫来牛场的饲养员和办公室的同事，除留下两人在牛场看管外，其他人分头到黄河滩里去找。

借着皎洁的月光，十多个人拿着手电筒，分别向十多个方向寻找那头黄牛。偌大的黄河滩，到处都是将要成熟的玉米，要想找到一头牛，无异于大海捞针。

一个小时过去了，出去找牛的同事都陆陆续续回来了，就是不见那头牛的踪影。没办法，宁欣只好打电话给李书记和张镇长，请求镇机关的同志们前来帮助寻找。半个小时后，李书记和张镇长带领在机关值班的三十多名干部职工火速赶来。书记、镇长要求全体同志在牛场附近，立即进行拉网式排查，务必在天明之前找到那头跑了的黄牛。

深秋的黄河滩之夜，静谧，空旷，到处闪烁着手电的光柱。

宁欣深感责任重大。毕竟是自己值班时跑的牛，有不可推卸的责任。他找到了一条干涸的沟渠，顺着沟沿摸索着向前寻找。

突然，他看见了一个庞大的黑影。用手电一照，正是那头跑掉的黄牛。那头黄牛好像没有看见他，正在悠闲地啃着玉米。可是，当宁欣一步步接近黄牛时，那头黄牛却猛地转身跑了。宁欣立即快步向前追。可这头牛走走停停，宁欣就是追不上。没办法，累得气喘吁吁的宁欣干脆停了下来。那头牛真是奇怪，见宁欣停下了，也卧倒在地，又开始啃起玉米来。

见那头牛卧倒在地，宁欣也坐了下来。筋疲力尽的宁欣好像明白了什么。

宁欣轻声地对黄牛说："老牛啊，别再折腾我了，你是牛，我也是牛。你是动物里的黄牛，我是革命的老黄牛啊。"

"其实我懂你的心，"宁欣说，"你是看不惯镇里的做法吧？可我也没办

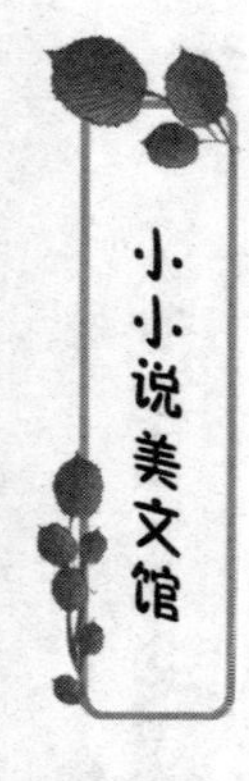

法啊。”那头黄牛好像听懂了宁欣的话，抬头看了看，继续咀嚼着玉米秸秆。

“你虽然不是人类，估计也知道啥是弄虚作假。下午你也看见了，你的那些伙计们也不愿意来这里啊。不过你放心，明天检查一结束，就送你回去。”

说也奇怪，那头黄牛停止了咀嚼，直直地看着宁欣。好像在问：“你说的是真的吗？”

宁欣慢慢地走近那头黄牛，坐在黄牛的身边，轻轻地抚摩着黄牛的头说：“镇里的这种做法，要是让县里知道了，肯定受批评。跟我回去吧，牛场里的草料还是很不错的。”

忽然，那头黄牛猛地站了起来，转身向远处跑去。

宁欣蒙了。心想，牛毕竟不是人，还是听不懂啊。

就在这时，眼前的情景让宁欣激动万分，那头黄牛又回来了。宁欣猛地拉住那断了半截的缰绳，借着月光，他依稀看见，黄牛右耳的牌子上写着“李书记”三个字。

“哦，老牛，我明白了，你是看不惯李书记弄虚作假啊。”说完，宁欣顺手把那个小牌子揪了下来，扔进了那条干涸的小河里，“镇里弄虚作假，黄牛都会发疯，书记、镇长能不挨批？”

天麻麻亮时，宁欣牵着那头黄牛，快步向牛场走去。

宁欣忽然就想，领导来检查时，黄牛还会发疯吗？

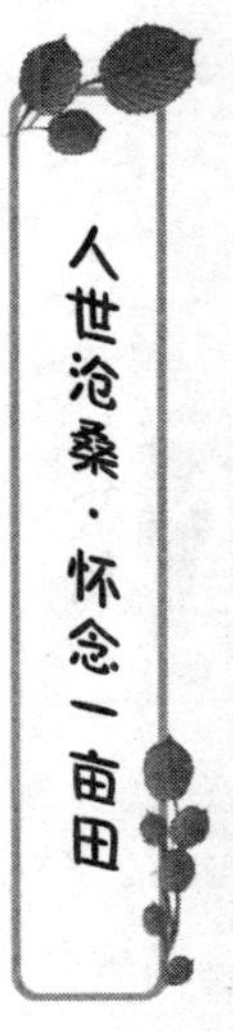

归家仓

刘正权

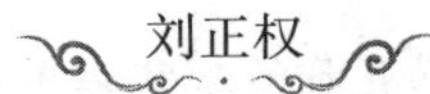

“归家仓”是黑王寨人对八月十五的另一种叫法，只是这种叫法老辈人嘴里出现的频率要高些，年轻人还是习惯叫中秋节。毕竟是正名，如同一个孩子，取个诨名也不是不行，但成了家立了业，就得规规矩矩叫大号了，显得尊重人不是？

在这点儿上恰好相反，黑王寨人成了家立了业后倒把归家仓放在了头里。按老辈人传下来的讲究，八月十五以前，地里的庄稼，树上的水果，园里的蔬菜，都得归到家里入了仓库。

人都晓得要团圆，庄稼不也得团圆一回？当然，这时归家仓只是一个形式，象征性地每样收一些回来。把半生不熟的庄稼收回来，老祖宗不敲扁你的头才怪，败家的行为呢，这叫“作”！

黑王寨最不败家的女人是小满，打从过了八月初十，小满就开始到北坡崖巡查，很有成就感地巡查。

小满的成就感建立在她的勤劳上，男人东志出门打工了，地里家里就她一人扛着。爹过世了，娘瘫在床上，日子就显出了难，不然东志也不会出门打工。

娘瘫归瘫，却要强，娘这会儿就冲巡查回来的小满发了话，说：“小满，今儿初十了吧？”

小满说：“是初十了，我这就到店里买月饼吃！”小满以为娘想吃月饼了。

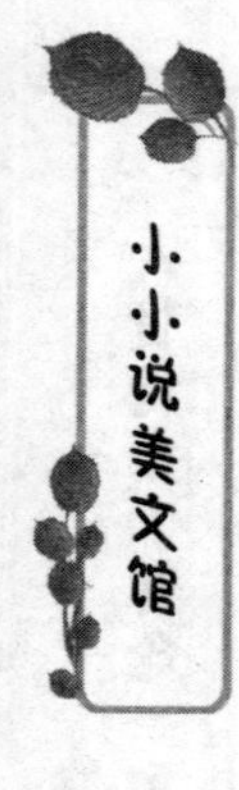

也是的，娘瘫得脸上没了血色，过了这个中秋恐怕就没下个中秋了。

这么想着，小满就抬头望了一眼院子里的柿树，一片柿叶在风中挣扎了几下，像时光叹了口气似的，那叶子就惶惶地飘落下来了。

娘也叹气，娘说："花那冤枉钱干啥？我吃了月饼就算过中秋啊？我是问东志有信没。"

小满摇摇头，她知道东志的脾气。早先两人在一个厂里打工时，从来就没年啊节的概念，他脑子里除了挣钱还是挣钱，能加的班从不放过。

娘就有点儿不高兴了："猫儿狗的都晓得要归屋的，他当爹的人了，咋不晓得归家仓呢？"

小满说："那娘您先躺会儿，我把树上的柿子摘下了，拿到集上可以卖好价的！"

"别！"娘一下子急了，"摘不得的！"

小满说："咋摘不得？都八成熟了，用温水一浸，红灯笼似的，好卖呢！"

娘说："小满你咋不晓事呢？"

小满说："我咋不晓事呢，这不归家仓吗？"

娘说："别的先归，这个等东志回了归！"

小满说："东志只怕回不来呢，跑来跑去要路费！"

娘突然火了，娘说："挣钱为什么？不就为一家团圆过幸福日子？眼下团圆日子到了，两边扯着算个啥？"

小满嘟囔了一声："您儿子啥脾气您不知道啊？"

娘就不说话了，躺那儿呼哧呼哧喘气："反正，那柿子你等东志回来了再摘下，我准保他八月十五一准回来归家仓。"小满不吭声了，出门，望望满树的柿子，柿子又大又圆，黄皮上已开始显红了，等不到十五，准像一串串红灯笼挂在树上。

挂就挂吧！

小满有的是活路，小满就又上了北坡崖，黄豆该收了呢！

以往收黄豆，都是东志和小满一起，有说有笑的，那活路就显得轻。干累了，俩人站崖顶上朝自己屋里望，一树红柿子就招招摇摇挂着，小满常说:“嘴馋了就回去摘了吃啊!”

东志往往就拦了她的话头:“别,留着给归家的人照路呢!”

照路是黑王寨的说法,黑三寨人出门,喜欢选月头月缺为离家日,归家则选月中月圆为团圆日,又大又红的柿子就是给归家人指路的红灯笼呢!

只是今年,小满叹口气,东志只晓得给别人照路,咋没想到自己家里也有条路照着等他回来呢。

晚上,娘再问小满:“东志还没信?”

小满点点头,一口一口喂娘吃饭。

娘那天精神头很好,吃完了又添了一碗。一般娘都吃得少,人瘫着,吃多了屙啊什么的不方便,娘就忍了口。

娘吃饱了,似乎很满意.还要小满替她摘了一个柿子。完了娘冲小满说:“放心,东志十五那天准能归家仓的,我拿灯笼引路呢!”

小满心说,娘的脑子躺出毛病了,归家仓,几千里外说归就归啊?把个柿子真当灯笼了。

第二天,小满扫完院子里的落叶进屋去喊娘,一喊娘不应,两喊娘还是不应,三喊小满就带了哭声。娘手里的柿子啃了一半,人却奄奄一息了。只是手里还死死攥着那咬了一半的红柿子,那柿子才八成熟,涩得能让人喘不过气,娘的病是沾不得这东西的!

小满忽然明白娘昨晚的话了,娘是拿自己当灯笼了。

东志接到小满电话之后动的身,东志紧赶慢赶,在十五那天傍黑回到了黑王寨。东志远远地看见自家院子里红灯笼一样挂着的柿子在风中摇了几摇。

“啪!”就在他推开屋门的同时,树顶上最向阳的那颗柿子掉了下来。

东志刚要弯腰捡,蓦地,从里屋传来小满的一声长号:“娘哪,你咋把给东志引路的灯笼给丢了啊!”

东志双膝一软,扑进里屋,半个红红的柿子正好滚到他的脚下。

“归家仓呢,今天!”东志耳边响起每年这个时辰娘最爱说的一句话来!

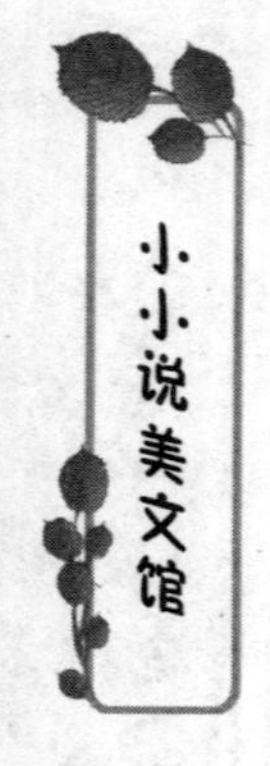

外婆家的杨梅树

莫美

小时候,我在乡下外婆家住过几年。

外婆家的屋后有一棵杨梅树,主干有两层楼那么高,树冠有一间房那么大。春末夏初,杨梅树上便挂满杨梅,开始是青青的,慢慢地变红。熟透了,看着让人流口水,放进嘴里,蜜一样甜。

外婆心里有两个宝贝:一个是我,一个便是这棵杨梅树。

这棵杨梅树每年能结三四百斤杨梅。杨梅摘下来后,除了自家人吃,除了左邻右舍尝尝鲜,还要浸酒,还要卖钱。外婆家每年要浸三大坛杨梅酒,外公、舅舅都不爱喝,倒是外婆每天晚上要喝一小杯。村里人说,外婆五十多岁了,看上去一点也不显老,是杨梅酒养的呢。余下的杨梅,要挑到街上去卖,三毛钱一斤,可卖六七十元钱。六七十元钱是个什么概念?在生产队里,舅舅一年能挣三千多工分,年终决算,每十个工分只能分两毛多钱。也就是说,一棵杨梅树,顶舅舅那样的壮劳力辛辛苦苦劳动一年的收入。难怪外婆要把杨梅树当宝贝看了。

杨梅由青转红的时候,外婆就天天待在家里守着。屋后有一条矮墙,细伢子站在矮墙上,用木棍或石头可以打到杨梅。一棍或一石头,就可以打下十几甚至几十颗。如果无人看守,不等成熟,杨梅都打没了。即使有人守着,也难看得住。只要外婆一背脸,杨梅就可能被偷打。

带头偷杨梅的是表哥顺生，我也跟在后面。总共五六个细伢子，也不多打，每人能分上四五颗。那杨梅入口，又酸又涩，一点也不好吃，但我们吃得津津有味。外婆闻声而出，我们早一溜烟跑到了她看不见的地方，蹲下来，屏住气，听外婆骂。

外婆骂人的声音很洪亮，抑扬顿挫，有板有眼，像唱歌一样：

"坏良心的鬼崽子哎——

砍脑壳的鬼崽子哎——

杨梅还是青的哩，你们就这样下得去手啊？

你们吃了烂嘴巴啊，坏肚子啊……"

骂来骂去，也就这么几句。骂得越厉害，我们越开心。骂声停下来，反倒没味儿了，我们也就哄一声散了。好像我们偷杨梅，就是为了赚取外婆的骂声。

其实，外婆知道是表哥带的头。回到家里，她冷不防就会抓住表哥的耳朵，边扯边骂。有时，表哥忍不住了，就会把我供出来，说："英子也参加了，凭什么只打我骂我？"外婆就会说："英子是个妹子，又比你小，还不是你带坏的？"又问："你还带头去偷不？"等表哥立了保证，外婆也就松了手。

但保证归保证，偷还是要偷的。外婆骂也是要骂的。

外婆骂得越来越难听。我就对表哥说："我们不去偷了，不赚骂了，想吃，就和外婆说，摘几颗下来。"

表哥想都不想，就说："那有什么味儿？又不好吃。"有时还装出一副大人样子来："细伢子要赚骂，骂去身上的凶煞，才长得大呢。"

一回两回，杨梅便在我们的偷打和外婆的咒骂声中成熟了。外公翻开历书，选一个黄道吉日，吆喝着舅舅和顺生采摘杨梅。到那一天，左邻右舍包括那些偷打过杨梅的细伢子，都会过来尝尝鲜。外婆显得分外高兴，总是笑呵呵地说："吃啊，多吃啊，好吃呢。"看见顺生和那些细伢子，外婆还会说："要是顺生那些鬼崽子不偷打，还要多很多哩。"外公就说："杨梅树啊，要细伢子偷，老人骂，才旺呢。"

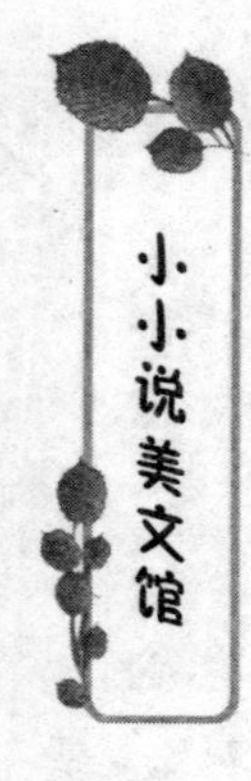

我们这些细伢子就边吃杨梅边嘻嘻地笑。

村子里有好几棵杨梅树，但数外婆家的杨梅树最高最大，结的杨梅最多最甜。为什么呢？因为外婆家对杨梅树最好。

外婆说："礼尚往来，人也好，猪也好，树也好，都是一样。杨梅树结杨梅给我们吃，我们也要以礼相还，不然就不结果了，结了果也不会甜。"

怎么还礼呢？除了春上给杨梅树施肥外，每年还要给杨梅树过年。

大年三十晚上，我们坐在火炉边，听外公东拉西扯讲故事，外婆看时间不早了，就说："该给杨梅树过年了。"外公提着酒菜，舅舅拿一把柴刀，两人蹑手蹑脚地走到杨梅树下。

舅舅在杨梅树上猛剁一刀，问道："你是什么树？"

外公就答："我是杨梅树！"

舅舅把酒倒到刀口处，问："酒好吃不？"

外公就说："好吃。"

舅舅又把菜倒到刀口处，问："菜好吃不？"

外公就说："好吃。"

吃喝之后，话题转换，还是一问一答。

"你结不结杨梅？"

"结呢！"

"结多少？"

"三担零一箩。"

"起不起虫？"

"不起虫。"

"酸不酸？"

"不酸。"

"红不红？"

"红。"

"甜不甜？"

“甜。”

“落不落果?”

“不落果!”

问答完毕,放一挂鞭炮,杨梅树就过完年了,新年也就到了……

又是杨梅挂果时。一天下午,我们还未去偷打杨梅呢,外婆家里来了十几个人。他们径直走到杨梅树下,说:“这棵树是资本主义尾巴,必须砍了。”外公、舅舅站在树下,愁眉苦脸,什么也不敢说。外婆死死地抱住杨梅树,一把眼泪,一把鼻涕,边哭边骂:“这棵杨梅树,就是我的崽啊,比我崽还要强啊。崽还靠不住啊,树靠得住啊。这棵杨梅树,老老实实在这里,没踩你们的肚子啊,碍了你们什么事啊?要这样下毒手啊。你们砍了这棵杨梅树,我就只能死了啊。要砍杨梅树,就先砍死我啊。饿死不如被你们砍死啊。砍死我你们也不得好死啊。”

哭也好,骂也好,都没用。外婆,被拖开了。

杨梅树,被砍倒了。

外婆哭骂了好几天,喉咙哑了,才停下来。

外婆,一下子,就老了。

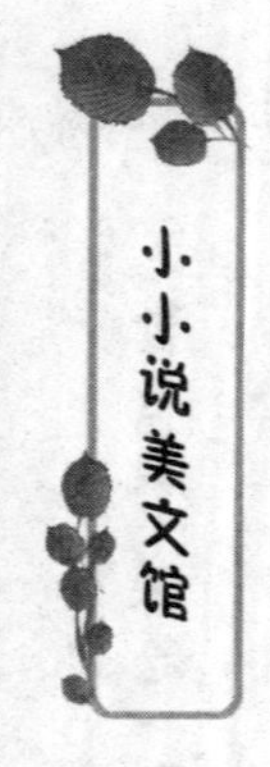

青纱帐

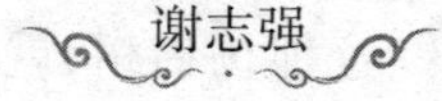
谢志强

太阳悬在头顶的上空，照得玉米地一片绿亮绿亮。没有一丝风。那个年轻的农夫立在大榆树下，边擦汗边眺望。

附近的玉米苗稠密有致，都已齐膝高了，可他眼前的两块玉米地，稀稀拉拉，像脱发的一片秃头。玉米地，像凝滞住了一样，纹丝不动，看不见一个人影，人们都回村里吃午饭了。

一条路穿过玉米地，在大榆树前打个弯，仿佛路让着树。这个年轻的农夫望日出那头的路，又望日落那边的路。他似乎在等什么人，他这么望，已望了好些年了。村里人说："他的心没放在玉米地里。"

到了婚娶的年纪，他身边没女人的身影。村民猜，他一定在等一个女人，可能有约定。由此推定，他的心也不放在村里的姑娘身上。

村庄里，他的祖辈留下的老屋，已破败，院子里已长了杂草，他似乎愿意过这样的日子并这样过下去。偶尔，他说："一人饱，全家饱。"背地里，姑娘嫌他不是过日子的人。

村民说："他等的那个人来了，他兴许能打起精神。"

他发现远处的路上有一个移动的小颗粒，像在慢慢膨胀。渐渐近了，那个人背着一个偌大的包裹，显然很沉重。

等到他看见那个人脸上的汗珠闪闪发亮，他甚至听到了那个人的喘气，

他跳上路，挡在那个人面前，一声吼："别动！"

那个人抬起脸，一惊一愣。

他说："你撞到我刀口上了！"

那个人有气无力地说："好吧。"

他一摸腰，说："你等着，我去取刀。"

那个人放下包裹，支起身子，原地立着。

他跳出路，重返树荫，打开布兜，接着，闪电般一亮，仿佛那把刀已饥饿难忍，倒是他追随刀，刀在空中晃出寒光的轨迹。他和刀同时到达路中央。

他和那个人面面相对，气息在双方的中间混合。

他说："我要杀你，你为什么不逃？"

那个人说："我认了，就送上门来被你杀。"

他说："好小子，听村里人说，这把刀是我爷爷传给我爹的，我爹又传给我，它等得不耐烦了。"

那个人说："我知道。"

他说："你干什么营生？"

那个人说："跑生意，小本生意。"

他说："我种我的田，对你的生意没兴趣，我等的是你。"

那个人说："我知道，过去，我都绕道走。"

他说："这回为啥不绕了？"

那个人说："一个人不能绕一辈子，有些事绕也绕不过去。"

他说："你说，啥事绕不过去？死也死个明白。"

那个人说："上辈子，我见财起邪念，劫杀了你爷爷。"

他说："你上辈子干了啥？你说。"

那个人说："跟我的行当差不多。"

他说："怪不得我种地种不像样，好端端的地，到我手里，长不出像样的玉米。"

那个人说："你跟我来。"

他跟着那个人来到大榆树旁的一座无碑坟墓。

他说："这是我爷爷的坟。"

那个人说："你守的是自己的坟。"

他说："我爹说是我爷爷的坟，守着这坟，替爷爷报仇，这辈子，我就剩下这一桩事了。"

那个人掘开墓（他竟携带着一把盗墓铲），棺中躺着一具尸体，那皮肤似乎有弹性。那个人仿佛解说出土的古尸，说："他就是你，你看看上辈子的你，脖子的骨头还留着刀痕，用的是你这把刀。当年，我弃刀而逃，这把刀恐怕也认出了我。你拿出时，它像失散多年的一条狗，飞奔过来，不过，你是它的主人了。"

他能感到握手柄的手出了汗，又湿又热。刀似乎要滑离他的手。

那个人伸伸脖子，似乎挣脱无形的束缚，说："好了，这一下该了断了，你利索点。"

他手中的刀坠落下去，扎在地上，一股干巴巴的尘土蹿起、散开。

他说："你走吧。"

那个人抖开包，摊出白花花的银子，说："留给你。"

他说："我不稀罕，你马上走，不然，我不知道会不会改变主意。"

那个人说："反正，一年里，我得从这条路经过几次，你的刀要是后悔，有的是机会。"

他说："我不想再见到你。"

那个人说："你要是重操旧业，这是你的本钱，我会把生意的路子都转给你，我来种玉米，因为，杀你之前，我是个农夫。"

他说："我不打算离开玉米地了，你走吧，别再走这条道了，我不想再见到你了。"

那个人说："其实，我早已死了，你何必放过我？"

他说："刚才，你要是逃，你倒是逃不过这把刀，你还算是个爷们儿。"

那个人说："这一点，这把刀和猎犬的野性相似，我不跑，它不追。"

那个人上路时，望了望玉米地，说："再过些日子，这里就是一片青纱帐了。"

太阳悬在头顶的上空，照得玉米地一片绿亮。起风了，风拂着玉米。这个年轻的农夫立在大榆树下，边擦汗边眺望。那个人，在路上，像在慢慢萎缩，渐行渐远。远处的路上，那个人和包裹，成了一个小颗粒，最后，消失了，剩下一条伸向地平线的路。

风景

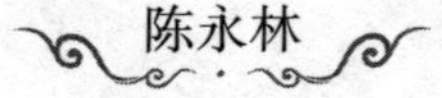

陈永林

“莉莉、玲玲，你爸的船搁浅了，快去拉船。”母亲的语气很急。

秋天的雨水少，鄱阳湖的水位低，船老是搁浅。

船上装的沙，沉。

莉莉、玲玲与母亲把长裤脱了，下了水，三个人把绳搭在肩上，身子弓成直角，低着头，往前挪。

正是黄昏，红彤彤的太阳一点点往鄱阳湖里坠，天上的云变成橘红，继而变为浅红，然后变为黄色。湖面也变得绚丽多彩起来，因为它是活动的，有鱼群在云彩里游来游去。船挪动时，黄色的火焰闪烁着、滚动着，散失了，后面的火焰接着涌了过来……湖面上有一群觅食的鸟鸣叫着、盘旋着。

三个女人的头发笼上了一层橘黄的光晕。

湖两岸是陡峭的山，山上满是枫树，枫叶红得似火，风吹来，成片的火焰欢快地跳跃。

“真美！”徐建兴奋地喊，手里的照相机不停地“咔嚓”响。

后来，徐建从里面选了一张取名为《风景》的照片，参加全市摄影大赛，不想拿了金奖。照片刊在日报、晚报上，还被网友贴在各大网站上。

许多人慕名而来，都对此处的风景赞不绝口，感到遗憾的只是没有美丽少女当纤夫。

村主任便让莉莉、玲玲当纤夫。不过船上装的不再是沙，而是稻草，稻草拿麻袋装着。游客不知道里面装的是稻草。

村主任又把徐建那张照片制成宣传画，竖立在湖滩上。

来这看风景的人络绎不绝。

游客让村人的日子逐渐好过起来。有的村人在湖滩上摆起小摊，有卖吃的，有卖玩的；有的村人在湖上摆渡，让游客坐在船上观看湖两岸的风景；有的村人在家开起了饭店、旅社。

许多村人都不理解，城里人为啥跑到这个狗不愿拉屎的地方来。莉莉和玲玲也渐渐讨厌拉船了。村主任为吸引游客，让她们穿仅能包住两瓣屁股的裤头儿，上身的衣服也短得只遮住了胸部，白花花的肚皮全露在外面。村主任还让她们拉船时唱歌。她们的声音脆甜脆甜的，尾音在湖面上荡来荡去。姐妹也讨厌那些游客，她们不理解拉船有啥好看的。

徐建对姐妹说："你们用自己的辛苦为游人制造风景，给游人带来了美丽享受。"

莉莉说："游人的快乐就建立在我们的痛苦之上？"

徐建听了莉莉的话，怔住了，许久才说："你说的不是没有一点道理。游人眼里的美丽风景，在你们制造风景的人眼里是生活的负累。"

玲玲说："我听不懂你说的话。"

村里又成立了歌舞队。歌舞队的女孩年龄都小，都是二十岁以下的女孩。村主任从城里请来了一位老师教歌舞。女孩穿起短得不能再短的衣服，胸脯都遮不住，一半露在外面。女孩跳舞时，游客的眼睛便黏在女孩欢蹦乱跳的胸脯上。

女孩一天到晚循环演出。

后来有的女孩经不住金钱的诱惑，同游客做出出格的事来。

许多游客都是冲着这群能歌善舞、嫩得滴水的女孩来的。

再没人看莉莉和玲玲的拉船表演了。村主任便取消了姐妹拉船的节目。姐妹便加入了歌舞队。在歌舞队挣的钱比拉船挣的钱多很多。由于莉

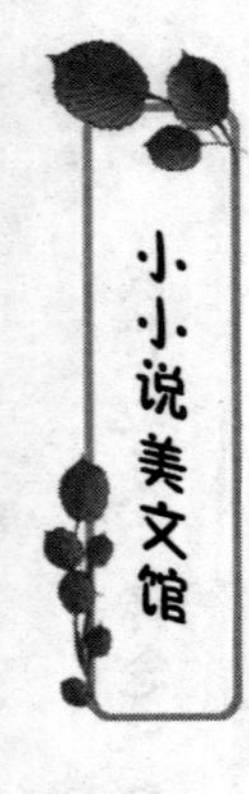

莉和玲玲长得好看,皮肤又好,身材又好,身上该鼓的地方尽情地鼓,该凹下去的凹得极到好处,因而很多男游客都喜欢莉莉和玲玲,都点她们的歌舞。也有许多男人围着姐妹献殷勤。

姐妹都很快有了男朋友,都先后由女孩变为女人。

只是姐妹的爱情开花了,却都没结果。两人的肚子先后大了起来,两人的男朋友却永远地在她们的视线里消失了。

莉莉去了医院做人流手术。从手术台下来后,莉莉就疯了。

玲玲挺着肚子跟着一个四十多岁的男人走了。

村人大都富了。村里清一色三层、四层的楼房。歌舞队的许多女孩都成了莉莉和玲玲。但许多年轻女孩又加入歌舞队,最小的女孩仅十四岁。

徐建背着相机又来了,他想再拍一幅《风景》,他举起相机,许久却无法按下快门。

湖面上飘满了塑料袋、易拉罐等垃圾。湖水发黑,再看不见鱼,湖上也没一只水鸟。连天上的云也是黑的。湖两岸的枫树没了,取而代之的是一幢幢房子。

村主任来了,紧紧握住徐建的手说:“我们村的恩人来了,这风景不错吧,比原来美多了。走,去鄱阳湖酒店吃饭去。吃完饭我带你泡泡脚,然后洗个盐浴……”

徐建摇摇头,说:“不,我不是你们村的恩人,是你们村的罪人。”

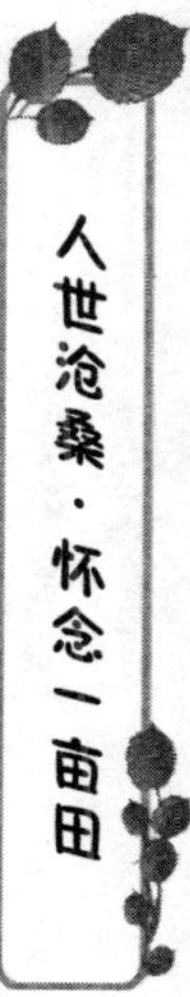

摸鱼

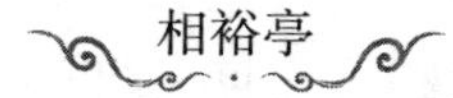
相裕亭

潘驼子,摸鱼的。

盐河码头上,整天背个竹篓,两眼像鱼鹰似的,紧盯着沟湾河汊子,那个瘦精精的小老头儿就是他。

潘驼子的背,弯弯的,驼驼的,与俯在水中摸鱼的姿势正相宜。盐区人说他站直了身子像个大大的"7",随地儿戳着像个"3",原因就是他的腰肢从来就没有直竖的时候。

潘驼子不是盐区人,他只是盐区一个摸鱼的。

潘驼子携家带口,在盐河码头上支了一顶小草棚,将婆娘、孩子安顿在里面,他一个人整天背个竹篓在沟湾河畔摸鱼。潘驼子有摸鱼的绝技!最叫奇的一招,是水下取"呆子"鱼。

"呆子"鱼,又名鲨光鱼,可在淡水中生存,也可在海水中生存,是盐河口独特的鱼种。此鱼如同花草、芦苇一般,一岁一枯荣,春季产卵,秋风乍起时最肥美,随之产卵于石缝沙窝间,待天气变凉、水温变低以后,它想找个暖和的藏身之地,便一头扎进污泥中死掉了!此鱼,头大、尾小、肉细嫩,小火炖汤,味道极鲜!其两腮之肉,状若凝脂,白如玉片,放入口中,含而不化,嚼而生香!但,此鱼在水下有个致命弱点——不会保护自己。潘驼子摸清了它的脾性,专门在水湾中扔几块石头,设下洞穴,让其呆头呆脑地钻进去。过

几天来摸它时，如同在自家鱼缸里取鱼似的，伸手擒出水面，那“呆子”才晓得大事不好了，“扑棱扑棱”乱拧一阵！想逃？门儿都没有。潘驼子紧掐其头部，鱼瞬间便成了他的篓中之物。

盐区自古就有“十月鲨光赛羊汤”之说。可此时，寒风萧瑟，此鱼日趋少见！想吃此鱼的人怎么办？去找潘驼子呀！

盐区，高门大户多，有钱人多。相互间玩阔、斗富、善于显摆的主儿，更是多得没边。

每年后秋，“呆子”鱼愈来愈少，可上门与潘驼子预订此鱼的阔佬、富太太们却与日俱增。而此时，也正是潘驼子显能耐的时候。怎么说，天气变冷、水温变凉了，别人下网捉不来、放钩子钓不到的“呆子”鱼，他潘驼子，拎个竹篓，如同转着玩似的，沟湾河畔里溜上一圈，就把那“呆子”给你送到府上了。谁能说这事不奇！

再说了，潘驼子送上门的鱼不谈价儿——由你赏。

那样的时刻，你可要多给他几个铜板哟。尤其是滴水成冰的寒冬腊月，他潘驼子为摸那几条“呆子”鱼可是冻得不轻，没准儿，他拎着鱼站在你跟前时，嘴唇还是青的，双腿直打战！

即便如此，还是有人吃白食。谁？这么不近人情。说出来吓死你！盐区驻军张大头，官称张团长。那家伙土匪出身，他腰间斜挎一把“盒子”，两手空空地带着队伍打进盐区后，吃的、住的、用的、玩的，样样都是盐区那些肥得流油的大盐商们送给他的。所以，此番，他张大头——准确地说是张大头身边那个小鸟依人的小姨太，那小女子原本是盐区首富吴三才家的使女，被吴老爷当作礼物送给了张大头——想吃“呆子”鱼，自然想到了潘驼子。她晓得潘驼子有捉“呆子”鱼的能耐，入冬以后，她便“咬”着张大头的耳根子，想吃“那一口”。张大头为讨美人欢颜，传过话去，让潘驼子送鱼来。某种程度上讲，张大头此举，是给他潘驼子长脸了，看得起你才让你送鱼来呢！

可潘驼子偏偏不识相！他接到张大头的指令后，以河中结冰、难以下水为由，迟迟没有把鱼送去，这让小姨太很是郁闷。

更为可气的是，这期间，张大头领着小姨太在吴家做客时，竟然吃到了潘驼子送去的“呆子”鱼。这下，小姨太在张大头耳边，把“火”给烧起来了！

当天午宴后，张大头借着酒气，吩咐手下的卫兵：“去把那个摸鱼的驼子给我找来，奶奶的！”

时间不长，潘驼子被擒来了。

张大头开口就问：“我要的‘呆子’鱼呢？”

潘驼子似乎意识到什么了，一时间，哑口无言，额头上直冒冷汗。

张大头走到他跟前，不阴不阳地质问他：“你不是说冰河冻结，摸不到‘呆子’鱼吗？你看看这是什么？”说话间，张大头从口中剔出一根鱼刺，猛弹到潘驼子的脸上。潘驼子动都不敢动一下！那一刻，潘驼子如同犯了错误的孩子似的，静静地肃立着，听候张大头训斥。

张大头只晓得他要吃“呆子”鱼，可他哪里知道冬季里盐区的有钱人都想吃？也就是说，冬季里，潘驼子所摸来的“呆子”鱼，是盐区有钱人的抢手货！相互间叫起板来，黄金一样的价码。可张大头向来吃鱼不给钱，潘驼子自然不想把那么贵重的“呆子”鱼，白白地送给他。

没料到，潘驼子所为激怒了张大头！他面目狰狞地训斥潘驼子时，下意识地摸出了腰间的“盒子”，恶狠狠地点着潘驼子的脑瓜子，说：“你个有眼无珠的老东西，是不是活腻歪了？嗯？”

潘驼子一看张大头要杀他，两腿一软，“扑通”一下，就给张大头跪下了，苦苦地哀求道：“张团长饶命！饶命啊，张团长！明天……明天一早，我一定把‘呆子’鱼给你送来！”

张大头板着面孔，来回走了两步，背后扔过一句话，说：“好吧，明天我再见不到你的‘呆子’鱼，小心你脑袋开花！”说完，张大头转身走了。

第二天，潘驼子理应老老实实地把“呆子”鱼给张大头送去吧？没有。他回去以后，带上婆娘、孩子，连夜跑了！

潘驼子并非有什么超人的摸鱼绝技。他之所以能在寒冷的冬天捉到那种罕见的“呆子”鱼，那是他早秋时节精心放养在水下石洞里的，类似于今天

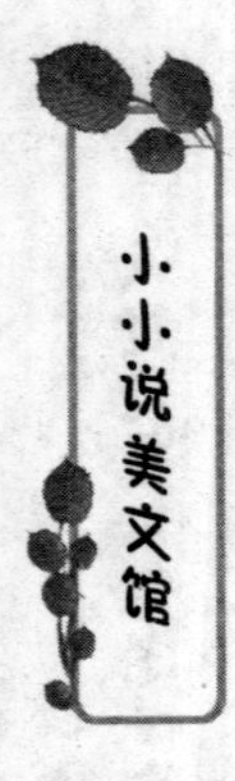

的“网箱养殖”，以便天寒地冻时，他再装模作样地摸出来，高价卖给盐区的有钱人。其数量，自然是少得可怜！张大头领着小姨太在吴家所吃的“呆子”鱼，是潘驼子在那个冬季里能收获的最后几条。

所以，张大头逼他再去摸“呆子”鱼时，他不得不弃家而逃！

麻三爷和他的鹰

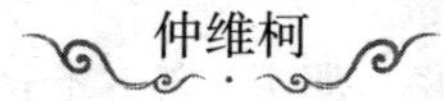

山连着山,岭靠着岭,山岭之上满眼里苍松翠柏,直指天际。这是鲁西南最大的一片天然林,管理它的则是双城岭林场。

林场驻地设在双城岭的山脚下,一大圈残缺不齐的院墙,十多间老式石头房子,七八个其貌不扬的员工——可别小瞧他们,他们可都是直属于市林业局的国家正式职工。

麻三爷就是林场的护林员。他在这深山老林里一待就是四十年,由原本肌肤白嫩的后生,变成了筋骨暴露的老人,把一生中最好的时光都交给了这片茫茫山林,而今仍孤身一人。

三爷就要离开这片山林,到市"老年公寓"安享晚年了——听说,这待遇是市林业局局长特批的。

即将离开林场的三爷还有件最不能落忍的事情,那就是不知如何安置那只跟了他三十多年的老山鹰。

那是一只本地的老山鹰,黑底白眉斑的头,下体白色,间有数目不多的灰黑色小横斑,体长半米有余。说起三爷与这老山鹰,那还真有不少故事呢。

那还是三爷来林场的第二年。当年轻的三爷巡林到老虎崖时,捡到一只折断了翅膀的雏鹰,心慈的三爷就把它抱回林场饲养了起来。

用药水擦拭伤口,喂水喂肉,清洗羽毛……三爷慈母般呵护着雏鹰;用棍棒敲打羽翅、脚爪、钩喙来锻炼筋骨,一次次从高处抛下来练习飞翔……三爷严父般训练着雏鹰。终于,雏鹰成了能翱翔于蓝天的老山鹰,可它总不肯离开三爷半步。

三爷巡山,山鹰便在三爷上空盘旋;三爷休息,山鹰便落在三爷脚边嬉戏。三爷走到哪儿,山鹰便飞到哪儿。

那年,木材价格飙升,市场上松柏木的价格更是高得惊人,就有不少人动了盗伐林场松柏木的歪主意。那天,当三爷巡视到跑马岭时,只见五六个光头后生正挥动着刀斧肆无忌惮地砍伐着林木。三爷大声制止,他们非但不听,还挥动着工具缓缓靠了过来。“喔欧——”一声尖利长鸣,几个后生的头皮被重重挠了一把,随即血流满面,惨不忍睹。后生们捂着伤口,惊恐地望着空中乌云般的山鹰,撒开两腿朝岭下逃去。

还有个冬天,那年的雪下得特别大,双城岭成了名副其实的“林海雪原”。这天,三爷照例在山鹰的陪伴下踏着积雪巡山。当巡山到老龙峡时,三爷脚下一滑,整个人一片树叶般跌落到数十米的峡谷内。山鹰展开双翅,盘旋在老龙湾上空,“喔欧——喔欧——”叫个不停,急促而凄厉的叫声就是在十多里外都能听到。听到山鹰鸣叫的人都说,那天的叫声让人揪心、毛骨悚然!救三爷回来,人们发现山鹰脖子不停地颤抖,从嗉子里流出好些血块!

商议老山鹰归宿的问题,两个月前就开始酝酿了:跟三爷回城里“老年公寓”,恐怕人家不会接受;留在林场,除了三爷,它不跟任何人接近;送给爱心人士饲养,这一天三顿肉,谁喂得起?……

老山鹰可顾不了这些,只管“嘭嘭嘭”地敲击着它那粗大的钩喙和爪子。

这已不再是二十年前的钩喙和爪子了。一厚层灰白色、硬如石头的物质像枷锁一样,套在山鹰的钩喙和爪子外面,使之不再灵活,不再尖利。那次三爷让山鹰追捕前面不远处一只半大野兔,几番搏斗后,野兔竟从老鹰爪下逃脱了……

几经周折，市动物园总算答应收留这只年迈的老山鹰了，接收的时间与三爷离开林场同日。

明天就要离开了，林场特地为三爷摆了欢送宴。喝酒、吃肉、唱山调子，三爷没有半点情致，整个心像被掏空了似的。

耳膜里挥之不去的是老山鹰"嘭嘭嘭"的撞击声，如千万钢针刺穿三爷的心肺。三爷提了些水拿了些肉打开了山鹰住的小棚。它正甩动粗壮的脖子，重重击打钩喙；抬起硕大的脚趾，狠命地摔打鹰爪。三爷蹲下身，紧紧抱住山鹰脖子，悲戚戚流了好一阵子泪，宛若亲人间的生死离别。

"嘭嘭——嘭嘭——"

三爷数着山鹰的"嘭嘭"声直到天明。

太阳刚刚露出整个圆脸，市老年公寓、动物园的车也就到了林场。

当动物园的工作人员打开山鹰住的棚子时，眼前的一幕惊呆了在场所有人：山鹰的爪子、钩喙全都白森森的，微微滴着血，那层厚厚的灰白色的硬东西，像一套精致的模具静静地摆在人们面前。

"不可思议，太不可思议了！老鹰复生的传说还真有。"动物园来的一位年长的工作人员嗫嚅道。

"当一只鹰活到四十岁时，它的喙会变得弯曲、脆弱，不能一击而制服猎物；它的爪子会因为常年捕食而变钝，不能抓起奔跑的兔子。传说真正的雄鹰，会忍着饥饿和疼痛日复一日敲打喙，直到脱落；同时，会将磨钝的爪子一个个拔出，直到长出新的锋利的爪子。当这痛苦的历程过去，老鹰可以重获三十年的新生，再次翱翔于天空。"

三爷呆呆地听着，眼都不眨一下。

催三爷上路的喇叭声再起，让人意想不到的是，老人竟变卦了——

"我的山鹰有勇气重获新生，它理当属于山林。我虽然年老了，但还比得上一只山鹰。不走了，我和老鹰都不走了！在这双城岭老林子里，让这山鹰再陪我三十年吧！呵呵……"

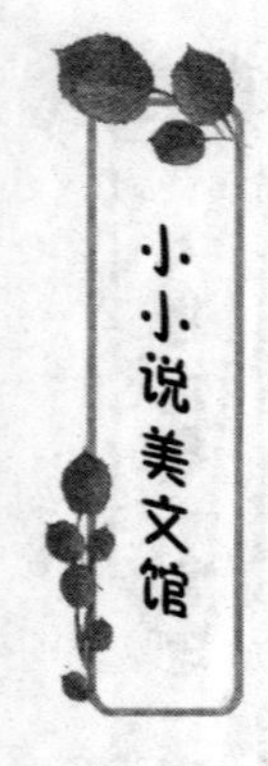

红狐

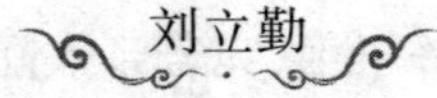
刘立勤

后山出现红狐了。怎么会呢？人们怎么也不相信。红狐是灵物呀，许多老人也只是听说过红狐的传说，却从来没有见过红狐。人们就想起王老爹，王老爹肯定见过。

王老爹是个老猎人，从十二岁时就和父亲进山打猎，今年七十二岁，他已经有六十年的打猎生涯了。没有人清楚他进了多少次山，也没有人说清楚他打了多少猎物。可有一样人们是记得的，他这一辈子打了九十九只狐狸。什么动物最难对付，狐狸。山里人佩服一个猎人不是看他打了多少头黑熊、野猪什么的，而是看他打了多少只狐狸。因此，山里有这么一个习惯，谁要是打下了一只狐狸，就在他的屋后栽一棵松树，表示大家的敬意。而王老爹的屋后已经有了九十九棵松树构成的树林了，也就是说他已经打了九十九只狐狸了。那么，王老爹应该是见过红狐的了。

王老爹也没有见过。有人问："你怎么没有见过呢？"王老爹说："见过了还有红狐狸吗？"也是呀。有人又说："你再进山，打了那红狐狸，把屋后的树凑成整数，多么好。"王老爹说："你看看这大山之中有哪个猎人屋后有九十九棵松树呢？没有吧，没有我为什么必须要凑够一百棵呢？"听了王老爹的话，再也没有人劝他。

其实，王老爹不是没有那个想法，听说了红狐出现的消息后，狐狸的尾

巴似乎已经在他的心头摩擦,似乎要擦出火了。而他,只是有些担心,他担心自己一世英名毁在那个红狐的身上。因此,当那个外乡人说出自己的条件后,狐狸的尾巴终于擦燃了王老爹心里的欲火,他决定进山了。

虽然多年没有进山了,虽然已是七十有二的高龄,背上枪,王老爹依然觉得浑身有用不完的劲儿。试了一下枪法,依然能够百步穿杨;跺一下脚,依然是地动山摇。王老爹充满了信心,就选择在大雪过后第一个早晨进了山。

王老爹是有经验的,雪后的早晨好寻找它们的足迹。有了足迹,何愁猎物的身影?只是狐狸最狡猾,它们最善于伪装和隐藏,不过,再狡猾的狐狸也斗不过聪明的猎人。在日头偏西的时候,王老爹终于发现了狐狸的踪迹。看着雪地里一串串诱人的脚印,他知道狐狸刚刚走过。更让他欣喜的是,他发现地上有一缕红狐独有的红色毛发。七十多年里,他听过好多有关红狐的故事,却从来没有见过红狐。老辈子把红狐说得像神一般令人敬畏,他从来就不相信。他想,遇上红狐了绝不放过。遗憾的是自己一直没遇上,也没想到老了却遇上了。他想,最后一仗能够猎杀一只红狐,那是再好不过的事情了。这时,他又想起了外乡人,更加坚定了他捕杀这只红狐的决心。

红狐真的太狡猾,他虽然中午就发现了踪迹,可是直到晚上他也没有看见红狐的影子。他不得不在森林露宿了。那一夜,王老爹一直没睡,他一直想象着那只红狐。因此,天一亮他就发现了那只红狐,站在对面的山梁上沐浴着晨光,像一团火,更像年轻又风骚的娘儿们,温暖而又妩媚。王老爹端起枪瞄了瞄,又放下。太远了,王老爹不放空枪。况且,那个外乡人还想要一张完整的皮子。他又想,只要见了,还怕它飞了不成?

接下来他的处境十分艰难,红狐把他领到了一个完全陌生的世界,除了树林,就是雪原,以前他好像从来都没有来过。好在时隐时现的红狐给了他无限的希望和力量,他继续努力地追赶着。

三天过后,王老爹发现自己迷路了。这是从来都没有的事情,一辈子打猎经历了太多的危险,却从来没有迷过路。王老爹有了一丝恐惧,他不在乎

自己的性命,他害怕毁了自己一世的英名。这时,王老爹又想起来前辈猎人讲过的红狐的故事,讲红狐的狡猾,也讲红狐的善良。他按照前辈猎人的办法,退了火引,塞住枪口,祈祷山神保佑,他想放弃这次狩猎。这么想着,他又看见了那只红狐。难道红狐真的那么神奇？难道红狐是来给他带路的？他不知道,他也只有跟着红狐走。他知道,红狐是他最后的希望了。

走呀走,毕竟不年轻了,年轻时他一个人曾经在山林里奔走过七天,而今才三天,他却已经感到十分疲乏了。好多的想法也是有心无力了,只有一步一步跟着红狐向前走。走啊走,走啊走,从早晨走到中午,又从中午走到黄昏,实在是走不动了,红狐也停了下来。他想休息一会儿。坐下来,借助夕阳的余晖看了看四周,他发现已经到了自己熟悉的地界,五百米之外就是一条回家的路。回头看看那只红狐,疲惫地坐在那里口吐白汽。四天里,自己好歹还吃了干粮,红狐一直被自己追赶,吃了什么呢？看看红狐,他心里有了一份感激。感激还没有退却,他想起屋后那九十九棵松树,也想起了那个外乡人,心里的火倏地燃烧起来。他偷偷地安上火引,偷偷地拔掉枪口上的塞子,忽然掉转枪口对准红狐,"砰"的一枪。毕竟是老了,只见红光一闪,红狐竟然一瘸一拐地跑了。红狐受伤了。心里的希望之火从未有过地热烈起来,僵硬的双腿充满活力,王老爹飞快地冲进茫茫的雪原之中。

又是三天,人们在王老爹家的松林里发现了他,他已经死了。他死了,那片松林一夜之间也死了。而那红狐呢,却经常在村前村后的山梁出没,悠闲而自在。

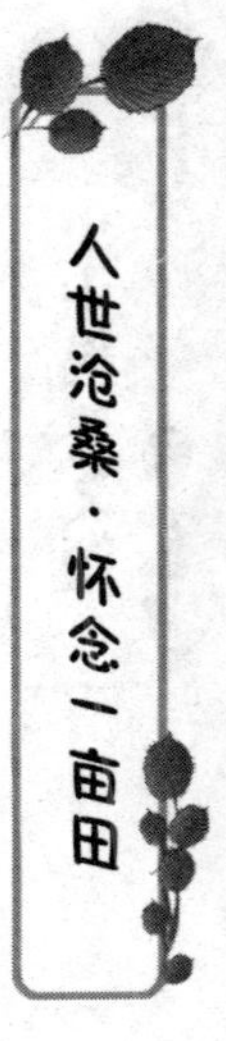

夜礼

司玉笙

车灯很亮，剑一般刺破黑暗，车窗外的树影便飞速地向两边闪开。

坐在后排的他眯着眼问："快到了吧？"

"已经上了大堤，老板，前面就是蝴蝶庄。"司机小徐目不转睛地盯着灯光尽头。

所谓的大堤，就是黄河故堤。三十多年前他就是沿着这条大堤走出蝴蝶庄，到沿海一个城市打工。而今，他已经拥有两个公司，资产过亿。庄里人不知道他到底有多少钱，说是买下半个县城还剩下个黄金囤。他闻听之后，一笑了之。

"老板，这条水泥路就是你捐资修建的，还有小学校。"

"那都是过去的事了。"

仪表盘五颜六色的光线散射在车内，他的脸上有什么在波动。

他有两年多没回蝴蝶庄了。今天是农历腊月二十九，选在夜里回来，是怕给县里的、乡里的头头脑脑找麻烦——只要听说他回来了，片刻工夫小车就会鱼贯而来，不是接他吃饭，就是请他看项目啥的，弄得他不尴不尬的，就是心里头不那么舒服。

为从老家拔腿，四年前，他将爹娘接到公司所在地，让他们住在海边的一幢小楼里，观海景、吃海鲜。可他们人在那儿，心还是在老家，时不时地嚷

着要回蝴蝶庄。他就哄劝,答应到年关送他们回去。不料老爹突发脑梗死,落下个半身不遂。病榻上,爹还不忘农耕之事,还有那处老宅院。

于是,按爹娘的意思,老宅院交与小学校长匡四管护——匡四是他儿时的玩伴儿,又是同学,交给他放心。

这匡四是个"老别筋",只要是认准的道儿走到底不拐弯儿。四年前接爹娘时,本打算带他一块儿走,可怎么劝说他也不去。

"我走了,把孩子扔这儿咋办?"

"你想想你一个月才拿多少钱?"

"这不是钱的事,是心里的事。"匡四拍拍胸口。

"多少人想跟我去,我都没点头,专想着你哩——你的文化水平比我高,帮帮我多好!"

"不中,不中,我得帮帮这些孩子——他们还小。"

每每回想起与匡四的这次对话,他就在心里长叹一声:"哎,这就是匡四啊!"

前天,躺在病床上的爹忽然歪头问道:"你有几年没回老家了?"

"两年了吧。"

"回去看看吧——俺和你娘动不了,小儿,你得回去,咱可不能忘了蝴蝶庄,那是咱的根呀!"

说着,还忘不了加一句:"给匡校长多带些年货,他可是个好先生。"

现在,蝴蝶庄近在咫尺了。夜里的蝴蝶庄就像山峦,峰壑皆有,显得有些陌生。他睁大了眼,盯着路径,提醒小徐减速慢行。

很快,他就看见了那熟悉的宅院——那地场是一片灯光。他心里咯噔一下:"谁这么晚了还开着大灯?"

车一停稳,他下车直奔院子。推开虚掩的大门,他愣住了:树底下,一堆堆废纸箱、酒瓶子、旧书、废报纸什么的几乎占满了院子,中间只有一条下脚的小道通向堂屋。

杂物堆里,有一个人正蹲着捆扎旧书,听到动静,便直起来身子——正

是那位小学校长。

“匡四!”

他喊了一声,趋身疾步伸出手去。

匡四定定地瞧了他一眼,戴手套的双手只是在身上蹭,没有握手的意思。

“我手脏,手脏——你咋回来了?”

“快过年了,回来看看。”

“都好着哩,好着哩——就是这院子成了废品收购站。”

“你不是当着校长哩,咋弄起这营生啦?”

“去年退啦,闲着也是闲着,给孩子弄个书本钱。”

“孩子缺钱言一声,我还能不问吗?”

“不是钱的事,是让孩子知道这东西来之不易——有时好东西也会变成垃圾,垃圾也会变成宝贝!”

他打了个寒战,小时候的那种寒意袭上身来。

“我的匡校长,你不嫌冷么?”

“冷啥,一忙起来啥都忘了。”

小徐掂着大包小包地进来,院门被碰得咣当咣当响。第二趟又是圆筒方箱的,来回三次。

“过年了,带些年货,都放你这儿,有四棚叔的、良头家的、三木的……”

“我知道,知道——你不住下?”

“不中,我得连夜赶回去,明天有个联谊会,还有一个合同得签。”

“唉,多少钱算钱?多大官算官?”

“我也是想把垃圾变成宝贝。”

“好,好!”

匡四捋下手套,往一捆旧书上一扔,转身到屋里捧出一个鼓鼓囊囊的塑料袋。

“这是我备的干豆角,俺叔俺婶喜欢吃,你捎过去,就说我匡四在蝴蝶庄

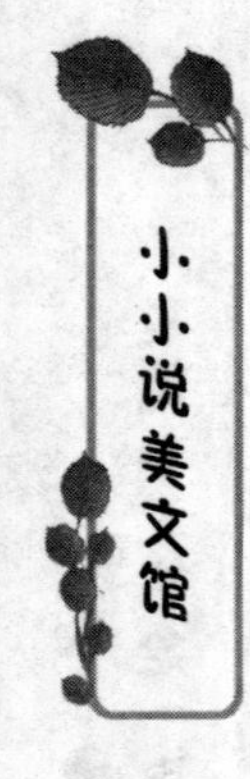

给他们拜年了!”

“你也替我给咱庄老少爷们、大娘二婶拜个年!”

说着,两人的手就紧紧握在了一起。

车出蝴蝶庄,小徐不由得问了一句:“大冷的天,一个小学校长怎么整起这破烂来了?”

他拍了拍腿,斜了小徐一眼:“你不懂他——停车!”

小徐愣了一下,将车停稳,以为老板要小解,可没有听到那惯常的声音。往车后一看,小徐嘴就张大了——

寒夜中,那人整整衣襟,对着庄里的那片灯光,深深地鞠了三个躬。

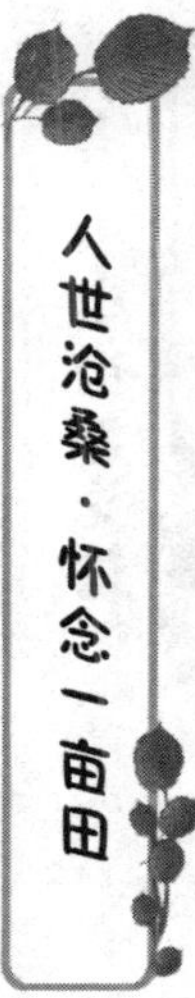

碌碡姨姨

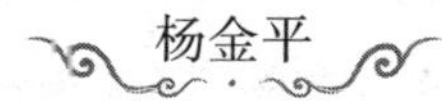

我母亲的表妹瑞春，历经投河、跳井、上吊而不死，七十刚拐弯又得了脑血栓。我去看望她的时候，她嘴里说出的话比鬼子说的话还难懂。我听到的只是“呜哩哇啦”，看到的除了水肿的脸扭歪的嘴，还有从鼻子里淌出的眼泪以及从嘴里流出的鼻涕——我的讲述并非制造荒唐，故弄玄虚：人在悲情大发的时候，泪水并不只从眼睛里流出来，鼻涕也最容易进入嗓道。不信您就体验体验，看官大人？

瑞春姨姨因为体型矬粗短胖，过门当天就被闹洞房的人封了个雅号：“碌碡。”除了体胖，碌碡姨姨还天庭饱满，地阁方圆，下巴双层，耳朵垂子奇大。论面相，她可是一个有福之人。

然而命运与这个有福之人开起了玩笑。

上世纪50年代和60年代交接之际，碌碡姨姨的丈夫死了。丈夫死了她也悲痛，也知道往后的日子难过，但是她并没有往寻死的那条道上考虑。“一个泥沟饿死了多少人？他死得还算晚哩！”这种话虽然不能说出口，但毕竟给她在绝望的时候添加了理性，理性一给力量，碌碡姨姨就闯过了这第一道关。她和我母亲搞起了贩卖韭菜根的商业活动：从辛集趸，在我们泥沟县城卖。单程七十里，来回一百四，全部以鞋底步量。沧石路与运粮河挨肩并行，那年月雨水大，运粮河里的水和公路上的水一般高，所以她们在很多时

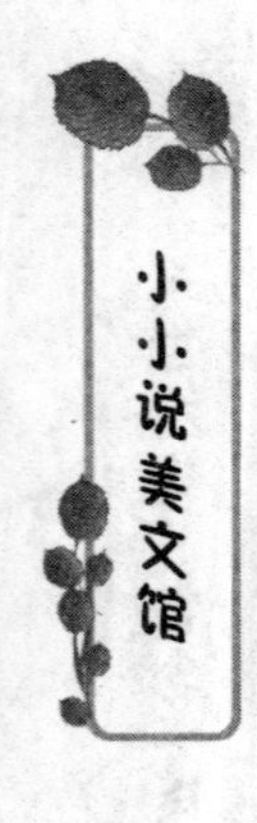

候就不知道哪里是路哪里是河。虽然已足够小心，碌碡姨姨还是一个“娘”字没有喊出，原本在我母亲旁边的胖胖大大的她，就只剩脑瓜顶上的一片头发撅愣愣地露在打着旋涡的水面之上，散了捆的韭菜根们一些向东跑，一些围着那一小片黑头发打转。瞬间，韭菜根，还有一些在水面上的泡，以及黑头发就都看不见了。

我母亲的腿肚子转到了腿前面……她以为表妹去追赶刚走了半月的妹夫去了，哪知邻县的一棵老槐树充当了救命的英雄，它用自己的枝条挂住了大难不死的碌碡姨姨。所以，这所谓的投河，绝没有自杀的动机。而二十年以后，碌碡姨姨跳井、上吊，其自杀动机不容置疑。

在丈夫死了以后，碌碡这个外号基本上不被人叫了。外号因玩笑而起，但毕竟跟喜兴有关。身为寡妇，家道艰难，泥沟人也因为人生严肃而对她尊重了。可是偏偏有人喊起来了。

喊她外号的不是别人，正是她自己的儿媳妇。

碌碡姨姨的肚量并没有小到如此，儿媳妇喊她一声外号，她就又跳井又上吊。诸位看官听听她儿媳妇的话吧：

“碌碡，你个老×！你挑拨你家小子跟我离婚。离了婚你和你家小子一起‘过’！”

看官，在我们泥沟，尤其是在改革开放以后，儿媳妇当面骂婆婆老×，那可一点都不新鲜，其平常乃至乏味就如一日三餐。关键是后面那个“过”字。

“过”，不就是生活、度日吗？

您理解得不错，但您那是对现代汉语的理解，对普通话的理解。在我们泥沟，这个“过”字被儿媳妇用来指斥婆婆，绝对有“性”和乱伦的意思潜在其中。

碌碡姨姨守寡多少年，含辛茹苦她不怕，艰难度日她不惧，她就惧怕“性”字跟自己发生关联，没想到“性”字跟自己有了关系，还扯进了自己的亲小子。

用流泪、哭喊表现伤悲，那是电视剧的情节。我们泥沟的老年妇女，面

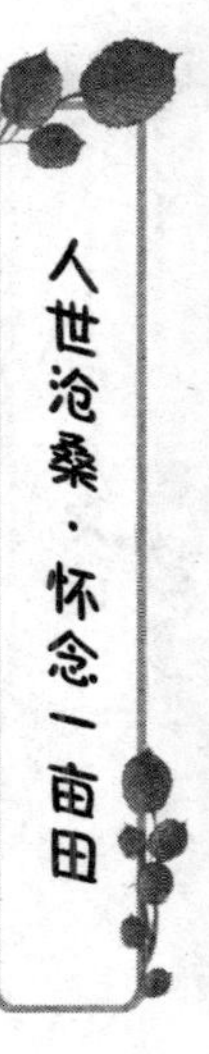

对莫大的侮辱，没有眼泪，没有声音，她只是全身发抖、嘴唇哆嗦，惊诧地注视着这个世界，然后，奋力冲向井台，毅然决然地投身井里。

她命大，被救了上来。

儿媳妇第二次骂她老×，第二次用“过”字把她和儿子“捆绑”在一起，她就上了吊。但没有勒对地方，绳套把下巴颏摘了下来，她还算是命大。

说到这里，看官会问：“儿子呢？碌碡的儿子呢？面对如此奇耻大辱，他就没有一点作为？”

叫我怎么说呢？我只能这样告诉你们：他太可怜了，可怜到无以复加的地步了。不用说别的，媳妇儿在使用了那个要命的“过”字以后，他再跟自己的母亲在一起的时候，有明显的神态慌张和惴惴不安的表情。太老实，还是太软弱？我们都不要责备他了。况且，据我所知，在我们泥沟，面对悍妇——自己的老婆，锥子攮不出血、碌碡轧不出屁的主，不是他一个，而是大有人在。世界怎么了？性别的尊严非得要在两极之上才能体现出来？最近二十几年，这个问题一直在苦恼我，至今我也没有找到答案。但是我们就不要责备他们了，虽然这些可怜之极的人没有一点尊严。

碌碡姨姨两次自杀，他们本族和我们这些亲戚认为事态严重，多次向儿媳妇和她娘家提出抗议，但这儿媳妇因为把妇女解放的步伐迈得太大了，我们的交涉和抗议都收效甚微。倒是碌碡姨姨，看着我们的努力，感激得热泪涌出，她答应为了我们这些人不再“闹腾”了。

碌碡姨姨颇守信誉，从此以后她果然就没再“闹腾”。儿媳妇无论对她做河东狮吼，还是掰着头发根嘴对着耳朵地数落，这个老寡妇都没有再去寻死觅活。

人不是东西，我们谓之“畜生”。其实不是东西的人哪儿如畜生？用他们来比畜生纯粹是侮辱畜生！

儿媳妇一直混账到她自己的儿子长到了十六七，到了张罗媳妇的年龄，她才开始收敛。

孙子的媳妇果然张罗得困难。怕孙子娶不上媳妇，碌碡姨姨就想方设

法消除儿媳妇的恶名,走到哪儿都言过其实地夸儿媳妇现在对她如何孝敬。她还求托三亲六故,拜访婚介媒婆……正当她为孙子奔波努力的时候,脑血栓和半身不遂结伴来到她的身上。

“你知道啵,她那‘呜哩哇啦’,”回到家里,母亲对我说,“是叫你给她那孙子留心着点儿。”

我说我没听出这个意思。

“她只要‘呜哩哇啦’,就是叫人给孙子说媳妇;要是不叫你给她孙子说媳妇,她就一声不吭。这个我知道。”母亲非常肯定地说。

豆腐王

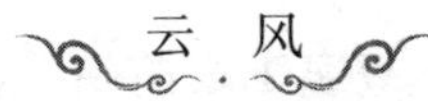
云　风

他姓王，人称“豆腐王”，做了一辈子豆腐。豆腐王人硬货也硬，每天绝不多做，只做两盘，每盘二十块。天一亮，拉上一盘，高分贝喇叭一放，绕城郊一圈儿，保准半块儿不剩，起晚了你就甭想吃上热乎的。但豆腐王从不忘给刘大爷捎上那么两块儿——刘大爷牙不好，就爱这一口儿。这自然也成了他的习惯。

豆腐王做豆腐，别说，还真有一手。老式的电磨，两块砂轮片子调得精细，泡得胀鼓鼓的豆子一倒进去，就变成乳白胶似的白浆，细得根本看不见渣子。再经细纱布一滤，大锅那么一熬，就是一缸纯白透香的豆汁儿。然后舀半瓢卤水，蜻蜓点水般缓缓滴入搅得翻滚的豆汁儿里，不多时，成脑的豆腐就如片片雪花沉积在缸底了。接下来，摆正豆腐棚，铺好豆腐包布，左一瓢，右一瓢，泼上豆脑，合严包布，盖上压板，压好石块，挤出的浆水就如小瀑布般，四面倾泻下来。半个时辰后，揭开包布，翻盘，那白嫩如玉的豆腐就展现在眼前了。吃一口，清香甘甜，入口即化，沁人心脾。

豆腐王卖豆腐从不吆喝，弄一电喇叭，也不放录音，只放音乐。三九严冬，也不含糊。狗皮帽一戴，嘴里喷着热气儿，任胡子眉毛全挂着白霜。有买的，他接过小盆，操起铲子，切下两块，送到盆沿儿，铲子一抽，冒着热气的豆腐就在小盆里了。乡里乡亲，豆也换，钱也卖，账也赊，多一点，少一点，他

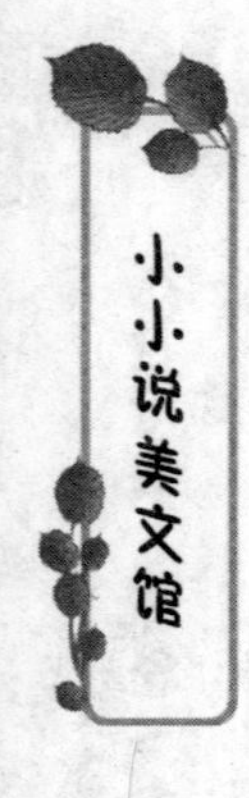

从不计较。赶上刘大爷出来了，爷儿俩常唠上几句，寒天冷地的，热气儿直喷。

豆腐王艳福也不浅，老婆长得如花似玉，人称“豆腐西施”。尤其那奶子大得要命，又穿个低胸衫，雪白的胸脯，不管哪个男人都想瞟上几眼。尤其是城郊那二流子，贼眉鼠眼，甚是好色，买豆腐时，眼不离胸，垂涎三尺，忍不住，硬是摸了一把，不偏不斜被豆腐王撞个正着。豆腐王二话没说，端起装满豆腐的盘子，扣他个满脸开花，要不是旁人拉着，非叫他站着来躺着回去不可。从此二流子再也不敢往豆腐王跟前站了。

在那地方，说是谁家死了人，就是白事，得吃豆腐。不管哪家他都给整，可偏不给二流子。二流子游手好闲，在城里鬼混，逛歌厅，泡小姐。有一次干完那事儿他却没有钱，叫人家一顿狠揍，回家不久就断了气儿。豆腐王“呸”地吐了口唾沫，破口大骂：“败类！什么玩意儿！死有余辜！”说什么也不给他整，二流子家人只得跑了很远到别处去买。

可刘大爷死的时候，豆腐王一身大孝，亲自做了一桌豆腐席。他记得刘大爷临终前，颤颤巍巍地握着自己的手，断断续续嘱托了一大堆的话，之后泪流满面，痛不欲生。他自己也一脸阴沉，可最后还是点了点头。豆腐王把刘大爷留下的钱，全捐给了小学。大家都知道，今年的一场大雨把学校冲垮了，孩子们还在草棚里坐着小木凳读书呢。豆腐王寻思着，怎么着也不能耽误了孩子，捐了钱，也算帮刘大爷做了件好事，虽然那钱还有那么点“说法”。

豆腐王的老婆是俊俏，可偏偏撒了种子长不出苗。刘大爷死的那年，豆腐王收养了一个孤儿，做了自己的干儿子。二十年后，这小子心灵手巧，豆腐做得花样繁多，胜过豆腐王当年，人称“小豆腐王”。豆腐王常对儿子说：“这做人呢，就要像做豆腐一样，干净清白，掺不得半点虚假，更不能黑白不分，不然就会被世人耻笑，唾弃一生。”小豆腐王频频点头。

在豆腐王悉心教导下，天资聪颖的小豆腐王很快承其衣钵，高度发扬“豆腐传统”。于是他的豆腐就如同他的人品，远近闻名，家喻户晓。好人品自然不愁好媳妇儿，豆腐王左挑右选，百里挑一，娶了一个儿子愿意、老人喜欢的俏媳妇儿。不久又生了个大胖小子。一家人和和睦睦，其乐融融。豆腐王这才缓缓舒了口气儿——心里的一块石头总算落了地。因为在他的心里始终装着刘大爷的临终嘱托，生怕有一点闪失。刘大爷说："二流子是我的儿子，他的孩子就全靠你了……"

豆腐王寿终七十八岁。走时无疾无苦，神态安详，了无牵挂。对着不是生父却胜似生父的父亲，小豆腐王哭得稀里哗啦，悲痛欲绝。他含泪挥舞工具，连夜做豆腐整整八盘，围其左右。凡是来吊丧者，皆以两块豆腐相送，以报平安。于是，那朦胧缥缈的白雾就在豆腐王的身体上袅袅上升，宛若洁白无瑕的灵魂，离开躯体，向天堂缓缓而去。

从此，人们就称小豆腐王为豆腐王了。

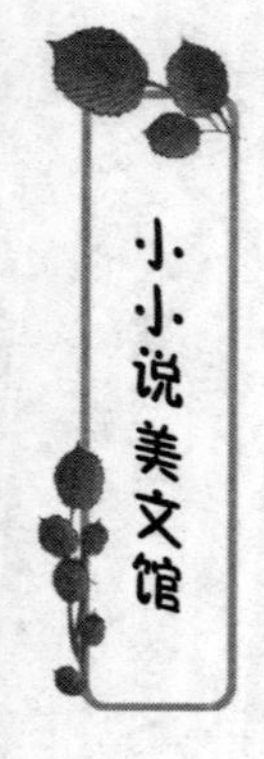

滑 坡

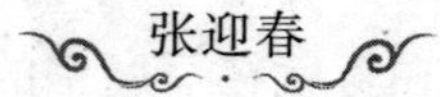
张迎春

“不怕初一下,就怕初二阴。这雨,可不能再下了呀!”

老姜一手叉腰,一手夹烟,站在门口,望着黑沉沉的天自言自语,不知是埋怨还是祈求。“老天你还真是狠上了,一年的雨都倒下来还不够吗?”

雨更大了,也更急了。看样子不鼓捣出点事儿来,它是不会善罢甘休的。

一家人都没睡,老姜和强子压根就没上炕。老姜赌气似的对着烟屁股狠吸两口扔到地上,用脚踾碎,走到门口抄起把铁锹出去了。强子也把铁锹扛在肩上紧随其后,见老姜奔猪圈去了,他抬脚上了山坡。

房后山坡上的桃园,生长着近千棵桃树,大部分已挂果,看样子今年的收成一定不错。可这雨……唉!爷儿俩一遍遍地清理着,让裹挟来的泥土沙石,按照疏通好的通道和涌来的山洪一起泻入江中。

什么声音?侧着耳朵皱着眉晃动着脑袋的老姜极认真地辨析着。雷声?不是。雨声?也不是。更不是风声。这声音,不是来自天上,不是来自树林里,好像……就来自脚下!就是房后的这面山坡!声音越来越沉,越来越响,轰隆隆隆隆……不可抵挡。“不好!”老姜扬着脖子向着山坡大喊,“儿子快回来!滑坡了!”

山坡不高,平日里,强子三步并作两步“之”字形地跑下来,不过几分钟

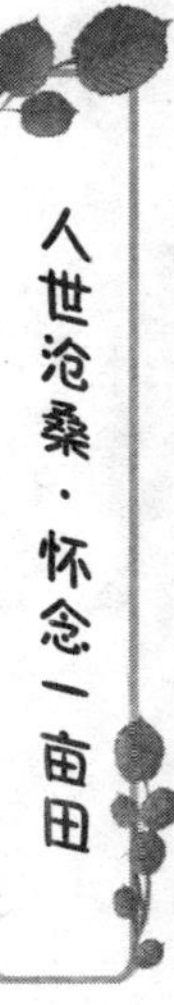

的事。可这会儿强子急遽转过身来的时候，已经晚了。眼见泥土沙石的洪流飞流直下，涌出了猪圈旁的通道，拍倒了又吞没了老姜。“爸——爸——”强子的喊声撕心裂肺。

一瞬间，仿佛被冰冷漆黑的噩梦击倒的老姜，清清楚楚地听到了强子痛不欲生的呼喊，一股亮亮的暖流在心底穿过。此时，他却只能蜷缩着身体随波逐流……

山洪没有给强子留下再次呼唤的时间，比房子高的洪流再次压过来，滚下去，卷走了强子……

时间很短，却长得像整整过去了一辈子。

很久很久，强子像从水泥搅拌机里钻出来一样，连滚带爬地扑向院子。扑过来的强子就看到了困在院里的老姜：“爸，怎么样？你没事吧？”老姜吃力地扬起黏糊糊沉甸甸的手和衣袖，似乎在梦境里还没醒。

老姜稀里糊涂被洪流抛到院子里，多亏院子的一侧，是间存放杂物的仓房。洪水无意留在这突然平坦下来的院落，急急奔江面而去。惊魂未定的老姜，还在回味着那两声“爸”。

山洪扑来的时候，老姜以为自己就要跟强子的亲爸在大江里会面了呢。强子的亲生父亲就是在一次山洪中，被滚滚洪流挟持着葬身江中的，生前一把泥一把汗地建起了这片嫣红桃园。虽然那时园子的规模不比今天，大多的果树还在生长期，产量也有限。可是，一棵树就是一份心血。强子的爸爸总结出来：甘甜多汁颜色诱人的嫣红桃必须生长在鸭绿江沿岸；同样的桃树，换个地方，哪怕仅仅一坡之隔，都不会有这么好的颜色和味道。

老姜来到这个家已经十多年了。夫妻父子相处得很好。除了老亲故邻、相熟的人，都以为他们就是一对默契的父子。只有老姜心有遗憾——强子从来就没叫过他一声爸爸。膝下无子，坟头无纸啊。早先，老姜不是很在意的。他知道，在强子的心里，没人可以替代他爸爸，那位称职的丈夫和父亲，给过这个家快乐和希望，也留给强子永不磨灭的记忆。过了很久，他更明白了，让这个犟小子改口，比登天还难。不过老姜挺知足，就像他早就把

强子当成亲儿子一样,强子也早就接受了他这个父亲。要不然,强子要结婚了,会没有搬出去单过的打算?老姜对自己说,他不在乎这个。无论强子叫他什么,他都是强子的父亲!

老姜仔细回想下,大难临头的时候,自己脱口喊出的不是强子,竟然是儿子啊。强子在心里一定是答应了的,不然他怎么会喊自己爸爸呢?泥水之中的老姜,嘿嘿地乐了,活动活动身体,一使劲儿,就从泥水里钻出来了。他和强子心照不宣,一个从前往后,一个从后往前,清理着被泥浆占领的屋子。

老姜抬头,见妻子正弯着腰一盆盆地淘着泥浆呢。一家人虽然被厚厚的泥浆阻隔,却还是相望着喜极而泣。

劫后余生,他们指点着、感慨着、后怕着。老姜对强子说:“多亏当初你爸爸宁肯少种几棵树,执意留下山坡上隆起的这个山包。它分流了洪水,也削减了洪水的力量。要不然咱一家三口,加上房子、仓房、猪圈和四轮拖拉机,就都没了呀。”

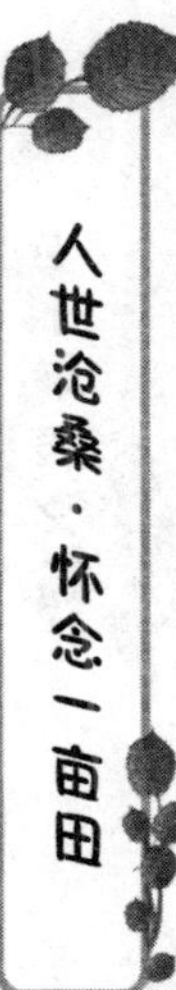

六 指

蒋 默

“六指”是我的小学同学。一次上数学课，老师抽他回答问题：“两只手一共有多少个指头？”“十一个！”他响亮地答道。同学们哄笑。老师说：“再数数看。”他就伸出两只小手，张开冻红的手掌，一个一个地数了起来。“十一个！真的十一个！”全班又哄笑。老师走下来看了看他的手掌，没有笑。从此，我们知道了他的右手拇指有两个指头，并有人悄悄地叫他“六指”。他不恼，后来叫开了，他也就默认了，或者说习惯了。

六指是个数学天才。在我的记忆中，他就只错过那一回——严格说来他也是对的。那之后，数学老师很少抽他回答问题，不过他的成绩一直很棒。升入初中后，我们便不在一个班了，他的数学成绩始终保持在年级前几名。本来我的数学也是学得不错的，但与他比，自愧不如。有次他对我说：“加减乘除与乘方开方之间是相互联系起来的，可以推来推去。”我猜测他在悄悄琢磨一种心算的东西。又有次他对我说：“许多算式一看就知道得数，按要求一步步写出演算过程真是太浪费时间了。”我没在意，老师也没有发现他这方面的天分。这毕竟是个离县城有六十多里路的山区初中，那时全国刚刚恢复招生考试制。

初中毕业，六指和我都考取了中专。我进了师范，六指因手的原因未走成，一气之下，连高中也不读了。

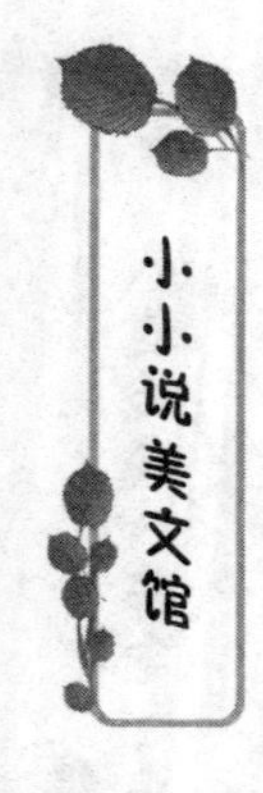

第二年,六指当了村团支部书记和公社会计。我师范毕业分回母校工作时,六指又做了村会计。六指是全乡最年轻的村会计,十九岁,这在当地是很了不起的。六指常到乡上办事,特别是逢集日。可他从未来过学校,有时我们在街上撞着了,他倒很热情,把我拖进饭馆喝二两。他时常流露出想读书的念头,我说只有读函授。那时候社会上各类函授正如雨后春笋般出现。可他是个初中生,只能读函授中专。六指说他已把高中的课程学得差不多了。于是在我的建议下,他读了自修大学的财会专业。六指读自修时我也考上了省教育学院,因学的是法律,回来后找人通了关系,又赶上县检察院扩编,我便成了一名书记员。

六指拿到了专科文凭之后,又连续作战攻读本科。我因工作繁忙,平常很少回老家,几年后得知六指到了乡信用合作社,成了一名很得力的会计。我有一年春节回家,去找六指。六指的老家已修成一座三层小洋楼,父母弟妹在住,他和老婆孩子已搬到乡上了。去乡上找,他老婆说他出差了,为一个建筑公司贷款的事。他老婆很客气,一定要留我吃午饭。我便留下,才知道他们一家三口已买了城镇户口。说六指进城时找过我几回,我出差了。还说六指常说起我,说我们是最要好的朋友,从小就没红过脸。

从老家回来,满脑子是乡亲夸六指的话语。坦率地说,我也是佩服他的。1993 年房改,我差些款,寻思许久想到了六指。六指爽快地借给我一万,并问够不够。我感激不尽,说以后到县城办事,无论如何得来坐坐。后来六指真的来过几次,但每次都是他把我拉出去进馆子,埋单时他更主动。我虽说囊中羞涩,可请顿饭是不成问题的。他总是笑笑说:“你那几个钱,省省吧。”我心中总有种欠人情的感觉,好在六指不是外人。

一年后,我接到一个案子,其中一个重要的角色便是六指。

此时的六指已是聘任干部,任信用合作社主任了。在为信用合作社创造了大量的经济效益的同时,他自己也揩了不少油。我开始失眠,内心深处的那种斗争是一般人难以体验到的。最后,我下决心去找老科长。老科长很严肃地听完后,说:“我们一块儿去见检察长吧。”检察长的决定是叫我回避，但必须严守机密。

我似乎松了一口气，但同时感到深深的自责和愧疚，仿佛是我出卖了六指。

六指宣判那天我假托生病未上班，一个人闷着喝了瓶头曲，在老婆的唠叨和儿子的吵闹声中蒙头大睡。

六指被送到本地一个劳改煤矿后不久，我去探视了他。他完全变了一个人，很陌生地看了我一眼，然后勾着头。我拉拉杂杂说了一堆话，他只是静静地听着。探视时间快满时，我说："六指好好改造吧，争取早点出来，你其实是很有才华的。"六指轻轻地点了点头，转过脸去，腮帮的肌肉紧紧地凸了出来。握手告别时，他伸出的是左手。

一棵杏树

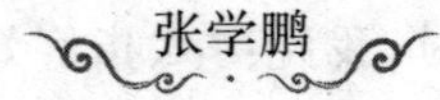

张学鹏

村子里有一棵杏树。杏树每年早早开花,远远望去,洁白一片,成了村里一处靓丽的风景。

杏树每年都会结许多杏子,麦黄时节,黄澄澄的杏子挂满枝头,吸引许多人的眼球。走在树下的人望一眼杏子,就会咽一口唾液。

有些人经不住杏子的诱惑,就拿起石子砸向杏树,"啪啪嗒嗒,"杏子就散落一地。投石子的人从地上捡起杏子就溜。

投石子的人,有大人也有孩子。小强也想捡石子砸杏树,但小强不敢,小强还小,只有十来岁。小强眼看着别人砸杏树,捡杏子,吃着笑嘻嘻地走了,小强就憋气。他想告诉杏树的主人是谁砸了杏树、偷了杏子,但他没这样做,因为他也想瞅准机会砸一家伙,只是机会没到。

砸杏树的人多了,树上的杏子就少了。杏树的主人发觉自家的杏树被人偷了去,就出来骂,骂了半天,没人理睬。

这时,小强走了过来,手里正拿着两块石子玩。

杏树的主人正有气没处撒,就一下子抓住了小强,大声吼道:"小浑蛋,我可抓住你了。"说着就把小强拖进院子,边打边骂,"王八羔子,我让你砸我的杏,我让你砸我的杏。"

小强哭了,小强说:"我没砸你的杏,我没砸你的杏。"

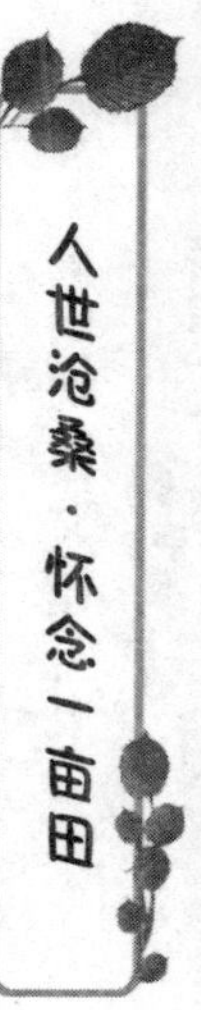

杏树的主人说:“还嘴硬,没砸杏,拿石子干什么?”

小强说:“我拿着玩呢。”

杏树的主人一听更生气了,打得更凶了,吼着说:“我让你耍赖皮,砸了还不承认。”

杏树的主人打累了,最后说:“再敢偷我的杏子,我就打断你的腿。”然后,一脚把小强踹出门外。

小强被人冤枉,还挨了打,心里很憋气,开始恨杏树的主人,恨杏树。小强希望杏树的主人出门让车撞死,还希望那棵杏树明年一个杏子也不结,甚至死掉、倒掉。

从此,小强就和杏树结下了仇,把仇恨的种子埋在了心里。杏树成了小强的眼中钉、肉中刺。每次看到杏树,小强感觉浑身都在疼,仿佛又被杏树的主人打了一顿。

有时,小强走到杏树下面,看四周没人,就用刀子划杏树几下,杏树就流出了树液。小强觉得那是杏树在哭,他心里就产生一丝快意。

时间一长,杏树被小强划得遍体鳞伤。小强以为这下杏树该枯死了。不料,第二年春天,杏树不但没死,甚至结了更多的杏子,压弯了枝头。

小强就在心里骂杏树:“妈的,挨了我那么多刀,你怎么不死呢?”

小强继续用刀划杏树,一刀比一刀狠,边划边骂:“让你冤枉我,让你结杏子,划死你个王八蛋,去死吧。”

划着,骂着,小强长成了大强。

一天,杏树的主人死掉了,可杏树没死。不但没死,还结着黄澄澄的杏子诱惑人,像是故意活给大强看,与大强赌气。此时的杏树,在大强眼里已经长成了一根刺。

杏树死了主人就没人问了,大强的胆子就大起来。大强对杏树采取了更为严厉的措施,刮树皮、截树根、浇开水,凡是能让树死的办法,大强都用上了。

杏树终于开始枯了,慢慢地死掉了。大强开始得意起来,但得意没多

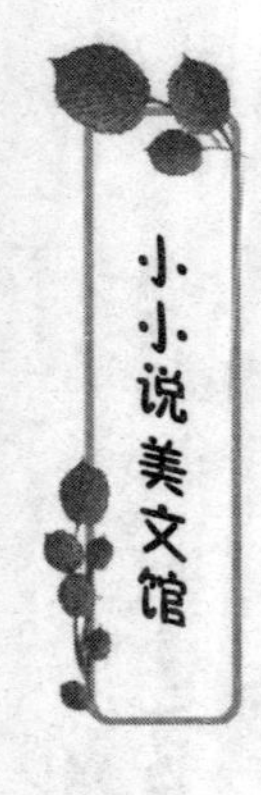

久，就不得意了。大强想让树烂掉、倒掉，当柴烧。

杏树不倒，光秃秃的树干挺立在那里，与大强对峙。杏树不倒，大强寝食难安。大强就在心里骂："妈的，死了那么久，怎么还不烂，还不倒呢？"

骂着，骂着，大强就变成了老强。老强走起路来摇摇晃晃，已是风烛残年。杏树也和老强一样，身子已经沤烂了，风一吹，摇摇晃晃的，随时都可能倒下。

有时，老强在杏树下一待就是半天，瞪着眼睛望杏树。老强很想在自己死之前，看到杏树倒下。但杏树摇摇晃晃，就是不倒。杏树坚守自己的阵地与老强对峙。

有一天，老强又来到杏树下，望着杏树发呆。突然，一阵风吹来，老强打了个趔趄，只听"咔嚓"一声，杏树倒了，正好砸在老强身上。

老强躺在地上，长长舒了一口气，心中的一口恶气终于吐了出来……

埋了老强，人们都说："一棵枯树把一个人砸死了，真是奇怪了。"

雪山赶狼

曹 秀

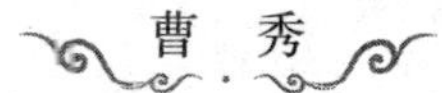

象牙山的狼群吃了一匹马，队长急了，下命令："一定要把狼赶走，否则人与马都危在旦夕……"

队长一句话，所有劳力都出发了，知青也是全体出动，漫山遍野赶狼。

有经验的人知道，赶狼是体力活，也是危险活。经常是三人一组，五人一串，否则一个人是对付不了狼的。

知青点点长当过猎人，跟猎人也学过，他要求自己独自一组。

多一组多一个侦察方向，队长想了想，同意了。

知青如此，其他猎人也是如此，纷纷要求自己一组。可是队长说："不能都分开呀，万一碰上群狼怎么办？"

猎人说："别忘了我们是山里的猎人，应付狼我们还是有经验的。"

猎人这样说不是自不量力，他们知道狼也是很凶恶的，弄不好极有可能碰上狼群。可是知青能如此，猎人的自尊心也是要的，提出这样的要求也是很必要的。点长走了，猎人走了，其他人纷纷离开，寻找狼群。

雪山赶狼是危险活，也是振奋人心的事。几百人，或几千人，齐心协力叫喊，叫得狼吓跑了。奇怪的是，当所有人扑上山时，居然没见狼群，甚至连一只小狼也没看见。狼群呢？

山里的一个老猎人说狼群早在他们上山找狼时就已经转移了，现在想

找到它们只能等到春天雪化了,否则谈何容易。还有人说,外地人看见狼就来打了,可是他们没打到狼却被狼吃了,于是狼见人就吃……

是真是假,只有见到狼再下定论了。有此凶恶的狼在,队长仍旧下令寻找狼,打狼。于是,一群人上山搜索,没发现狼的线索。队长来了脾气,非要找到狼不可。于是,再搜索,还是没发现狼群。

忽然,有人发现,山下林区有狼,队长率人去林区,还是没碰上狼。

怎能没狼呢? 不可能碰不上狼的! 村里人商量具体办法,希望找到狼,与它们决战。

其实不是没狼,是村里人没碰上狼。

这群狼十分狡猾,头狼更是谋略过人,原来它的小狼被一个年轻人打了,于是它来报复。

头狼狡猾,它知道村里人每天在干什么。当人聚集时它们就逃走,当人分散时它们就聚集。

让头狼没想到的是,它的计划被一个小孩子毁了。那些天它带动狼群与人周旋,得寸进尺,以为没有人能把它们怎么样。当人群再次离开村子时,头狼带着它的狼群来到村子,开始袭击鸡鸭等家禽。可是,当它们来到一家小院时,发现这家大人不在,只有一个小孩子在炕上玩。头狼欢喜,吃个小孩子的机会就在眼前,于是它开始朝小孩子扑来。就在这时,玩耍的小孩子发现了狼群,而且看见有一只凶恶的狼朝自己扑来。

小孩子灵机一动,从墙上拿来猎枪,迅速朝头狼射击。只听"砰"的一声,头狼倒下,身下是一摊血。其他狼吓得掉头就逃,小孩子又是一枪,再次打倒一只狼。这下,狼群逃得更快了。

当村里人听见枪声返回时,狼群已经逃得无影无踪,然而让他们不解的是,寻找很久的狼居然被小孩子截了,这事可有点玄。当然,狼也不理解,狼逃避猎人的眼睛,可是没有逃过一个小孩子,被小孩子一枪击毙。

队长问小孩子:"你不怕吗?"

小孩子摇头:"不怕,怕它就被它们吃了。"

队长又问:“让你跟随我们找狼你愿意吗?”

小孩子点头:“愿意。”

于是,一伙人再次上山找狼,小孩子悄悄隐藏在一个树林里。

果然,狼在此经过,小孩子又是一枪,将狼击毙。

有人问小孩子:“你是怎么知道狼在此经过的?”

小孩子说:山上有雪,雪地有草,草地是绿色,狼是黑色,看着黑点就可以开枪了……”

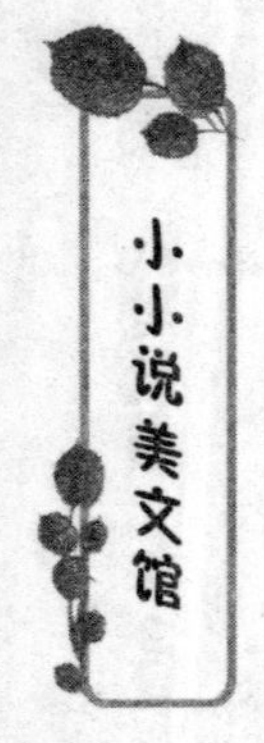

哑巴八

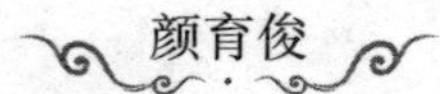

颜育俊

“哑巴八”身高一米八，鳌江边的农村极少有这么高的，站在那里像一垛墙。像一垛墙的哑巴八，经常站在墙垛边，提溜着裤子。别以为他是要跟墙比高低，他那是在墙边撒尿呢。

要是时间倒退三十年，你一定想不到，哑巴八会长得五大三粗。哑巴八家里有三个哥哥四个姐姐，他是最小的一个，排行老八。哑巴八从小就没名字，父母亲都叫他“阿八”，大家也这么叫。可是到了该讲话的年龄，阿八却怎么也讲不好话，七八岁了还口齿不清，咿咿呀呀，像个哑巴。大家便改叫他“哑巴八”。哑巴八家里孩子多，穷得揭不开锅。哑巴八说不清话，本来就不受父母待见，加上胃口大，一人能吃两人的饭量，自然成了兄姐们的眼中钉。哑巴八便一个人有一顿没一顿地挨着。

其实哑巴八还是能讲话的，只要你仔细听，是能听明白的。农村的孩子野，喜欢骂人，开口闭口“妈的”“我操”，哑巴八就是这两句讲得特别不好，到了他嘴里就变成了“丫的”“我靠”。他一开腔说“丫的”“我靠”，同龄的小孩子就取笑他，好像他不是在骂人，而是在说笑话。谁也没想到哑巴八当年被人取笑的话，今天竟然变成了流行语，这是后话。

哑巴八还有一个被人取笑的习惯，就是随地小便。这在农村本来不算什么，孩子们玩累了，随便找棵树、找垛墙、找片菜地嘘嘘，很正常的。可哑巴八偏要当着别人的面脱裤子嘘嘘，弄得女孩见他解裤带就赶紧跑，说他要流氓。七八岁的孩子，哪懂得什么是流氓？哑巴八就是缺少父母的教养，没养成找偏僻地方小便的习惯而已。哑巴八的这个坏习惯，后来却成了他偶尔弄来吃食的手段。有些无聊的人经常找来番薯丝、玉米棒子这样的东西引诱他，说："哑巴八你当着大家面脱下裤子，给你吃的。"哑巴八便乖乖脱下裤子，在脱下裤子的同时，不忘舒舒服服嘘嘘一把。大家的笑声响成一片，哑巴八却带着胜利者的姿态享受着手中的战利品。

因为这个习惯，哑巴八终究没找上媳妇儿。穷没关系，口齿不清也没关系，只要勤劳照样有姑娘喜欢。可是，没有哪个姑娘会喜欢一个随便脱裤子的男人。

哑巴八便过上了一人吃饱全家不饿的单身日子。

哑巴八人好，也肯干活，谁家里有红白事，他都主动过去帮忙。干完活儿人家打碗饭让他像乞丐似的在门口蹲着吃，他从不计较，只要有口饭吃就行。一些办红喜事的人家，看他穿着邋遢，客人来了不好看，就不让他就靠近。渐渐地，哑巴八就专门给有白事的人家帮忙，干别人不干的那些"晦气"活儿。

白事干多了，哑巴八便渐渐知道了些门道儿，对守灵、入殓、出殡等习俗都知道得一清二楚，俨然成了行家。有人家里老人身体不好即将去世的，就提前去叫哑巴八来，让他来指导老人断气后从洗澡到葬礼的各个环节。哑巴八便给主人家仔细安排。当然主人家都会给哑巴八一个红包外加一包烟。哑巴八收了红包和烟，就继续在主人家帮忙。根据习俗，在一些关键的环节，主人还要给帮忙的人包红包。因此一个白事下来，哑巴八总能赚到半个月的开销，外加香烟和几天的饱饭。

成了白事行家的哑巴八，再也不愁吃穿了，日子过得甚至比健全人都好。据说，他那随处小便的坏毛病也改了不少，内急时也知道找个偏僻的地方解决了。

那天，村主任的老父亲病故，哑巴八自然过去帮忙。从头到尾，一切都

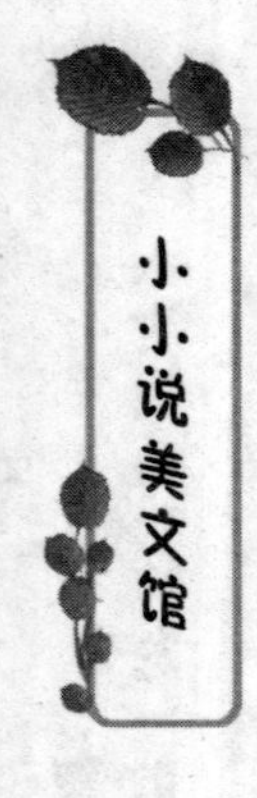

顺顺当当的，大家都说哑巴八安排得不错，给村主任长了脸了。村主任给的红包也特别大。

棺木入室时，哑巴八虔诚地替主人点燃纸钱，这也是仪式的环节之一。村主任则带领众人跪在坟前，直到封龙门结束才能起来。村主任不经意地一抬头，却发现哑巴八正叉开双腿对着那堆纸钱灰撒尿，村主任的血一下子涌上了脑门。封完龙门后，村主任脱去孝服，冲到了哑巴八跟前，用力抓住他的衣襟，伸出拳头狠狠地说："你他妈的敢在这里撒尿。"

哑巴八结巴着从喉咙里挤出几句不完整的话："山烧……烧起来，你要坐牢的，我浇……浇灭了。"

村主任看时，纸灰旁边的草已经烧焦了。要不是哑巴八的一泡尿，恐怕大家都已经被大火包围了。

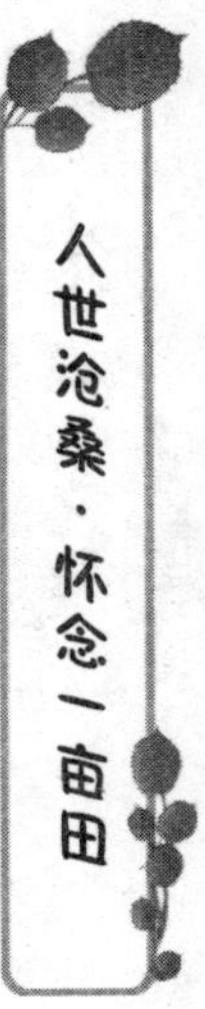

船 灯

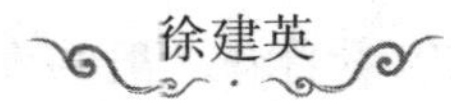
徐建英

正月十五闹花灯，别村人兴龙灯，舞狮灯，唯独湖村人，对船灯情有独钟。

船灯一般以竹篙或木条制成船形，在船体上蒙画布，左右开一孔小圆窗，四周挂上小灯笼、小流苏之类；再在舱内和外四角装上彩灯、点蜡烛，由一名年轻力壮的男子，藏在船舱内，安装上挎带，以肩扛起船灯，不停地左右前后摇摆，表演船在江河中航行的动作。船头船尾上各站一人，船头的扮丑角，叫艄公，持画桨摇船；船尾的扮艄婆，打着花扇边扭秧歌边唱灯歌。

湖村的船灯远近有名，每年元宵夜闹花灯，只要是湖村的船灯来拜年，得到的礼品往往是最多的。县里一年一度的花灯大赛，湖村的船灯年年独占鳌头。所以每到元宵夜，十里八村好多人一村接一村地赶着奔着看船灯。但更多的，却是为了看湖村的艄婆，看扮艄婆的姑娘水仙。

水仙扮艄婆，嗓音好，歌声亮，腰肢活。那身段一扭一摆的，扭得十里八村的老人齐叫好，孩子乐翻了天，女人回到家照学样。当然，也会扭得不少男人心猿意马。

随着一曲“正月那个里来是新那个春，家家呀户户戏呀花灯……”的歌声中，那扮艄公的正权，手里的画桨似着了魔法，那本来搞怪的歌调“看花是假意哦，依呀嘿，看妹是真情哪，咪之呀依呀……”却是满溢着柔情。

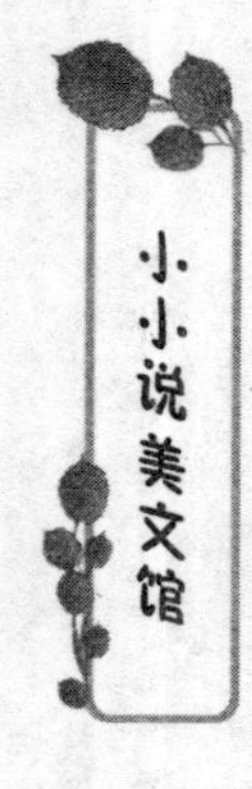

艄公正权，头戴一顶破草帽，脚趿一双旧球鞋，满脸抹上东一块西一块的烟灰，手中的画桨左一划，右一摆。水仙扭着腰身唱一句，他插科打诨的调侃立即就加了进来。两人配合默契，直引得围观的人鼓掌喝彩连连，笑声不断。

脱了艄公衣的正权，洗净烟灰也是模样周正的俊后生，种地打庄稼，在湖村是一把好手。湖村人选水仙做艄婆挑大梁，他就争着扮丑角做艄公。

花灯一年一年地闹，这一丑一旦之间渐渐也有了感情。

女儿的心事瞒不过做娘的，看着花一般的女儿常常悄悄往外溜，水仙娘对着几个要好的姐妹不经意地叹："正权这孩子哪，好是好，只可惜有个打丑相。"

话也就这么随口一说，却不知被谁添油加醋地传，变了味儿就传到了正权娘的耳朵里。

正权娘在湖村本是要强的女人，儿子不和他商量就去扮艄公，本就让她从心里感觉憋屈。听罢这话，她感觉受了莫大的侮辱，就气愤地当村叫骂："都说装旦的不嫌打丑的，大姑娘家的，成日屁颠屁颠地扭屁股勾人，这种货色，倒贴给我做媳妇，我还嫌骚呢……"

水仙娘在房里听到正权娘的骂声，越听越不是滋味，终于也忍不住出来接口应答。只是这一接不打紧，本来好好的两家人，当村一场大骂后，从此就断了来往。

不久，水仙草草嫁了，嫁人后的水仙，从此不再做艄婆。

湖村的船灯还是一年一年地在元宵夜闹。艄婆的角色，湖村人又挑上村里年轻漂亮会唱的小媳妇来演。只是十里八村的人发现，湖村的艄婆都只唱不扭秧歌。

再后来，湖村的女人也不知咋回事，都不愿再接艄婆这个角色了。湖村人就只得让俊秀的后生化着浓浓的妆来扮艄婆。只是渐渐地，不少人在叹息："唉！这湖村的船灯哪，真没啥看头！"

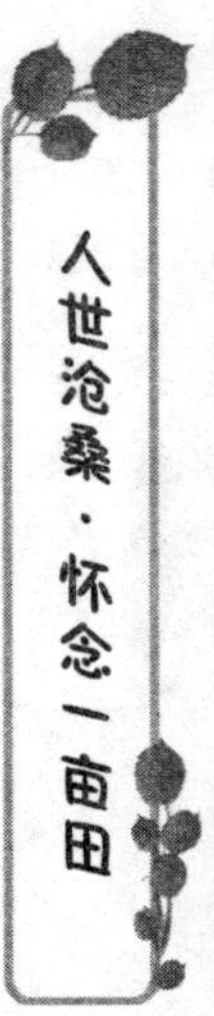

小学校

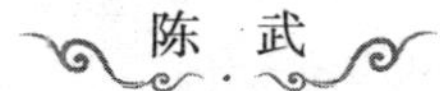

七坡村本来有一所小学校，因为老师在路上被狼吃掉了，学校也就停办了。

起初听到这个消息，我感到可笑：山里人真愚昧，这方圆几百里的山，还从没听说过有狼。

我起了一个大早，翻了两座山头天才亮。我又翻过两座山头，就到黑风口了。从黑风口进去，向左拐，大山就挡在了面前。

进入大山，才感觉到道路的艰难。这一带山高林密，峭壁悬崖，我一直走到下午三点钟，才看到一个斜斜的长坡。一连拐了七个长坡，终于看到七坡村的人家了。看到人家，我就闻到了人间的味道。我松一口气，精神也跟着松下来，一抬头，就看到了他们。

他们，就是七坡村的村民，老老少少有十几个人。他们站在拐弯处的一棵大白果树下，脸上洋溢着温馨的笑。其中，一个身穿仿军装的中年人迎上来，跟我握手，说："欢迎朱老师。"我大着胆子说："你是村主任？"一个老者接过话说："他是村主任，叫陈小贵。"陈小贵说："村里穷，留不住老师，我们还以为你不来了。我代表我们村二十六户人家一百一十二口人，向朱老师表示最最热烈的欢迎。"陈小贵说完，带头鼓掌。掌声就在大白果树下响了很长一阵子。我从来没见过这么卖力鼓掌的人，他们的掌声响亮悦耳。我跟

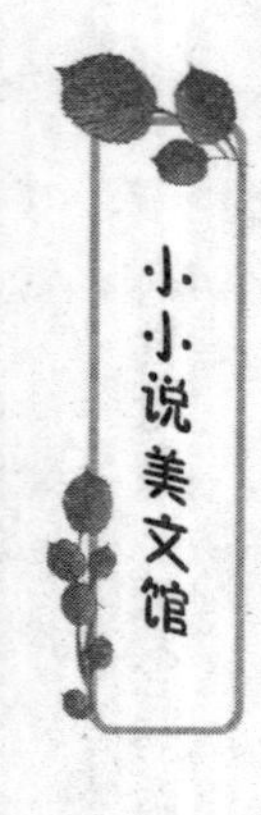

他们摇手,我大声喊着:“好,好。”可我喊好没有用,掌声反而更密集起来。我又求援似的望着陈小贵村主任。只见陈小贵大手一挥,掌声突然就停止了。村民们都围了上来,替我背包,替我拿水壶。有一个孩子拉着我的手说:“朱老师,你来了就不走了吗?”我说:“不走了。”另一个孩子说:“朱老师,我们不想让你被狼吃掉。”我说:“狼不吃我,我身上没肉。”村民们都笑了。村主任又说:“我已经挨家通知了学生,让他们明天开学,噢,复学,好吧朱老师?”我说:“好啊好啊。”那两个孩子就哦哦地叫着,往山下跑了。

这时候,我在人群里看到一个姑娘。其实我刚见到他们时,就看到她了。她躲在人群后面,从一位老者的肩上露出一只眼睛。她大约十三岁,或者十四岁,或者十五岁,或者再大一点,或者再小一点。她冲两个疯跑的男孩子喊:“小虫,你慢点儿。”我问陈小贵:“她也是学生?”陈小贵说:“她叫小桃。像她这样大的学生,你要不要?”我说:“要啊,只要想念书,都要。”陈小贵说:“本来她家没有钱念书,她还有个奶奶,瞎了。她这几天磨了我好几回,要让新来的老师上她家搭伙,说她还能向老师问问字。”我问:“她爸妈呢?”陈小贵叹口气,说:“在山下打工,干了三季,没落到钱,跟工头要钱,叫人家打死了。”我听了,心里揪了一下,说:“好,我就到她家搭伙。”

学校所在的村子是七坡村的一个自然村,叫小陈庄,有十几户人家,小陈庄是七坡村最大一个村,另外还有八九个村子,一般都是两三户人家,最少的只有一户人家。这些村子都分散在以七坡村为中心的方圆十几里的大山沟里。最远的学生上学要走二十里山路,天没亮就得出门。这是村里的情况。村里还有许多情况,我就不介绍了。还是先讲一讲我们学校吧。我们学校在村头,是一排石墙草顶的房子,一共三间,两间用作上课,一间是学生宿舍,有一个小门连着学生宿舍和教室。一年级到四年级的学生都在这里上课。学生还没有来,我不知道一年级有几个学生,二年级有几个学生,三年级有几个学生,四年级有几个学生。五六年级的学生,到更远的一所学校上学。学校前面有一片空地,就是操场了。操场边上有两间小草房,这就是教师宿舍,现在是我的宿舍。宿舍前面有一棵桃树,一棵李子树,一棵柿树;还有一棵,可能是白果树,也可能不是白果树,我没认出来。

我在学校前后转了一圈,又转了一圈,一共转了四圈。我查看了操场,查看了厕所,查看了属于学校的树和一小片菜园。我还看了看周围我能望得见的几户人家,我甚至还特意猜了一下哪一家是小桃的家,然后,我在宿舍里坐下来。在我前后转圈的时候,我看到有两三个老人,还有几个孩子,隔着稍远的地方,站在高处向我张望。有一个小孩,甚至还爬到树上看我。现在是黄昏时分,远山上有一些金色的东西在跳跃,天空是砖红色的,村上有鸡鸣,有狗叫,还有大人喊孩子的声音。这些声音零零碎碎的,好像很遥远,又好像很亲近。我意识到,我在七坡村的第一个白天就要结束了,我就要迎来我在七坡村的第一个夜晚了。

晚上,我在小桃家吃饭。小桃就在一边看我。她不停地要给我盛汤,给我盛饭,还让我多吃菜。我吃饱放下碗时,小桃期待地望着我,说:"朱老师你也会被狼吃掉吗?以前来的老师都被狼吃掉了,我不想你也被狼吃掉。"

我想告诉小桃,这里没有狼,这里的"狼"就是艰苦和穷困,但我没有说。我说:"有你们这些好学生,狼就不敢来吃我了。"

小桃笑了。

在灶台前烧火的瞎眼奶奶,也笑了。

我的心却酸酸的。

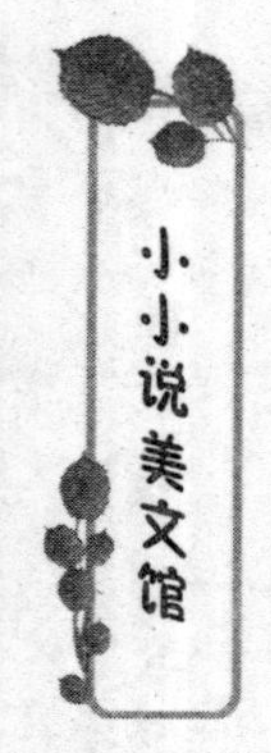

窄屋里的爱

马孝军

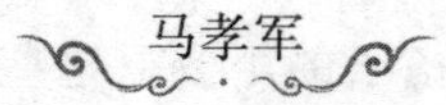

我上小学三年级的时候，不怕大家笑话，我家的屋子很小。

那时候，大我八岁的姐姐读高一。由于屋子狭窄，我便和姐姐同睡一张床。上高中了的姐给了我极大的不方便。姐给我不方便的原因是她干扰了我的正常睡眠时间！高中的作息时间与小学不同，每天才六点钟的时候，姐就起床了，她的响动常常把我从正做着的美梦中吵醒。还有晚上，尤其是冬天的夜晚，我已经睡熟了，姐学习结束才钻进被窝，我经常被她冰醒而彻夜难眠。姐影响了我的正常睡眠，白天上课的时候，我就老爱打瞌睡。有回，我被老师罚扫了一个星期的地。被老师罚了，姐再影响我，我就气不打一处来，我冲姐说："你上床能不能轻点儿呀，你是水牛吗？每次，你都把我弄醒了，你知不知道呀！"面对我的一阵抢白，姐喉头里咕噜咕噜地动了一下，然后她说："妹妹，姐影响了你，真对不起，姐给你赔礼行吗？""算啦。"我想姐姐也不是故意的，唉，谁叫咱家的屋子这么窄呢？

第二年春天的时候，我去给工地上的父亲送衣服。父亲正在打砖，看着那码得像小山似的砖，我不禁冲动地对父亲说："爸爸，盖房子吧，给我和姐盖间大房子吧。你知道吗，我们作息时间不一样，很不方便呢。"父亲看我一眼，他粗糙的大手摩挲着我的头，喃喃自语地说："咱们家，是……是该盖房子了，真的是太狭窄了啊！""马上盖最好！"我给父亲说。父亲一声长叹："妮子，你以为盖房子是搭积木呀！”我不懂事地说：“这里好多的砖呀，随便拉一车去也要盖一大间呢。”“这些都是老板的。”父亲说。我感到有点儿绝望，父亲又一摸我的头说：“爸爸努力吧，争取明年把新房给你们盖上，让你们住进敞亮的新房。”

我的希望寄托在来年里，我在梦中都想好了如何设计我的新房。

姐高二下学期的时候，我想父亲该盖新房了吧。

一天放学，我看见父亲的褡裢已经搭在屋子外面的歪柳树上了，我想，父亲是回来做盖屋子的打算吧，我好高兴！

但很快我就失望了，我在屋子外面听到父亲给正在学习的姐说：“妮子，委屈你了，你妈妈大前年去世，我欠下了一屁股的债，现在都还没还清。想给你们盖个新屋子都不可能，你委屈点儿啊，上床的时候尽量轻些，再轻些，你妹子还小哩，童年的瞌睡宝贵啊。”

我看见姐连连地点头，还听见她说：“爸爸，我已经注意这个问题了，我每次上床都小心翼翼，我生怕惊动一只蚂蚁呢。”

“好闺女。”我看见爸爸眼角闪着泪。

新房梦破灭了，我只期望姐姐上床的时候真的如她所说生怕惊动一只蚂蚁。唉，该死的瞌睡呀，该死的童年瞌睡呀，怎么老是睡不够呢？

自父亲给姐说过后，我便再没有被姐惊动过一次了。我安然地入睡，每晚都做着我的美梦。那时候正是武打电视剧非常流行的时候。说起武打电视剧中的轻功，我便想起了姐。我对我的同伴们说：“谁的轻功也没我姐的好！”同伴们说我吹牛不打草稿。我就给他们说：“你们信不信？我姐和我同睡一床，她上床的那个声音，可称得上是不落一丝声响，踏雪无痕。”

同伴们不相信，就去歪着头问刚下学的姐，姐对他们一笑说：“别听她胡扯，我哪儿会轻功呀？我要会轻功，就把你们教得个个都是武林高手，个个都能飞檐走壁。”

说话间，姐的高三就要结束了。在离高考只有两个月的时候，姐得了神经衰弱症。

老师给姐做工作:“心理要放松,以你的成绩,考上重点没问题。”

爸给姐做工作:“娃,考不上没问题,咱家几辈人都没出过有功名的人,到了你这一辈,退一万步说,不出也无所谓,你千万别把自己给弄疯了啊!”

姐的同学们来给姐做工作:“考不上没关系,大不了咱们约着一起下广东打工。”

但姐的精神还是止不住地崩溃,她整个人从早到晚神情恍惚,有时候喊她吃饭,她好半天都反应不出“吃饭”这个概念来。

姐姐傻了,我想。

父亲带姐去看了医生。

父亲回来,我便见父亲在墙角一根又一根地抽闷烟。他抽一阵,然后就使劲地抓自己头发一把,像要把那头发扯下来似的。

我问父亲姐姐怎么了。

父亲抬起头,我分明看见父亲的眼里蓄满了泪。父亲给我说,他对不起姐姐,如果他有能耐,他不应该给姐说“让她轻些再轻些”的混账话。

父亲说完,就不停地捋我的头,一边捋,一边就把姐精神恍惚的原因告诉了我:“你姐为了不惊扰你,为了让童年的你能做好梦,她一年多来都是趴在学习的桌子上睡觉。”

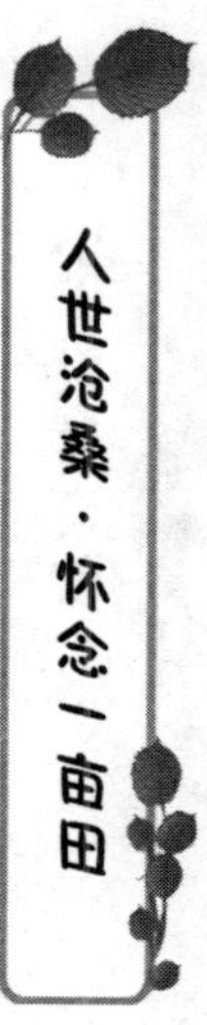

我的遥远的杭州

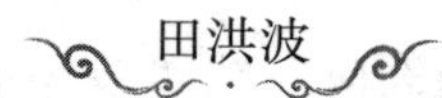

元旦的日历刚刚撕下，刘晓红他们四个知青就筹划着回家的事了。

那天开过全年的工资，几个人就乐颠颠地去了一趟镇上，买回许多东西，大包小裹地倒腾起来。只有王广胜，一个人低头出门抽起闷烟。

在这之前，大家曾约他一起搭伴回家，但王广胜谢绝了。由于他块头大，平日里就比刘晓红他们花销多。今年拿到手的工资不过三十元多点。合计来算计去，尽管强烈地想念白发苍苍的母亲，王广胜最终还是决定不回去了。

从胜利大队到莽山屯长途车票要五元，从莽山屯到佳木斯火车票是十元，从佳木斯到上海硬座火车票要三十三元三角，从上海到杭州要三元六角。光路费就差不多花光了手上的钱，路上还有几天时间的吃喝，怎么掰手指头数都不够啊！

王广胜当天晚上就失眠了。夜里他默默流泪——他已经快两年没回家了，寡居多年的母亲是他永远的牵挂。

“有啥需要我们给你带的东西？”不知何时，刘晓红站在他身后。

王广胜急忙把眼睛看向天：“不，不用，谢谢你们的好意。”

刘晓红沉默一下，用手轻轻捶了捶王广胜。王广胜没动，半晌，猛地转身进屋：“我帮你们收拾东西！”

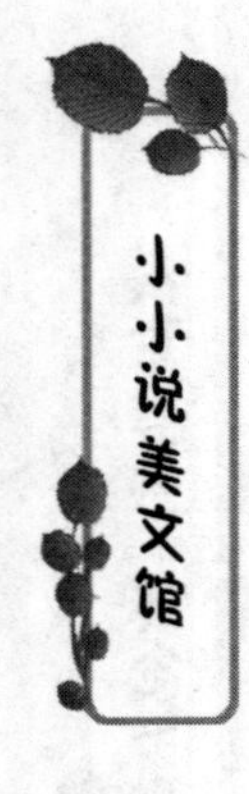

刘晓红眼圈红了，她知道王广胜心里难受，叹了口气，跟进屋去。

房东老何让刘晓红他们放心，他说，他会换着花样给王广胜做吃的，保证不会亏待他。几个人被房东说笑了，才放心地上路。

当天晚上，老何的屋子里清静了许多，只有高粱米的清香缭绕。老何不知从哪儿弄来一卷五香豆腐干，小心地切开，拼成一盘；又洗了一些白菜、萝卜，倒上一碟大酱，烫上两壶白酒，招呼王广胜吃饭。王广胜没滋没味地吃着，不说话。老何对他说："如果你真的想回家，想见你母亲，其实也不难。"

王广胜吃惊地看着老何，老何一笑："我知道你开的那点儿工资不够路费，我的意思是，我可以借给你点儿钱。"

王广胜想笑得轻松些，嘴角却下意识地牵出一丝苦来。

老何眯眼："我知道你这孩子会拒绝。"

老何说着倒满酒："你脸皮薄，这我知道，其实也没打算让你短时间内还。不过，我还有个主意，就是从莽山屯到佳木斯这段路程，你如果敢逃票的话，能成功；再精打细算地花，估计这一趟费用也就够了。"

王广胜已经喝得脸红了，决然地摇摇头。逃票，那是多么惊心动魄的过程，也是多么丢人的一件事，他再怎么困难，也不能干啊！当然，老何这是为自己好，为自己着想。王广胜无言地冲老何举了举杯。

晚上，王广胜彻底地在炕上烙开了饼，快天亮了才迷迷糊糊地睡着。

小米，面食，老何变换着给王广胜做着吃，但王广胜就是说不出那个"谢"字。他把力气都用到了黑土地上，发疯似的干活。

春节刚过，刘晓红他们就回来了，个个脸上洋溢着喜气。大家给王广胜带回许多东西，刘晓红还给王广胜买了一副耐磨的手套。王广胜的心稍平静了些。

那天，王广胜肚子不舒服，被队长特批提前回家了，却正好撞上邻居王婶从老何家走出来的背影。王婶挥着手对老何说："回吧，别客气，没面没米了再去我那儿拿。"

王广胜的心突然一紧，想着老何那几天对他照顾有加，脸热了起来。他

想说什么,一米八的大个子杵在那儿,半天却没动。

中午返回知青点,有人给他带来一封信,是母亲寄来的。王广胜激动不已,颤抖着手急忙撕开。母亲在信上说,他托刘晓红他们带给她的三十元钱和二十斤粮票已经收到了,让他别亏着身体,她一切安好。

三十元钱?二十斤粮票?这么大的数字!几乎一年的工分啊!王广胜惊呆了。

他想到了刘晓红他们,想到他们回来后绝口不提回家的事,想到他们小心翼翼的神态,想到他们带给自己的那些东西,想到他们怎样历尽艰难,在杭州的偏僻小巷里找到自己的家,把节衣缩食省下来的一张张纸票递到母亲的手中……

王广胜蹲下身,哭得像个孩子似的。

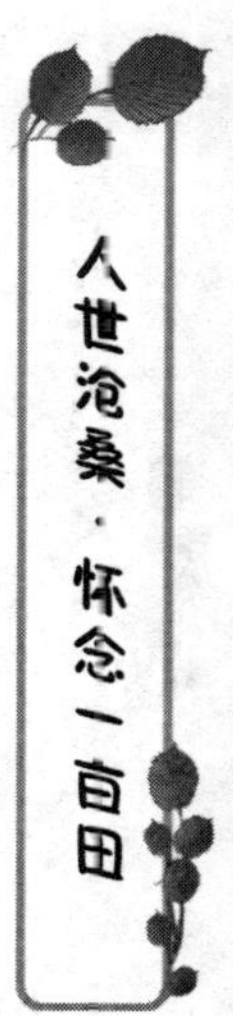

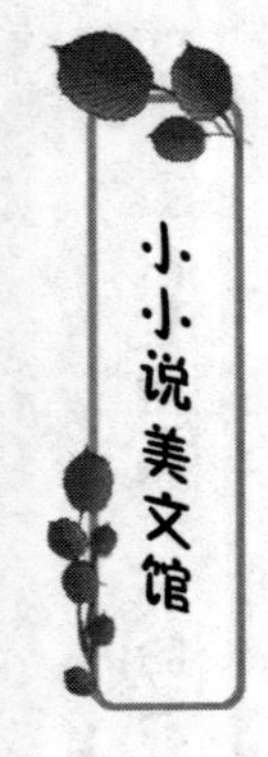

借 粮

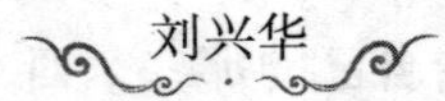

星星多，月亮少，借时欢喜要时恼。在农村，人们最怕借口粮。自家都不够吃，哪有借出去的米？

但怕啥来啥，正吃着饭呢，就有敲门的，吃饭的人心里一惊。

来人手里拿着一个粗瓷大碗，“他婶子、他大娘”地叫着，说：“家里揭不开锅了，有玉米面吗？高粱面也行，先借一碗。”

吃饭的这一家，假如正吃玉米面饽饽，喝的玉米面粥，再哭穷，说自己家也快揭不开锅了，借粮的人哪里会信？还会被嚷得全村人都知道：“马寡妇，凭什么一天天吃玉米饽饽啊，还不是仗着有个野男人往她家偷粮食呀！”

听的人放下饭碗，把脸扭过来，连连说：“是呀，是呀，我就见村北的那个光棍儿汉子，往她家跑过，身上的衣袋鼓鼓的，肯定装的是粮食。一进去，好半天没出来。”

村里有一帮嘎小子，晚上没事，就跑到马寡妇家的门前去，把大门的门搭挂到门鼻上。过一两个小时再去看，如果门搭还在门鼻上搭着，说明没人进去；如果门搭下来了，说明有人进去了，就会猜谁来了，是生产队长还是记工员。

农村人最怕人说闲话，舌头下面压死人哪！抬头不见低头见的，不就是一碗玉米面吗？心里虽然老大不情愿，还要盛冒尖的一碗。临走时，还要说:“大妹子,先吃着,没了再来呀!”借粮食的人好像自己也长了脸,因为人家给足了她面子。逢人也会说:“马寡妇人实诚,看这碗装得都冒尖了!”

听的人也会说:“一个寡妇,拉扯着几个孩子不容易呀!”然后开始说她的男人,说在世时,他是个多么好的人哪,谁让他帮忙,从来没说过不。好人不长寿哇,早早地扔下老婆孩子走了。然后就骂生产队长,骂老光棍儿,不是人,是畜生,欺负人家孤儿寡母。骂足了,骂够了,说:“家里人等着做饭呢,我先走了!端着碗哼着歌回家了。”

农村人家都是一样下地记工分,也是一样分粮食。会过日子的,知道算计着吃,夏天,秋天,地里的野菜多,野菜也新鲜,就去地里挖野菜。挖得多了,晾干了,放到冬天掺着吃。不会过日子的,一看分了这么多粮食,就有柴一灶,有粮一锅,饭做得多了,吃不了,就去喂猪。

有个妇女因不会过日子,丈夫和她离了婚。改嫁后还是不会过日子,有一天我去她家玩,看到锅里剩了半锅粥。我就问她:“大娘,怎么剩这么多啊?”她听了就呵呵地笑,说:“谁知道哇,做着做着就做多了。”

她家有三个儿子一个女儿,都能吃,再加上她这么不会过日子,还没开春,家里就断了粮食。她和丈夫去集上卖木头,卖了好买些粮食回来。中午让孩子去大娘家吃。她家在村西头,孩子的大娘家在村东头。到了中午,四个孩子去了大娘家。大娘一家五六口正在吃饭呢,也不说让孩子们一块吃,就让四个孩子眼巴巴地瞅着。一直瞅到刷了锅洗了碗,然后撵着自己家的孩子说:“和你婶子家的孩子出去玩吧。”

这家人吃得饱饱的,那边的孩子却还饿着呢,肚子咕咕响,前肠贴后背了,哪有劲儿玩,就回家去等。也不知等了多久,父母回来了,木头没卖掉。父母一看孩子们还饿着呢,做父亲的一下子就火了,说:“以后你们再敢上他家去,我打断你们的腿!”

放下木头,父亲扶着墙根去找生产队长,说自己家揭不开锅了,老婆孩子饿得都快下不来炕了。碰上队长心情好时,开个条,让找保管员借点粮食,等再分粮食时扣掉;碰到队长正生闲气呢,就会挥挥手说:“去去去,队上

哪里还有粮食，库里只剩下种子了，等几天吧，等几天救济粮下来了，多给你分点。”那时我们村还吃救济粮，是上面拨下来的。一分救济粮，村里就会敲锣打鼓，高声喊“一方有难，八方支援”的口号，大家提着口袋去分粮食。

借粮食的等不了啊，就求队长，说：“你不怕我给咱村人脸上抹黑，就给我开个信吧，我领着老婆孩子去外村讨饭去！”

那时去外村串亲戚也要开证明信。队长被逼不过，就撕条纸，写上几个字，让借粮的人去找保管员。借到粮食了，回家后大多还要吵一架，男人指着老婆说：“再大手大脚，咱这日子就别过了。”

挨饿的日子不好过啊，老婆也知道了粮食的珍贵，就天天省着喝稀粥，盼着救济粮下来，再吃顿饱饭。

送水

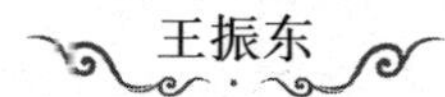

大地喊渴,禾苗喊渴,人畜喊渴……所有的生命都在喊渴。

几个月来,大地没有得到一滴雨水的滋润,禾苗枯死,沾火就着;河湖干涸,能塞下拳头的裂口像一张张吃人的嘴。整个村子别说浇灌禾苗,连人畜吃水都得到五里外的泉眼里挑。这个村里唯一有水的地方,整天排着挑水的长龙,长龙前边的人还能挑点清水,后边的只能舀点混浊的泥水,最后边的根本舀不到水。

有福挑着水桶一瘸一拐地来到泉眼边,见前边已排了长长一队人,也跟着排上。他满脸堆笑,主动和旁边的人打招呼,可人们都寒着脸,没一个人搭理他。他尴尬极了,恨不得找个地缝钻进去。

唉,都怪自己一时糊涂,做了那桩见不得人的事。

那天下午,有福去二菊家串门,见二菊正撅着屁股在井边洗衣服。有福说:"就你一个人在家?"二菊"嗯"了一声算作回答。有福便走到二菊身旁,跟她扯闲话。

二菊没注意到自己上身只穿了件低领汗衫,仍撅着屁股洗,有福从领口处看见二菊的两只如兔子样活蹦乱跳的奶子。有福立时感到身子里有一股火,像头猛兽一样蹿来蹿去。

二菊见有福没吭声,感觉有点不对劲儿,抬头一看,见有福的两只眼睛

正死死盯着自己的胸脯,样子十分吓人,她赶紧站起来,颤颤地说:“你想干啥?”有福口喘粗气,仍盯着她的胸脯。二菊意识到有福的动机,便吓唬他:“你快走,我男人回来了。”这时,有福的头已大得要炸了,哪顾上二菊说的话,抱着二菊就来到屋里。二菊说:“我喊人了。”有福说:“你大声喊,让全村人都听见,看你往后还咋往人前站。”

二菊不停地捶打有福,有福却不顾这些,猛地扯开了二菊的裤腰……

二菊嘤嘤地哭,最后咬牙切齿地说:“我要告你。”

傍晚,有福就被警车拉走了。有福被判了五年。

从监狱出来,有福才知道女人已经改嫁,独生子栓子因为没脸在村里待下去,只好去广州打工了。

有福一气一急,便中了风,最后落下了拐胳膊瘸腿的后遗症。

轮到有福舀水时,他只舀了两半桶泥水。

看到有福趔趔趄趄地走着,桶不时地碰到地面,泥水从桶里溅出来,人们没有一点同情,反倒都投以冷漠的目光,撇着嘴议论开了——

“谁叫他作恶哩,这是老天爷对他的惩罚!”桂花愤愤地说。

“老不要脸,活该。”翠英随声附和。

一个小男孩更是朝有福吐了一口唾沫,骂道:“强奸犯,打死你。”

山爷身背一塑料壶水蹒跚地走来,听到人们的议论,他劝大伙儿:“大人不计小人过,有福已遭了报应,大伙儿就甭计较了。你们看他现在这个样子,怪可怜的。”

旁边有几个人顺着山爷的话说:“可不是嘛。”

山爷又说:“咱不能痛打落水狗,这样显得咱不仗义。”

有人接道:“就是。”

人们不再议论,四散而去。

过了几天,有福突然怀抱一个骨灰盒进了村。刚一进村,便号啕大哭起来。原来他去广州打工的儿子在抓小偷时,被小偷用刀子刺死了。

人们知道真相后,纷纷来到山爷家,却闷头不语。山爷说:“有福就栓子这一个亲人,可老天爷不长眼,让栓子去了。栓子是为了保护公司财产被小偷害死的,栓子是个英雄,我们得去看看有福。"

是啊,有福生了一个英雄儿子,与此相比,有福从前的所作所为,又算得了什么呢?

众人来到有福家,见有福怀抱儿子的骨灰,两眼呆滞地望着屋外,人仿佛一下子苍老了十岁。

山爷劝道:"有福,人死不能复生,你要好好活下去。"

众人齐声附和:"就是哩。"

有福收回目光,喃喃地说:"我对不住二菊,对不住女人和儿子,也对不住大伙儿。"

山爷又劝:"有福,知错就改还是一条汉子,大家伙儿看你往后的表现哩。"

有福的目光柔和了一些。他猛地把儿子的骨灰放下,左一掌右一掌地打在自己的脸上。

山爷阻止着有福,招呼大伙儿,把栓子的骨灰安葬了……

天仍滴雨未下,大地仍在喊渴。

人们仍去泉眼里挑水,但挑回的水没往自己家倒,都送到了有福家,把有福家的水窖装得满满当当。

有福用感激的目光迎送着众人,嘴里不住地念叨:"这……这叫我咋说呢!"

山中那座孤坟

警　喻

小兴安岭余脉的老黑山里，有个被群山环抱的屯子。屯子不大，只十几户人家。他们靠狩猎为生，屯里男人个个精于骑射，附近土豪劣绅常常到这里雇人去看家护院，由此得名“炮手屯”。

炮手屯的四周虽无险峰峻岭，却是林木丛生。

1931 年的冬天，炮手屯的北山向阳坡上的丛林里突然隆起一座坟茔。

起初，炮手屯的人并不知道。只是后来人们进山狩猎，才发现这座坟茔。人们感到很惊讶。方圆十里无人烟，屯里的人又都太太平平的，怎么会有坟茔出现在这里？

人们便开始恐慌，揣测着种种可能。难道是在外看宅护院的人遭遇不测，遗尸在此？不会，如果那样早被狼叼进山里了。是有人在此作法，想破坏炮手屯风水？炮手们在外打打杀杀，也保不齐得罪了什么高人。孤坟的出现，人们突然意识到炮手屯可能要大祸临头了。

人们急忙返回屯子，禀告老炮手胡青山。胡青山在炮手屯可谓德高望重，天大的事儿，在他眼里都算不上事儿，可他听到这样的消息也着实吓了一跳，觉得事关重大，一个晚上也没睡着。第二天早晨，便带几个人进山看个究竟。

胡青山等人埋伏在山坳里，向那座坟茔眺望。

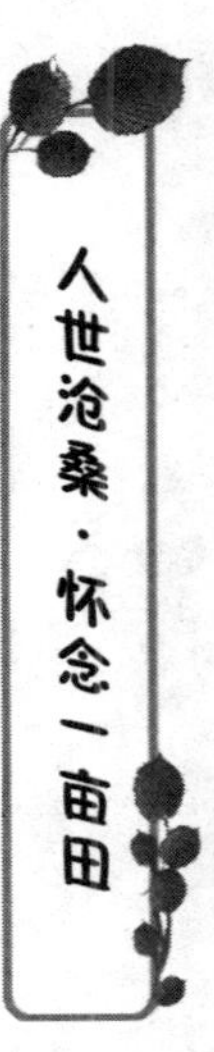

不一会儿，在坟茔后面有青烟缭绕，人们一下子惊呆了。

胡青山稳了稳神儿，说："猎枪上膛，跟我来。"

胡青山在前，其他人在后，一步步逼近坟茔。

人们绕到坟茔背后，看见一个地窨子。

那缕青烟就是从这里冒出来的。

就在这时，地窨子的小木门开了，从里面走出一个老人。

胡青山定睛一看，这不是屯子里第一炮手于得海吗？便走上前去，问："老哥，怎么是你呀？"

当年，于得海领着儿子于长水突然离开炮手屯，几年来音信皆无。胡青山闹不明白，回来了，咋不进村子呢，为啥要住地窨子啊？为啥呀？

于得海站在那儿，一动不动，眼睛湿湿的，不说话。

胡青山憋不住又问："你儿子长水呢？他不是和你一起走的吗？"

于得海老泪纵横，指着坟茔说："长水在那儿。"人们一下子明白了，长水死了，他是在这里为他的儿子于长水守灵啊。

胡青山问："老哥，这到底是咋回事呀？"

于得海说："长水从小就没离开过我，他胆小，我怕他一个人在这荒山野岭里害怕，和他做个伴儿。"

后来才知道，于得海领着儿子于长水离开炮手屯参加了马占山的部队，在一次和小日本鬼子的惨烈战斗中，儿子于长水为掩护老班长中弹身亡。父亲于得海是眼睁睁地看着儿子于长水牺牲的，当时于得海右腿负了重伤，失血过多，昏迷过去。当他从昏迷中醒来时，已经是第二天的凌晨，被炮弹炸成了焦土的山冈上依然硝烟弥漫。战士们用血肉之躯把武装到牙齿的日本侵略军阻挡在嫩江对岸整整一四天。这次战斗，就是著名的江桥保卫战。

儿子于长水为救班长牺牲了，那个班长就是父亲于得海。

葬在这里的是个衣冠冢，里面葬的只是于长水的衣服。

于得海拉着胡青山的手说："青山兄弟，你来了，老哥有件事托付给你。将来，我这口气要上不来，你就把我这把骨头和长水埋在一起吧，这熊蛋孩

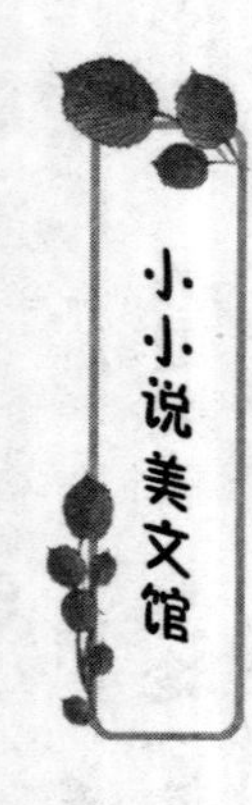

子离不开我。"

胡青山吼着:"狗日的小日本,我操你亲娘祖奶奶!"抄起猎枪射向天空,所有的人都举起猎枪,仇恨的枪声在山谷里震荡……

第二年春天,整个炮手屯的男人都神秘地离开了屯子,据说,投奔了一个叫巴彦抗日游击队的队伍。

1959年秋天,县里搞了一次革命烈士普查,炮手屯共有十一人入册。老支书在于长水的孤坟对面选了块茔地,并为死难的烈士立了碑,刻有名字和碑文。当时,村民曾建议把于长水爷儿俩的孤坟迁移至此,老支书说:"那怎么行?这是共产党的烈士,他参加的是国民党,他算老几?"

村民们觉得似乎有些道理。

在这里有个习俗,正月十五送灯。村民们每到这天晚上都成群结队地为烈士们送灯。每每是烈士碑前灯火通明,那座孤坟却冷落如清秋。

有一年正月十五,村民们送完灯刚要下山,突然发现在那座白雪皑皑的孤坟上,居然也有一盏灯火亮了起来。

有一个人影在晃动。人们看清了,那个人正是老支书。

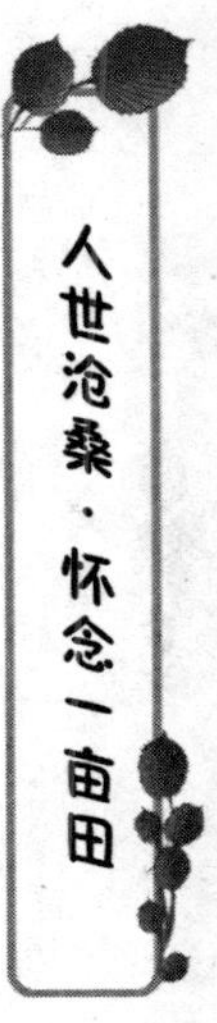

小陈

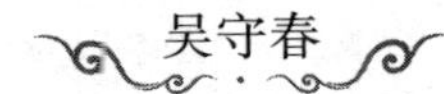
吴守春

我上初中时，小陈就过了不惑之年。小陈在学校东侧窝了一间棚，顶门横了一节柜台，天气好的时候，他把柜台搬到门外。柜台内摆着琳琅满目的针头线脑、糖果麻花、花生果、葵花子之类。村里人都喊他小陈，我们也这样随大溜地喊。农村人的称呼，一般都是按辈分叫的，比如二爷三婶，或者直呼其名，唯叫小陈特别，在他姓氏之前缀一"小"字，就有点不同凡响，并未将其喊"小"，而是把他喊"大"。譬如村里人喊下放知青，就小李、小刘地招呼，没谁叫回乡初中生小马、小孙的。直呼姓氏，并且在姓氏之前冠"小"和"老"，既是与土生土长的本地人区别，又是一种待遇。小陈是20世纪60年代从街上全家下放到农村生产劳动的。说是一家人，其实一人吃饱全家不饿。

小陈穿着很干净，那件中山装，洗褪了色，肩膀打了补丁，却很是素洁，从没见过溅上泥星儿。他鼻梁架了副深度眼镜，镜片度数比如今大款们的血脂、血糖、血压还高出许多，看上去，仿佛酒瓶底儿。我们常手里捏着几个攥出汗的硬币，到他那里买笔、本子、墨水，有时经不住诱惑，也买糖果、花生果什么的，但看的比买的时候更多。下课铃一响，小陈就有点紧张，他的柜台前被学生们围得里三层外三层，水泄不通，个别同学伺机实施"拿来主义"。小陈招架不住，脖子仿佛他手里的摇铃，转来扭去，把顾客们都当成嫌

疑犯，猛不丁会冒出一句："别伸手，捉住了交给你们老师，罚你站桩。"有一次，柜台前只有我一人，他正给我称花生米，猛然冲我嚷："别伸手，捉住了交给你们老师，罚你站桩！"我吓了一跳，我并没有"伸手"，连伸手的企图也没有，他这不是虚张声势虚晃一枪吗？抬头，发现他鼻梁上架的眼镜只剩下两个窟窿。没眼镜，他伸手不见五指，他那完全是例行公事地吆喝，犹如打更，有事没事都敲几下。小陈自知警惕性过高，尴尬地说："个别同学就是欺负我视力不好，浑水摸鱼；眼镜摔碎了，没工夫到城里配，戴上它，总比不戴好，一般人也不会注意。"

小陈不抽烟，但牙齿却发黑，只有齿尖是白的。尤其是门牙，黑得像上了釉。小陈说，那叫糖牙。小陈家祖传经商，糖果多，就像我们家出产的五谷杂粮。近水楼台先得月，他的牙齿是叫糖虱子蛀的。我们常见小陈咧着嘴，吸气，他说他的牙齿痛。牙痛不是病，痛起来要人命。那个病是富贵病，我们想患也患不了。小陈见到我们来了，便抿嘴裹舌像是在嚼吮糖果。现在回想起来，他那是故意引诱我们买他的糖果。我们这些馋猫，闻不得腥气，一看见他那副嘴脸，就条件反射，满口生津。于是，本来是买笔和本子的钱，也就乖乖地挪作他用，用来买他的糖果。因此，家长们都把小陈当作不受欢迎的人，甚至将他归到教唆犯一类。有的打上门来，找小陈算账，那次他的眼镜片"摔碎"，大约和家长们找碴儿有关。

去年，我回母校，不期然又遇到小陈，小陈还在那里卖东西。快三十年了，小陈基本上还是当年那个样子，穿一件褪了色的中山装，只是肩上没有补丁。小陈老了，早就应该是老陈或者陈老了，他再也没有力气像当年那样，有时坐地卖东西，有时走村串户挑着货郎担摇铃铛了。因此，肩膀头就不见被扁担磨损的痕迹，也就不需要补丁了。小陈的头发已经全白，像是老师随手丢弃的粉笔头儿。一位熟人陪我"旧地重游"，熟人打招呼，竟还叫他小陈。我说："你怎么还这么喊他呢？"熟人说："连小学生都这么喊他，大家都这么喊嘛，你要是喊他老陈，他还不知道喊谁呢。"熟人说："小陈下放到他们村时，也才二十出头，社员们就叫他小陈，喊顺嘴了，改不过来了。"说是下放劳动，小陈几乎一天农活儿也没干过。二十出头的汉子，应该干十分工的。评工分时，队长把小陈叫到晒场上，放着犁、耙、水车，让小陈扛着农具绕晒场一圈。手无缚鸡之力的小陈连一张犁都扛不起来，真正是四体不勤五谷不分，便被划归到妇女堆里。妇女们鸡窝里闯进来只鸭子，嫌他碍脚碍手，也不欢迎，小陈成了阴家不要阳家不收的“阴阳人”。无奈，小陈重操旧业，做起小买卖。村里人本来就嫌他槽里争食，也就对他的不务正业装聋作哑，放牛的不带棍子——随他去。小陈这摊子一摆，就原地不动摆了一生。

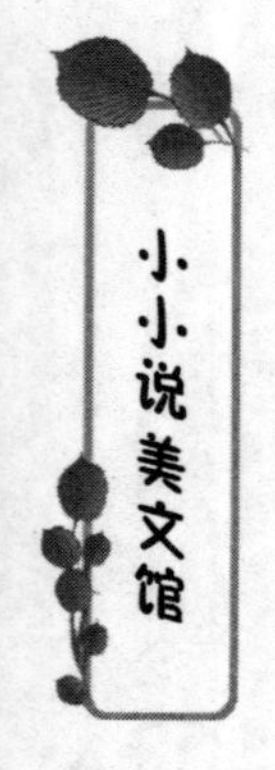

爱情童话

远 山

七星村是个挺美的地方，自给自足，几乎与世隔绝，却有很多故事和很多怪事。至少，七星村有七个怪人。我写过七星村最有韵味的凤凰嫂，也写过七星村最无赖却又最有担当的光棍儿阿根，还写过七星村的巫婆桂英。今天，小丹的身影又在我的脑海里晃悠。

小丹是个怪人，这在七星村是不争的事实。小丹当时还是个十六七岁的姑娘，她怪在哪里呢？怪在她爱上了一个叫王心刚的电影明星。这事如果是发生在北京、上海那些大城市，或者是发生在现在这个网络时代，是可以让人理解的。而在四十多年前的七星村发生这样的事情，就难免要让大家议论纷纷了。

和村子里其他的乡下姑娘没有任何区别，小丹长了一张圆圆的红红的脸蛋，终年穿着一件格子布的衣服，头发扎成了两把小刷子，怎么看都是一个地地道道的乡下姑娘，怎么会爱上一个电影明星呢？我长大后才知道，小丹爱上的那个电影明星王心刚，家喻户晓，几乎和如今的濮存昕的名气不相上下呢。明乎此，你就会明白小丹的举动是多么荒唐可笑了。

村子里的人都说，小丹爱上王心刚，是确确实实的事。那证据是小丹的小圆镜子背面，夹有一张王心刚的照片。白天，那个小圆镜子就装在小丹的口袋里。到了夜晚，小丹就把那个小圆镜子放在枕边。带在身上放在枕边都不奇怪,奇怪的是,小丹还不时地拿出小圆镜子,对着王心刚的照片痴痴地看。有人还看到,小丹甚至偷偷地亲吻王心刚的照片。

小丹怎么会有王心刚的照片呢?当时,常常有一些小贩,骑着一辆自行车,自行车后面驮着一个木箱子,挨学校跑。到了校园里,打开木箱,里面是一些钢笔、铅笔、作业本、小刀、橡皮之类的文具,也常常会有一些电影明星的照片。小丹当时正读初中,她买上一张王心刚的照片又有什么值得奇怪的呢?

这事终于传到小丹爸爸的耳朵里。有一天,小丹的爸爸不知怎的把小丹的那个小圆镜弄到手里,指着王心刚的照片质问小丹是怎么回事,大发雷霆要把镜子往地上摔。小丹转身从抽屉里拿出一把剪刀,把剪刀的尖刃指向自己的胸脯,对爸爸说:“你给我放下!”小丹的爸爸看着小丹一脸视死如归的样子,只好乖乖地把小圆镜子放到小丹面前,默默地走开了。

后来,“文革”就开始了,大串联也开始了,学校里很多人都外出串联去了。小丹却没有外出。小丹天天上山打柴,打了柴就到镇上卖钱。终于,小丹用卖柴的钱买回了一大包毛线。然后,小丹就把自己关在屋里织毛衣。小丹是比着自己爸爸的身材织那件毛衣的。爸爸一开始很高兴,说:“小丹懂事了,知道心疼爸爸了。”但是,毛衣织成了,小丹也不见了。

过了好一段日子才知道,小丹带着那件毛衣到北京大串联去了。听说,小丹找到了王心刚所在的电影制片厂。她当然不知道怎么才能找到王心刚。在电影厂里,小丹看到了许许多多批判王心刚的大字报。在那些大字报上,王心刚的名字一律倒着写,而且被打上了红色的叉叉。小丹坐在大字报前痛痛快快地哭了一场,把毛衣交给电影厂传达室的老大爷,谎称自己是王心刚的乡下表妹,请求老大爷把毛衣转交给王心刚。老大爷看小丹朴朴实实的样子,不像是一个会说假话的人,就答应了小丹的要求。

关于那件毛衣,也有另外一个版本,是小丹的妈妈传出来的。据小丹的妈妈说,小丹确实织过一件毛衣,但那件毛衣是织给小丹姨夫穿的,小丹的姨夫在新疆农场。但是,小丹妈妈的话没有市场,大家更相信小丹是把那件

毛衣送给王心刚了。

后来,小丹就出嫁了,嫁给了邻村的一个老实巴交的农民。那个农民当时已经四十多岁了,是个丧妻的男人。正当青春的小丹之所以嫁了这样一个男人,全是吃了名声不好的亏。那时候,哪一个小伙子愿意找一个名声不好的姑娘呢?

后来,我也离开七星村,关于小丹的事,就再也没有听说过什么了。

前不久,碰到七星村的一个老人,和老人闲谈的时候,无意中得知了小丹的最新情况。那个爱上电影明星王心刚的小丹去年因病去世了。

小丹的儿子把小丹的遗体送到火葬场去火化了。

敬惜字纸

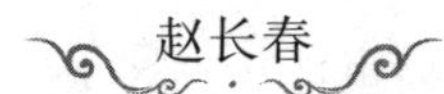

沙老五该是敬惜字纸的最后一个人了。

或者说，沙老五是袁店河畔敬惜字纸的最后一个人了。

提起沙老五，也只有上些年纪的人还有印象。不过，袁店河上下对沙老五有些印象的人也不多了。

沙老五抢救过一本古书，最后那书被送到了北京。那天，他还是弓腰，探首，碎步，持杖。其杖与他人的有别，油亮的枣木棍儿，自然弯曲，疙瘩瘤粒，末端微叉，如二小鸡爪，使探首碎步前行的他走得特稳，特别是小背篓不晃不摇。王十九依旧在前，背着手，左肩放羊鞭儿，右肩旱烟袋儿，屁股上吊着个大布袋，三样物件儿十分有节奏地伴着他的步幅晃悠，就是掉不下来。

两人都走得不紧不慢，但是内心在较着一股劲儿。很明显，沙老五步缓，但他不停歇，除非见到了纸片儿，杖叉如喙，噙之，转眼已在手中，再在头顶一旋，投入背篓中；王十九回首偷笑时，他急做昂头状，头却昂不起来，只是身子更加前倾。

就这样，一月多了，沙老五跟在王十九的后面。又到了河滩上，羊儿们听话地散进草丛。王十九找棵老柳，盘腿坐了，从大布袋里取出一个塑料布缠裹得板正、结实的枕头，就要往树根上垫。沙老五赶上来，有些气喘，急从背篓中取一干净的棉枕，声音中有了相求的语调：“十九哥，十九哥！枕着这

个睡，得劲儿……”

王十九笑了，沙老五就知道事情好办了。

——老五，这可是我家祖传的最后一本老书了，你知道，别的在二十多年前都被烧了……你不会是拿去赚大钱吧？

——不会。敬惜字纸。王老太爷说过的，为儿孙造福的事儿。

——哈哈，儿孙？你个光棍儿汉……别恼，好好，这书送你了……

得到这本古书后，沙老五整整睡了两天。第三天一早起来，仍是一大瓢柳叶子茶咚咚灌下，跑到袁店河里认真地洗澡，把手用袁店河特有的白沙搓了又搓，然后回家，将藏在神龛后的“书枕”请出来，小心翼翼地……沙老五不识字，但是这本书他认识，他给王老太爷当下人时，不小心滴上了一滴墨汁，王老太爷万分心疼，责打了他一顿！

王老太爷告诉他，书是《伤寒杂病论》，宋版。老祖宗传下来的，历尽千劫。王老太爷当年在省立仲景医专读书时得到的，自己一定好好保存，不洗手都不能动。

沙老五把王老太爷的话都记下了：仓颉造字时，“天雨粟，鬼夜哭”；字为圣人所造，纸成全圣人，一定加倍爱惜；纸不能随意丢弃，写了字的纸更不能糟蹋；捡起来，烧了，积德积善。

沙老五就这样坚持下来了，捡纸去烧。哪怕厕间、粪堆上的纸，洗净，晾干，再烧。实在洗晾不出来了，让其顺袁店河水漂流而去……有一次，在烧的纸中有伟人语录、伟人头像，恰被民兵营长陈大娃看见，要拉他去公社。沙老五恼了，手哆嗦着指捣陈大娃的鼻子：“回家管好你女人，这是从你家后园‘请’出来的，竟敢用写字的纸擦屁股，还有……”陈大娃差点给沙老五跪下磕头。

沙老五还从王金如家的责任田的粪堆上捡回了五元钱。那时候的五元钱实在是一笔钱！他就去找王金如，说：“我得去城里走亲戚，先借你几块钱。”王金如说：“我前天刚到袁店街上卖了一个羊娃子……他妈，把那五块钱先给五叔花。”女人说：“哪有钱啊。”很不情愿地回屋，接着“嗷”的一声跑出来,“他爹呀,那钱,那钱,找不着了!”王金如说:“你还怪会在五叔面前要花腔哩。”沙老五一见两口子急,就亮出了那五元钱——原来女人把钱藏在堂屋条几下的鸡产蛋的窝里,被王金如一铁锨擢进了粪车,拉到地里去了!

沙老五老了,持杖负篓,踩躞前行,目寻片纸,竟成心疾,一日不捡,手痒脚颤。直至有一天,在将一纸片虔敬地旋过头顶时,他忽然身子一歪,过去了! 那背篓晃晃悠悠地歪在其身旁,承接了那片纸。

身为村主任的陈大娃为无儿无女的沙老五主持了葬礼,村上人都去了。陈大娃让他读大二的孙子用毛笔抄写了他为沙老五亲拟的悼词,念后,烧了,可是有两片纸,如花瓣大小,混在纸灰中,细审之,一错字,一别字!

陈大娃一耳巴子扇过去:“你个兔崽子,敢欺负你五爷不识字?!”

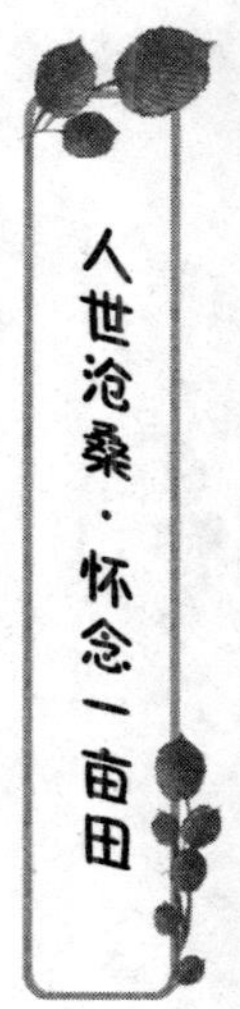

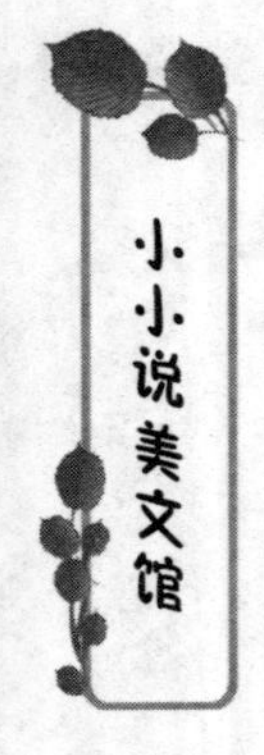

年年给你送大米

金 昌

"年年给你送大米",是龚普说给肖老汉的话。

话说得淳朴,实诚,有承诺味,就被报纸作为标题,对他年年给贫困户肖老汉送温暖的事迹作了报道,还配发了照片,加了编后语,说:"一个人做点好事并不难,难的是一直做好事不做坏事,这才是最为可贵的!"

老龚看到这则儿子龚普的报道、照片时,还听说了儿子再次提升的消息,便不由自主地把报道多读了几遍,把照片多看了几眼。可是看着看着,他的眉头就皱了起来:"嗯?怎么年年都是这张照片?"老龚觉得不对劲儿,心里有点不是滋味。

老龚是个乡村退休教师,有订报、读报、剪报的习惯,每当看到自己喜欢的文章,就剪下来贴到"报辑"里。尤其是儿子在市里当了头头儿后,报纸上陆陆续续有了儿子的报道,他总是剪贴在自己为儿子设置的"专辑"里,以了解儿子的"政绩"。儿子出息了,这个一辈子执粉笔、面黑板的教书匠,既高兴又担忧。他觉得,人,不论做官,还是为民,都应该像粉笔、黑板一样,一清二楚,黑白分明。可是,有些人一说要搞经济了,就赤裸裸地弄成搞钱了,全然不念这"经济"二字的经邦济世之意。杜甫《上水遣怀》诗云:"古来经济才,何事独罕有。"《宋史·王安石传论》说:"以文章节行高一世,而尤以道德经济为己任。"现在可好,一说经济,就是搞钱,弄得人人唯利是图,官官贪腐心盛。老百姓调侃说，隔墙撂块砖，就能砸住个贪官。老龚时常为之担忧。

他从“报辑”里翻出儿子五年来给肖老汉送大米的照片，发现除了儿子的穿着每年不同以外，那照片背景上的三间低矮房屋，除了这两年钉上了挡窟窿防风的塑料布，基本没变。破房依旧，面貌未改，叫他把五年的照片看成了一张，他心里就觉得不是滋味。年年扶贫年年贫，年年扶贫不脱贫。这种每年照张照片登登报的送温暖行动，老百姓叫作眼皮活儿，帮皮不帮瓤，杂文上说是作秀、造势，拿老百姓的凄苦给自己贴金。难道儿子也在玩这种花把式？即便是玩花把式，别的人也是一年“温暖”一个地方，儿子为啥一下子“温暖”了五年？他想探个究竟，也想用自己退休后的积蓄帮一下这个肖老汉，给他实实在在地填点“瓤”。

春节过后，老龚照着报纸上说的村庄，坐上“村村通”，假借问路辗转找到了肖老汉家。与肖老汉寒暄之后，便转着弯地问：“不是有扶贫队吗？你这……”肖老汉虽然家贫人穷，却是个热情好客的爽快人，听老龚这么一问，话匣子就打开了，说：“有啊！帮扶俺的还是个领导哩，姓龚。那一年龚领导到俺家，搁下大米，搁下油，说往后年年给俺送大米。我还想着一不沾亲二不带故，人家只是顺嘴说说，谁知人家果真说话算数，年年年根儿都来给俺送油送米。你看今年雪大、天冷，龚领导还给俺送了一件绿大衣、一床绿棉被，送了一箱酒、一条烟。”肖老汉说着，把桌子底下的那箱酒搬出来，说：“大哥，你要是不嫌弃俺，今晚就住俺这儿，咱哥儿俩好好喝两盅。”

其实，老龚一进门接过肖老汉递过的烟时，就看到了那箱酒，就判断是儿子给送的，因为儿子也给自己送了同样的烟酒。老龚还发现，肖家虽穷，却有一个相貌不俗的姑娘，他指着墙上那姑娘的照片问：“这是……”

“哦！俺闺女。”肖老汉一说闺女，脸上就笑成了花，说，“要不说人家龚领导好哩，确实好！他头一年到俺家，听说俺闺女在理发店打工，第二年就给她安排到了宾馆，说理发店不好，挣钱少。过了大概有两年吧，还叫俺闺女做了大堂，工钱一下就高出不少。”老龚想，老肖说的大堂，很可能就是大堂经理。凭照片上姑娘的长相，不愧是个大堂经理的模样。于是老龚想，难

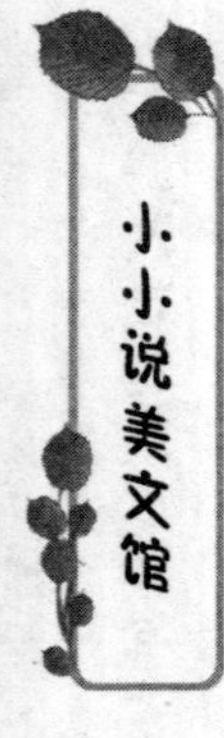

道这就是儿子一直“温暖”的定力？

肖老汉说：“闺女年根儿来了，说春节忙，宾馆不放假，就不在家过年了。还说，龚领导给她借了一套单元房，还置办了全套的家具、电器，叫俺抽空去住几天。你说，这样的领导哪里去找？村里人都说俺碰上贵人了。”

“借”？一套价值几十万元的单元房，说借就借了？若是个平头百姓，去借借试试。老龚听着听着，就听出了疑惑，听出了猫腻。

老龚是个了解儿子的人，知道儿子的心计。心说，他龟儿子果然八格牙鲁，狡猾狡猾的。他是怕出事，才草蛇游径，潜踪匿迹地把“受”改为“借”的，为的是假以时日，安全消化。想到这里，老龚又琢磨，这难道仅仅是一套住房吗？会不会是那龟儿的“金屋”呢？

想到这儿，老龚不禁心头一颤，心说：“我得赶快，赶快去市里一趟。”

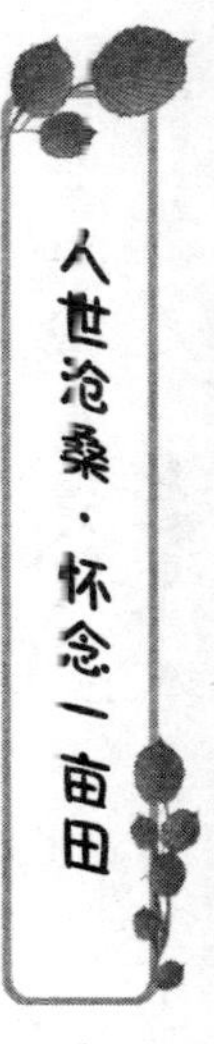

铁匠李

卢 群

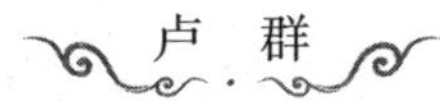

铁匠李生得人高马大,力大无比。只要他抡起铁锤,那“笃笃笃笃”的锻打声便如惊雷般震耳欲聋。每当此时,他的徒弟必定虔诚地守在一旁,或把风箱拉得呼呼作响,或用钳子夹住烧红的铁块从另一面轻轻敲打。一声铿锵一声低沉,坚硬的铁块就在这强弱交替高低有别的击打中成了面团,在熊熊燃烧的玫瑰色火焰里不断舞蹈,不断变幻。

铁匠李活儿做得好,脑袋瓜儿却不太好使,是有名的“一根筋”。一次,一位乡邻寻上门来,想请铁匠李收他的儿子做徒弟。那时铁匠李自己也才满师不过年把,如果这个时候就能招到徒弟当上师傅,对提高自己的身价和收入势必是大有好处的。

谁知铁匠李朝人家孩子瞄了一眼,就把头摇得跟个拨浪鼓似的,说:“打铁须得自身硬,你的孩子像棵豆芽菜,哪里是打铁的料?快把孩子带回家好好调养调养再说。”言罢不容分说,就将那对父子送出门外。

孩子的父亲见铁匠李榆木脑袋一个,知道说再多的话也是瞎子点灯白费蜡,只好闷闷不乐地将孩子带了回去。半年后,当那对父子再次登门拜访时,铁匠李见孩子终于长成个棒小伙子,这才微笑着点了头。

铁匠李原先和一个老铁匠搭档打铁。尽管那个老铁匠的手艺很一般,可是在讲究论资排辈的上世纪五六十年代,铁匠李纵然身怀绝技,却仍不得

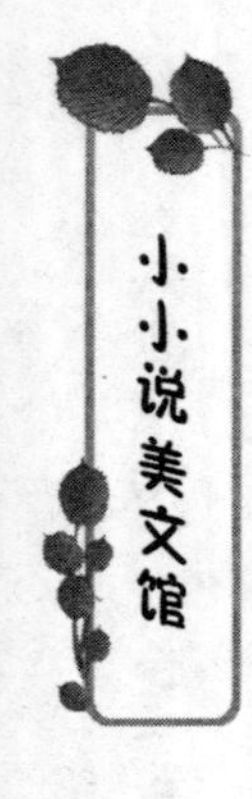

不跟在人家屁股后面拉拉风箱、打打下手。很多人都暗暗为铁匠李抱不平，铁匠李却说："生姜还是老的辣，我这点能耐哪能跟人家比？"

收了徒弟后，铁匠李才有了挑大梁显身手的机会。铁匠李做活认真细致一丝不苟，他打制的农具和刀具不仅轻便好使，而且坚韧耐用。当然了，好铁锻打才成钢，精工才能出细作。铁匠李做活儿讲究信誉讲究质量，自然得花大功夫，下大气力。如此一来，活儿是精致了，产值却不容乐观。有人就点拨铁匠李："如今多劳多得，活儿只要说得过去就行，别尽做得不偿失的事。"铁匠李眼珠子一瞪："什么话？偷工减料就好比谋财害命，我怎能为了私利丢掉名声？"

铁匠李的父亲去世早，母亲又是个药罐子。为了救治患病的母亲，铁匠李的收入大多进了医院。因此当乡邻们纷纷起新房添家私时，铁匠李仍旧住在那间四面漏风摇摇欲坠的破草房里。这当儿，一个外县企业的头儿不知从何方渠道探知铁匠李的人品，就亲自摸上门来，想用高薪将他挖走。谁知铁匠李连想都没想一下，就一口将人家回绝。事后族人埋怨："铁匠李啊铁匠李，你穷得连老婆都娶不起，还摆什么谱子充什么大头虾？"铁匠李说："我的手艺是厂里培养的，我不能见异思迁忘了根本。"

后来，铁匠李的事迹经广播宣传打动了一位姑娘。姑娘叫徐秋凤，是大名鼎鼎的刺绣皇后。她绣的花儿能迷住蜂蝶，绣的鸟儿似展翅欲飞。抡大铁锤的壮汉与捏绣花针的娇娘喜结连理，这段佳话很让新闻媒体热闹了一阵子。

结婚后，小两口子一个专心致志打铁，一个专心致志绣花，小日子很快便芝麻开花节节高。不久，铁匠李又喜上加喜有了自己的骨肉。当铁匠李得知自己即将当上爸爸时，高兴得手舞足蹈眉飞色舞，活像个淘气的孩子。

秋凤分娩正逢厂里举行"生产革新百日竞赛"活动，铁匠李就很为难地对秋凤说："厂里正搞竞赛呢，'火车跑得快，全靠车头带'，我是个车间主任，这节骨眼儿上我怎能当逃兵呢？"秋凤安慰道："你就安心地忙你的事吧，家里还有娘照应着呢。"

秋风的通情达理让铁匠李很是感动，当然他绝没有想到这竟是秋风同自己说的最后一句话。因为遭遇难产，因为老娘自己也是个病病歪歪的人，因为乡村交通不很顺畅，因为医院技术能力有限，当铁匠李闻讯匆匆赶来时，秋风和胎儿已经去了另一个世界。

秋风走了，铁匠李的魂儿也跟着走了。从此，铁匠李就像变了一个人，不是喃喃地喊着秋风的名字，就是抱着秋风的遗像痛哭流泪。亲友和同事怕他闷出病来，就小心翼翼地劝他续个弦。铁匠李摇摇头说："我心里已装不下别人啦，我欠秋风的太多，就让我这样陪她一辈子吧。"

前不久，铁匠李的一个远房侄子回乡探亲。交谈中，当他听说铁匠李的退休金才三百多块，就很惊讶地问："怎么回事呀？以您的资历和现在的政策，再怎么算也不会少于千元的，是不是因为您退休太早，厂子又几经变迁，人家把您给忘啦？要不我帮您去反映反映。"

铁匠李笑笑说："不要麻烦人家啦，钱是身外之物，生不带来死不带走，我一个孤老头子，只要够吃够穿就行了，要那么多钱干什么？"

铁匠李的话语调虽不高，却字字如珠玉，又一次将身边人震撼。

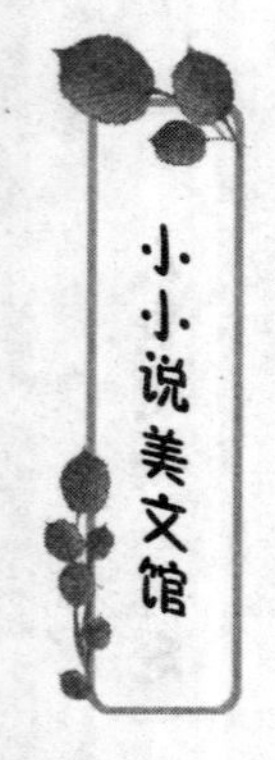

狐狸的眼泪

汤其光

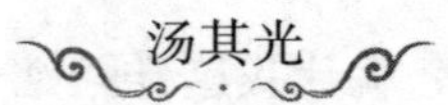

当落日如一个硕大的蛋黄在天际沉落时，刘岩回来了。

刘岩回来和三年前走的时候没有什么变化，仍然是背着一个帆布包裹，仍然是穿着一身灰不溜秋的中山装，仍然是一见人就憨憨地笑。

刘岩没有变化，小村也没有变化。老石磨还依然躺在村口，张老三家的房子还是摇摇欲坠的样子。村东的张婶和村西的李大妈还是死对头，仍然一见面就骂，高亢而尖厉的吵架声围着小村来回飘荡。

刘岩是个孤儿，三年前才十八岁，刘岩说不想在家待了，要出去闯荡，拎着几件换洗的衣服就走了。小村人信奉祖上留下的规矩“金山银山，不如自己家的茅屋一间”，除了偶尔去一趟三十里外的集上，连去过县城的人都不多。刘岩是全村第一个外出的人，也是全村人所不齿的叛逆者。

“娃子，出去受苦了吧？”三爷背了一袋粮食，见了刘岩关切地问。对于刘岩的归来，特别是穷困潦倒、身无长物地归来，小村人表现出了极大的热情和大度，纷纷带着吃的喝的用的来看他。

“在外边都干啥了？”三爷又问。这也是村里人的好奇，出去三年怎么生活的？都遇到了什么事？这是他们迫切想知道的。

“帮人家养狐狸。养狐狸可挣钱了。”刘岩回答。刘岩出去后，就流浪到了外省一家特种养殖场做帮工，也是在一个村子里，一干就是三年，并学会

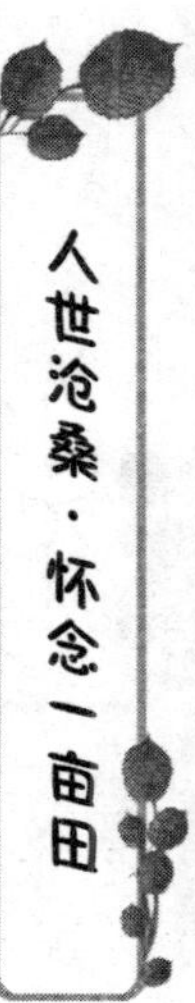

了养狐狸技术。

“养狐狸，那东西也能养?”村人听后眼瞪得老大，都好奇起来，“既然挣钱，你怎么没有挣到钱啊?”

“呵呵，我只是个帮工。”刘岩回答。其实主要的原因他没有说。他在那村子里养了三年狐狸，眼看最后一批狐狸快长成的时候，不知道谁在食物里放了把毒药，把狐狸全毒死了，老板一下子赔了个底朝天。

“这里的人怎么这么坏啊？就不能见到别人比自己强。”看着老板多年的心血毁于一旦蹲在地上痛哭流涕的情形，刘岩想，“这里怎么能跟俺村里的人比?”

刘岩是吃百家饭长大的，村民的好都记着呢。小村人的善良淳朴让他感动，这也是他回来的原因，他要在家养狐狸致富。不但自己致富，还要带着乡亲们致富。

刘岩把自己三年所有的积蓄都拿了出来，又从银行贷了款，很快办起了狐狸养殖场。刘岩让小村人养，小村人都摇头不干。刘岩心里明白，人家是没有见到效益，害怕。等自己挣了钱，一切难题都会迎刃而解的。他要做的，就是对前来看稀奇的乡亲讲解如何养殖狐狸，谈狐狸的习性。

开始，小村人都把刘岩养狐狸的事当成笑话谈论。有的说没有听说过养狐狸能挣钱，这小子是在外边受刺激了。还有的说自己家还吃不上肉呢，还得天天用肉供着那些畜生。后来他们脸上的笑容就慢慢地退去了，都闭上了嘴，因为刘岩家后来盖了楼房，买了摩托车。

小村没有楼房，所以刘岩家的楼房就显得很扎眼，扎眼得让小村人看着不舒服，如同眼里突然飞进了一只虫子，痒得难受。同样，小村的人都没有摩托车，刘岩的摩托车轰鸣声听得小村人心里堵得慌。

刘岩依旧见了人就憨憨地笑，可小村人见了他不笑了，眼神里多了一种东西，有时还故意躲着他。让刘岩不解和苦闷的是，村民们看到了效益，却还不同意跟着他养狐狸。刘岩去动员，他们还是摇头，问缘故，都说不会养；刘岩拍着胸脯保证教他们，还是摇头，说没有资金；刘岩又说可以赊欠狐狸

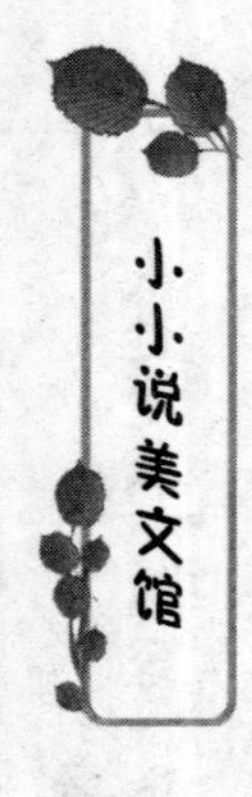

幼崽，人家就烦了，说讲那么多道道干啥，说不养就不养，万一死了呢。

刘岩见劝不动村民，就去找村主任。在去村主任家的路上，刘岩碰到了心急火燎找他的三爷，三爷满脸大汗地对他说：“娃，出大事了，你养的狐狸不知道为什么，全死了。”

刘岩卖光了家里的所有东西还了账，又变得一无所有了。刘岩为此哭了好几夜，哭得小村人都不敢出门，但刘岩没有报案。在一个黄昏，刘岩和回来时一样，背着那个帆布包裹走了。

有人说刘岩又出去闯荡去了，并发誓再也不回来了。也有人说刘岩是到银行贷款去了，准备东山再起。

逝 水

曲 辰

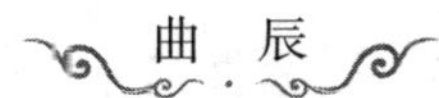

老家的院子里有一座水塔，和我同龄，生于 1974 年。

水塔有十余米高，青砖水泥而就。这是村里最高的建筑，攀拾而上，尽览村中的房屋与树木，和远远的田地。村里的人大都忽略了水塔的存在，只是在挑地建屋时，偶尔会挖出一段锈蚀的水管，人们才会意识到一端的水塔，和另一端早已消失的水龙头。

三十多年前，自来水对村里的人来说，不再是陌生的词汇，而是与生活密切相关的事物。我可以想见，通水的那天，一挂鞭炮从水塔顶垂下来，点燃的声响炸开了大家脸上的笑容；那些从水龙头里接出的水，分明是酒，喝着让人晕晕乎乎的……

这样的日子没有过多久，几年以后，人心就散了，水塔也逐渐废弃不用。大家再吃水，又回复到原来的挑水状态，便有民谣出：“水塔高，名声好，担着水桶把井找。”再往后，各家在院子里打了压井，自给自足。水塔上有父亲的题字，风侵雨蚀，红漆早就脱净。每次看着水塔，分明是我的一个早夭的兄弟，让人感叹。

水塔的建立，缘于当时自上而下的兴修水利。国家正在治理黄河和淮河的水患，村里的人也在疏导着流之不尽的河水。虽说是平原，村里却有几眼翻花泉水，四季不枯，是为甜蜜的烦恼。村里组织人挑沟成河，引导着水

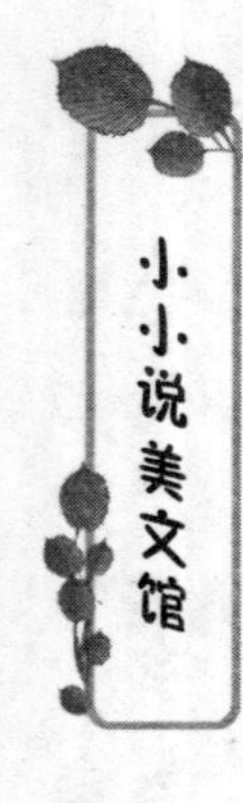

投入大河,直至海洋。冬天是农闲季节,家乡的人却更忙了,每家派出劳力,跳入温温的河水,将河床拓宽掘深。我们这些小屁孩儿,没事老在旁边待着,巴望着捡点藏身泥水中的水货,让口腹过过瘾。

那时的水为什么这么多呢?像人们挥洒不完的热情,四处泛滥。爷爷说,地里随便挖一锹,都会渗出水来。那分明不是"土"地,而是"泥"地了。地里种的农作物,又以水稻和荸荠为多。而这些我是没有印象了,仅仅从院角落那无言的石磨盘,想象着稻米之乡那曾经丰盛的水。

不过只是翻覆之间,那些水如紧握的沙,从指间流失了。玉米、小麦和棉花纷纷登场,并取而代之,成为田里的主角。河也逐渐干涸,有名无实地存在着。秋收后的玉米秆,甚至生活垃圾,都要河来承载,河床渐渐升高,而入冬后,再也没人组织,更没有人愿意出来挑沟。有不少人家在地头的河沿,甚至河床上,点上些时令作物。河,俨然是田地的延伸。

这个时候,灌溉作物的机井,需要打探到一百多米深才会出水。这个时候,水是一种遥远的事物,对村里人来说,它渐渐陌生而温顺。谁也不会想到,水还有另一面的性格。

2005 年的春天,上苍似乎要弥补自己几十年的亏欠,略带歉意又满怀热忱地将雨降到了这方土地上,不愿停歇。刚开始的雨是油,不久便成了灾。雨水起初顺河而流,不久河便满了,河水再也不愿奔走,和田里的雨水相拥相伴。而村里干涸已久的翻花泉也来添乱,水涌不止……水冲毁了马路,又逐渐抬高,侵袭着各家的院落;而地里的农作物经水一泡,纷纷凋零。那些趟在水里满脸愁容的父兄,是否意识到了我们对水对土地的背弃?

水是如此坚硬的利器,一出手就直指我们的要害,痛,又无可逃脱。只是,当水流逝,我们是否又一如既往地心安理得?